KEY·可以文化

艾伟作品系列

绕城三圈

艾伟 著

浙江文艺出版社
Zhejiang Literature & Art Publishing House

图书在版编目（CIP）数据

绕城三圈 / 艾伟著. — 杭州：浙江文艺出版社，
2025. 3. — ISBN 978-7-5339-7839-6

Ⅰ. I247. 7

中国国家版本馆 CIP 数据核字第 2024S0A507 号

策划统筹	曹元勇
责任编辑	胡远行
文字编辑	张嘉露
营销编辑	耿德加　胡凤凡
责任印制	吴春娟
装帧设计	金　泉
数字编辑	姜梦冉　诸婧琦

绕城三圈

艾伟　著

出版发行	浙江文艺出版社
地　　址	杭州市环城北路 177 号
邮　　编	310003
电　　话	0571-85176953（总编办）
	0571-85152727（市场部）
印　　刷	浙江新华数码印务有限公司
开　　本	880 毫米 × 1230 毫米　1/32
字　　数	241 千字
印　　张	11.25
插　　页	1
版　　次	2025 年 3 月第 1 版
印　　次	2025 年 3 月第 1 次印刷
书　　号	ISBN 978-7-5339-7839-6
定　　价	66.00 元

目　录

杀人者王肯

王肯是在我的视线里消失十年后再次走进我们的生活的。他的到来让我很吃惊。这之前我几乎快把这个人忘记了。确实，这十年周围的变化实在太快。大家都生活得很亢奋，高楼大厦一夜之间像禾苗那样插在我们身边，那些气宇非凡的人们在大楼里进进出出。虽然我至今面带菜色，游离于这样的火热生活之外，但外界的变化带给我的影响也不可小视，就像那些通俗电视剧培养了我恶俗的胃口（这些电视剧陪伴我度过了一个又一个长夜），我免不了伸出头去打量打量，让脸上挂上些失落或艳羡。这十年中，王肯的面目日渐模糊，就像那些被高楼取而代之的低矮的木结构房舍在时间的长河里消失无踪。

　　我的职业依旧是古籍整理员。这份职业同外面的世界构成强烈冲突的同时也让我变得日益懒散。一方面我无法克制自己对灯红酒绿场所的遐想；另一方面我也不指望在我身上出现什么奇迹使我在经济生活中发财。我成天待在家里（我的古籍整理员的差事使我可以坐在家里上班），我很少看书，除了睡觉我迷恋于玩电子游戏，在超现实世界中施展拳脚。

　　我很像一个与世隔绝的隐士，连我的电话也很少响起。有时候那蒙尘的电话骤然响起也往往是某个冒失鬼拨错了号，所以很多时候即便电话响了我也懒得去接。王肯最先是在我的电话里出现的，那天，我在玩一部叫作《红色战机》的游戏，西方世界正把莫斯科团团包围，眼看苏联危在旦夕，这时我的电话不合时宜地响了。我当然不会理睬它，我杀红了眼，火炮和导弹在屏幕上飞来飞去，照亮了我脸上疯狂的嗜血劲儿。过不了多久，我的电话又响了起来。我以为电话不会响太久，但我低估了对方的耐心，电话一刻不停地响了足足有五分钟。我开始心烦意乱，我的枪法乱了，我指挥的大军损兵折将，我知道末日将临，游戏将要无情终结。我因此对这个电话非常反感，我气鼓鼓地站起来，拿起电话，吼道："谁？"

对方传来嘿嘿嘿的傻笑声，笑得有点气喘，有点神经质。他说："你猜我是谁？"

我听不出对方是谁，我没好气地说："鬼知道你是哪个婊子养的。"

对方说："我们有十年不见了吧。"

我确实听不出是谁，那声音很陌生，我想很可能又是谁打错了电话，正准备搁下的时候，我的耳边传来另一个声音。这声音我熟悉，是周保政发出的："告诉你一个好消息，王肯回来了。"

我这才知道刚才那个神秘兮兮的人是王肯。

王肯的到来是我生活中一个小小的奇迹，我走出书斋人模狗样地去赴约。王肯和周保政在"新世纪"等我。我一路想着王肯，我实在想不起他的面孔，想起他不久就要请我喝酒，我感到有点不安，我不应该把他忘得一干二净的。

我知道喝酒的时候大家免不了会谈谈从前。我不清楚到时会不会突然想起一些场景，有时候回忆需要有人提个醒。我希望周保政会记得一些王肯的往事，好让我浑水摸鱼，不至于太尴尬。我对周保政是有些指望的，他的记忆力不像我那么坏，他的脑子里通常装着一些别人出过的洋相，比如他有时候见到我，就会笑我纯情，笑我和叶小勒吹了后，我的泪水可以把我自己淹死。他还笑我的一次冲动——我想辞职下海。他说，如果你为叶小勒流的泪叫海的话那你就下。我想，周保政有残酷的本性，你哪儿痛他就往哪儿撒盐。

我虽然记不起王肯的面容，但他的苍白我还有模糊的印象。现实的王肯把我的印象砸得粉碎。王肯不但不苍白而且很黑，黑得像个黑人，他脸上粗犷的线条也与我印象里相去甚远。这让我想起牛虻，他是由苍白的亚瑟变的，远离意大利多年，等到回来后，他已变得坚韧、神秘、残酷。王肯是否也想给我们这样的印象呢？我看到王肯的眼中确实有一丝残忍的光亮，脸上有一道伤疤，令他的笑容相当诡异。我对他的好奇心陡增。

王肯这次回来一定赚了点钱，这一点傻瓜也看得出来，因为他请我和周保政喝的是马爹利。当然一般来说成功者都想在过去的朋友面前摆阔，我见多了，比如我的一位同学发财后就拿出一笔钱把同学们接到母校叙旧，唯恐我们不知道。谁都不想锦衣夜行。

王肯自见到我起，一直保持着神秘的微笑。他不时拍我的肩，向我敬酒。我不能适应他这样拍我，大款一拍让我无所适从，我不知自己该向他摇尾巴还是保持穷人的尊严。

王肯亲切地对我说："你这只在三千年时光中钻来钻去的书虫，你一点也没变。"

周保政不无调侃地说："钻出来的时候王肯却变了，变成了富翁。"

我说："所有的历史都是为了成为一本书。王肯，说说你这本书吧，你为什么在我们的视线里突然消失了呢？"

王肯的笑变得越来越遥远，眼睛却变得越来越明亮了，我注意到那亮光的深处是镇定和自信。

他说："因为我杀了人。"

"他说他杀人了。他说他杀人了。"

周保政不以为然地大笑起来，他笑得眼泪都流了出来。我不知周保政为什么笑得这么疯，不过有一点我可以肯定，周保政根本不相信王肯杀了人。王肯在周保政狂笑时表情变得很阴郁。我感到这阴郁有很深的背景，似乎深不可测。

鉴于周保政事后对我的述说（他把王肯自述杀人之事当成又一个笑料收入记忆里），我当然也不相信王肯杀了人；另外根据常理，杀人者一般不会夫子自道说自己杀了人。我有理由认为这只不过是王肯在装神弄鬼，要填充十年时间莫过于说自己杀人让人印象深刻，如果细数逝水流年那往往令人生厌。

根据周保政的述说，我忆起了十年前的王肯，我看到王肯摇晃着细瘦的身子从时间深处向我走来。

十年前的王肯是个胆小鬼。这个结论可以从多个角度去描述。首先他的外表符合一个胆小鬼的形象，消瘦而苍白。另外他的一些品性也证明他的胆子不大，他怕蛇，王肯说他见到蛇身体的皮肤打皱，全身像是有无数虫子在爬。有一回我们吃蛇肉，我们没告诉王肯这是蛇肉，王肯吃得很香，他吃完了我们才告诉他，结果他呕吐不止。我们一边看他呕，一边嘲笑他胆小鬼。

王肯最不喜欢我们叫他胆小鬼。这是他的心病。见我们这样嘲笑他，借着呕得眼泪涟涟的疯劲，他拿起一把刀子朝我们比画。他说，你们再这样说我，我他妈的砍了你们。周保政的脸上布满了讥讽的神情，他把手放到桌上，他说，王肯，你如果不是胆小鬼，你就把刀子刺下来。我们见到王肯把刀子高高地举起来，很担心王肯万一失控真的刺下来，那样的话周保政的手会残疾。然而担心是多余的，我们看到王肯的手在不住地颤抖，脸上的表情变得十分苍白，一会儿他闭上眼睛，干号了一声，无力地垂下了举刀的手。

周保政说完反问我："你说这样的人会去杀人吗？"

王肯总是称自己是"杀人犯"，这个称谓频繁地出现在他和我们的对话当中。我说频繁有二层意思：其一，自从他突然在我们的生活中冒出来后，他总是做东请我们去那些高档娱乐场所玩（我无法拒绝他的好意，感觉自己很难再在书斋待着，事实证明这些地方有相当大的吸引力，我久而久之便有了瘾，如果哪一天王肯没有安排，我的心头便空荡荡的，王肯把我从书斋带入了火热的生活），因此我们总有机会频繁对话；其二，王肯在频繁对话中频繁使用这个让一般人感到触目惊心的词。

周保政说他每次听到"杀人犯"这个词心中就要冷笑。

一次酒足饭饱后，周保政实在憋不住了，他说："王肯，你为什么要称自己是一个杀人犯？你这样自我标榜，当心公安把你抓走。"

王肯说："都十年了，谁管。"

周保政说："我很愿意相信你杀了人，既然杀人这件事在你那里不以为耻反以为荣，不过老实说，王肯，我很难相信。我不相信你有胆量杀人。"

王肯的脸色变得十分阴沉，他说："信不信由你，但我杀人是真的。"

周保政说："那你说说看，你怎么杀了人。"

王肯的脸突然之间变得生动起来，那张黑脸上布满了遥远的笑容，脸上的伤疤和他的眼睛溢出光彩，好像不光是他的思想，他全身的每个部位都投入到往事之中。

他说："你们永远不会知道杀人后的感觉，想想自己曾主宰过一个生命，心里面会涌出一种力量，感到自己拥有了某种权力。那是一种奇妙的感觉，人都杀了我还怕什么呢？"

十年前的街景在王肯的叙述里变得动荡起来。由于我的先入之见，我对王肯的叙述缺乏必要的信任，因此当王肯在杀人之夜向林庙走去时，我感到他渲染的那种动荡不安不无夸张的成分。

十年前，胆小鬼王肯有一把锋利的剑。每个夜晚，他都会拿着剑去林庙操练一番。林庙是一个城乡接合部，那儿有一棵古樟树，樟树下还有一堆稻草。那地方少有人烟，王肯拿着剑在月光下乱舞，剑光闪过，王肯的心中涌上了英雄豪气。

王肯说:"剑在手,幻想无边。你们知道那时候我是个胆小如鼠的人,但在无人的林庙,我的脑子里满是假想的敌人,我杀人如麻,无人在话下。"

显然那堆稻草是王肯的假想敌之一,他的剑一次一次刺向那稻草堆,就像我在十年后玩的电子游戏,千军万马纷纷斩于马下。

出事那天,王肯像往常那样一个箭步向草堆刺去。这一次他感到一股力量强烈地反弹到他的手上。他觉得有什么东西挡住了他的剑路,就在这时他听到"啊"的一声惨叫,紧接着一个光身女人从草堆里钻了出来,消失在夜色之中。他连忙拔出剑,发现剑刃上沾满了鲜血。他差点晕了过去,他几乎想也没有想,拔腿便跑。

第二天他从报纸上了解到那天他杀死了一个男人。报纸说林庙发现一具裸体男尸,在性交时被人用刀刺死,警方怀疑男人可能死于情杀。

就在这天,王肯在我们的视线中消失了。王肯说那时他还处在惊恐之中,但随着时间的流逝,他从这种恐惧中摆脱了出来。他意识到不会再有人找他的麻烦了,大惊之后他长吁一口气。他不敢相信他居然杀了人,他看看自己的双手,觉得自己的手无比巨大,可以握住整个世界。他挺直腰,大摇大摆地走在街上。他感到自己突然有了力量。

王肯说:"我觉得我的生命被改变了,连我体内的血液也和过去不一样了,它那么丰富,那么有力,这样的血流过我的肌肤,我的肤色就变黑了。信不信由你,我杀了人,然后我的皮肤就变黑了。"

我问:"那你这十年待在什么地方呢?"

王肯的脸上露出讳莫如深的微笑。

有那么片刻，我倾向于相信王肯真的杀了人，我相信胆小鬼王肯杀人后有可能变成牛虻。在我整理的典籍中也记载着类似的故事，叙述者的态度通常是稀松平常，见怪不怪。一个走路都怜惜脚下蚂蚁的书生，无意失手，出了人命，被迫上梁山，最后成为杀人如麻的土匪或英雄。这样的故事贯穿于我国整部文明史。

周保政有自己的想法，他不相信这样的故事。他经过周密的推论后认为：所有的事情仅仅出于王肯的臆想，王肯生活在幻想当中，他的精神似乎有问题，存在着典型的妄想和分裂征兆。他甚至进一步推断：这十年王肯很可能住在精神病院里。

我知道周保政的品性，他尖刻的个性让他总把人放置到最坏的境地中。我已记起十年之前的王肯，也看到了现在的王肯，但十年之中的王肯在哪里我不知道。我眼前有两个王肯在那十年之中生活着。这就是历史，我不知该相信王肯所述还是周保政的解释。

我得承认周保政的想法不无道理。王肯的再次出现确实存在作秀的成分，他的一举一动似乎有所指涉，否则的话我也不会把他叫成牛虻了。

是的，王肯的行为存在着致命的模仿。他住在一个中档宾馆里，有一个性感的女人同他同居着，毫无疑问王肯把这个女人当成伊壁鸠鲁式的女人。我到过他的房间，房间里到处都是这个女人的东西，各式各样的高跟鞋在门边排列着，吊着的衣服也很高档，体现着女人艳俗而奢华的品位。我想这十年中王肯的爱好变得有些复杂，看到他挂在柜子里那排精致的领带，觉得他目前的趣味浮华而空洞。

有时候王肯也会带这个女人一起去玩。她穿着一身华丽的琥珀色和绯红色相间的衣服，佩戴着珠光宝气的饰品，到了舞厅，就像一条色彩斑斓的热带鱼一样在人群中游来游去，供人们观赏。我想她喜欢有人观赏。

我们坐着观看王肯和那女人共舞，王肯的舞步相当猥琐，似乎故意地在向我们展示下流动作，他不停地用他的小腹去触碰女人。我无法想象王肯竟把这种纯私人性的动作搬到公共场所来展示，更让我们惊讶的是王肯和那女人竟在舞池里模仿床上的动作，他们的行为引得别的舞客满堂喝彩。

王肯就在口哨和掌声中退下场来，坐在我们中间。他坐下，点上一支粗大的雪茄，脸上呈现自以为是的笑容。他靠在沙发上，目光从那些自我感觉良好的人们的脸上掠过，眼里含着恶毒和扬扬得意。那个女人已被一些男人包围，正在高声说笑。

王肯用雪茄指了指那个女人，说："你们瞧她像不像一个婊子。"

我说："既然你已和她同居，就不该这样侮辱她，你竟这样对待女人。"

王肯说："难道她就是你所说的女人？"

这时，周保政在我的耳边低语："瞧，连对话也是牛虻说过的。"

王肯以杀人犯自居以后似乎拥有一种睥睨众生的优越感，尤其难以容忍的是他在我们面前也表现出这种优越感，他对我们说话的口气就像十年前我们对他说的那样。他指了指坐在舞厅角落里一个看上去孤独的女人，对周保政说，我敢打赌，周保政，你如果去勾引她，她就会跟定你，随你怎么干都行。说着王肯轻蔑一笑，说，不过我知道你没这个胆量，你们知识分子在这方面不行。

我觉得味道似乎越来越不对了。周保政说他从书斋里出来可不是来忍受侮辱的。周保政想给王肯致命一击。他一针见血地指出，要打击王肯这个妄想狂必须证明他没有杀人。周保政说，他绝对没有杀人，他是在吹牛，你认为他杀人了吗？我摇摇头。

周保政同我一样拥有大量无法打发的时间，周保政还有一颗极富逻辑的脑袋，这两个优势用于对付王肯虽有点浪费，但不用更是浪费。

我们向王肯发动总攻是在一家酒吧吃西餐，桌上放满了对付西餐的刀子和叉子。我和周保政已去林庙进行了实地勘察，我们轻而易举地找到了王肯的破绽。周保政说，我就知道他是个神经病、妄想狂。在我们胜券在握的眼中，王肯黑色的脸像一个高级面具，他衔着的粗大的雪茄看起来也显得有点哗众取宠。我的心中甚至不合时宜地涌出对王肯的怜悯，我甚至想接下来我们对王肯要做的似乎太残忍。但周保政没有我这样的可笑的同情心，他居高临下地对王肯说："王肯，你是个疯子。"

王肯显然对我们的出击没有准备，他还以为周保政是在表扬他，他说："对，有时候我确实感到自己很疯。"

周保政指指自己的脑袋，说："我是说你这里似乎有问题，有幻觉。"

王肯警惕地说："你什么意思？"

周保政说："我们认为你有必要去检查一下你的脑子。"

王肯明白了我们不怀好意，他的脸上露出迎战的表情，说："你们认为我有病？你们才他妈的有病。"

周保政说："我们很替你胆心，你总是说你杀了人，可事实上你没杀人，这就很成问题。"

王肯说："谁他妈的说我没杀人，信不信由你，是我杀死了那个男人。"

周保政说："你是在林庙杀死他的对吗？那个男人死在一棵老樟树下对吗？可事实是林庙根本没有他妈的樟树，连树的影子都没有，你的场景还真他妈的戏剧化，是不是话剧看多了？那地方有什么你知道吗？你一辈子也想不出来，因为你根本不熟悉那地方。"

王肯的脸上露出迷茫的神色，他说："这么多年了，那地方也许改变了不少。"

周保政说："没变，我们调查过了，那个地方十年前就是个垃圾场。那个地方没人愿意走近，到处都是苍蝇蚊子，几里之外就闻得到臭气，你总不至于在那样的地方练你的剑术、做你的英雄梦吧？"

王肯低下了头，他黑色的脸变得苍白起来，目光游移，双手在身上摸索。一会儿，他说："结账吧，回宾馆我让你们看看当年的报纸。"

来到宾馆，他从箱子里找出那张报纸，递给我们。

他说："我真的杀了人，你们为什么不相信我？你们看，这是当年关于杀人事件的报道。"

我从王肯手中接过那张报纸。上面确实是某个凶杀案的报道：

> 〈本报讯〉昨天晚上，本市郊区林庙一带发生了一起恶性凶杀案，被害人为男性，约四十岁，赤身裸体地死在一草堆里，他的心脏被利器刺穿。据警方分析，此人死前有性活动，死者极可能死于情杀。

王肯见我读完，满怀期盼地对我说："这下你们信了吧，报纸上也登了。"

这是王肯最后一根救命稻草了，我感到他快要崩溃了，他拿出这份东西在做最后一搏。我感到这事十分荒唐，王肯为了证明自己的历史，竟拿出了别人写的文字。我又一次看到了文字的霸道，有时候它比生命的存在更为有力。

周保政不会放过王肯，在关键时刻，周保政善于痛打落水狗。他用毋庸置疑的口吻说："这能说明什么呢？也许你的故事正是来自这篇东西，只能说明它是你灵感的源泉，还说明你依然是个胆小鬼。"

王肯突然拿起桌子上的刀子，他的脸色像十年前那样苍白，他举刀的姿态也几乎和十年前一模一样，双手在不住地颤抖。看到这个和十年前出奇相似的场景，我在心里对自己说，王肯完全输了。

周保政脸上依旧是那份残酷的冷笑，他傲慢地把手放到桌子上，轻蔑地说："你有种的话你就刺下来。"

周保政的话还未说完，我就看到了王肯的眼中起了变化，他的眼睛突然聚起灼人的光亮，光亮的深处是残忍和镇定，王肯脸上的伤疤下意识地抖动了几下，也骤然发亮，他手中的刀子划过一段漂亮的弧线，落在周保政的手心上，周保政的手被牢牢地钉在桌子上面。

　　血液像喷泉一样撒向天空，一部分落在周保政的脸上，一部分落在他的衣服上。周保政木然看着王肯。我知道周保政的手将会终身残疾。

1998 年 7 月 22 日

一个叫李元的诗人

啊，八十年代，一个诗意沛然的年代，一个混乱的年代，一个激进而冒险的年代！

——摘自李元的日记

一 寻人启事（一）

我居住的这个南方城市，冬天总是漫长而寒冷。遥远的西伯利亚的冷空气常常盘桓在这个城市的上空，袭击每一个人。每当这个季节来临，我一般足不出户。特别是晚上，我总是早早爬到床上，坐在温暖的被子里看电视。这样的夜晚，不管电视里放什么东西，我一律照单全收，从不放过任何内容。我的妻子却对电视不感兴趣，她喜欢看一些哲学著作，她不时嘲笑我低俗的品位。在平庸的九十年代，像我妻子这样热爱哲学的人是稀有的。书上说喜欢哲学的女人很可怕，我妻子有时确实十分可怕。

一天晚上，电视里实在没什么有趣的内容，我只好看一部不知什么名的台湾言情剧。我渐渐看出名堂，完全被吸引住了，我看得心里发酸，替那对小情侣揪心。我妻子不失时机地说："操，怎么什么都要看，你算哪门子知识分子。"我没理睬她。我最好什么也别干，与她坐着谈谈哲学或怀旧。女人们大都是怀旧的高手。

就在这个时候，电视荧屏的下方快速掠过一排文字。是一则寻人启事。要是在别的季节，我对这类东西没什么兴趣，不知从什么时候起，莫名其妙的离家出走者变得多了起来，几乎与日益猖獗的犯罪同步上升，看得多听得多了也就不再大惊小怪。问题是现在是个冬天，犯罪几乎也在冬眠，竟有人还要离家出走。想象一下，在凛冽的西北风下行走需要怎样的勇气。我便仔细看字幕，结果让我和妻子大大吃了一惊。

启事让我们想起一个叫李元的诗人。

启事是这样的：

> 李大元，男，二十七岁，两天前离家出走，至今未归，家人万分着急。出走时上身穿红色夹克衫，下身穿牛仔裤。其人身高 1.67 米，额头有一颗明显的黑痣，有知情者望速电告家人，电话：7642314。

我惊呼起来："呀！你看，李元，诗人李元。"

妻子被我吓了一跳，凑了过来。

启事第二次在电视上出现。从启事显示的电话号码上可以看出这个离家出走的人就住在我们城市的郊区，这和诗人李元的老家是一致的。我妻子说："真是李元啊，上面描述的与李元一模一样。"

我说："肯定是他了，记得吗？在学校里他喜欢穿红色的衣服，瘦瘦的脸，一头长发，看上去怪怪的。对，他的本名就叫李大元。"

妻子说："我记起来了，那时他特别有个性，动作潇洒，很有风度，我们女生在宿舍里谈得最多的就是他。"妻子的眼睛开始发亮。

"我们有多少年没见到他？有八年了吧。"

"他好像是被学校开除的吧？"

"是的，都说他有病。不过谁说得清呢，诗人们一般都有毛病。"

二　去乡下找感觉

诗人李元在我们的怀旧里慢慢清晰起来了。透过时间的尘埃，我看到诗人李元那张时而生动时而苍白的脸，我还看到他激动时被欲望扭曲的神情。他的眼睛很大，甚至有点女气，眼珠有时候十分混浊，有时候却清澈得像个孩子。不管是混浊或是清澈，他都会用眼睛固执地直视你。他略显矮小的身材看上去十分结实，浑身散发着荷尔蒙的气息，显得力量无穷。

由于我的孤陋寡闻，我一直没有发现身边竟有一个叫李元的诗人，并且这个人还是我的同乡，这对一个文学青年来说简直不可原谅。直到有一天，我在食堂门口看到一则启事，我才有了机会认识这个叫李元的人。

在我的印象里，八十年代末似乎普洒着哲学之光。那时候，在我的朋友们中间确实有许多尼采或海德格尔的崇拜者，你甚至很容易在学院里辨认出这类人，他们眼神锐利，眼白过多，看上去十分敏感。除了小范围的沙龙，学院里常常有哲学讲座，主讲人是那些游历过西方的青年教师。这些教师不但贩卖哲学，还贩卖西方生活方式。我想李元的那则启事很可能是受到他们的启发。

诗人李元在食堂前的布告栏贴了一则启事。启事有一个名字叫《去乡下找感觉》。

启事是这样的：

　　去乡下找感觉并不困难，只需带上干粮、酒还有浪漫的情怀，于 12 月 6 日到汽车东站三号窗口找一个叫李元的人，那么素不相识的人会走到一起，经历共同的乡村生活。你不想在平淡的生活中来点奇迹吗？

　　我得承认这是一则颇具有煽动力的启事，至少我没有经得住诱惑。学院生活并不像想象的那样有色彩，加上青春期躁动不安的情绪，我们每个人看上去都像一个孤独者。的确有一段时间，我害怕待在熟悉的人群中，而到了诸如火车车厢这样的环境里，我反而能袒露自己，表达自己。我怀着在陌生的人群中寻求安慰的期待，还怀着在陌生的人群中来点艳遇的不可告人的梦想，在 12 月 6 日那天，惴惴不安来到了东站。一路上我都在担心是否还有另一些像我这样的傻瓜来到这里。

　　我的担心是多余的。显然我不是最先到的那一批，在我之前已来了差不多六个人，两女四男。我最关心的是两女的长相是不是漂亮。一个姿色平平，没给我留下什么印象，感觉中那次乡下之行她总是游离在众人之外；另一个还算可以，虽然称不上美女，但体型很棒，胸脯曲线十分优美。这女的一头长发，脸稍瘦削，她的气质一看就是不着边际的人。一会儿我知道了这个女子叫陆莉。其余四个男的就不值一提了，我想他们肯定是因为无聊才来寻找感觉的。很奇怪，这之后我再也没在学校里碰到过他们。因此他们实在可有可无，用不着多讲。

　　有意思的是那天大家都到了，那个叫李元的人却一直没有出现。我们彼此问对方是不是李元，人人都得到否定的回答。我们开始认为李元也许根本就不存在，这个启事只不过是一次恶作剧产物。但我们既然来了，也不打算就此罢休，我们决定把这个游戏玩下去。

就在去乡下的长途汽车快要开的时候，李元出现了。那天李元穿着一件红色休闲西服，下穿一条牛仔裤，一头长发散乱着。他气喘吁吁地跑到大伙中间，自我介绍说："我是李元，对不起，让大家久等了。刚才出了点事，耽搁了。"这时我们注意到李元的西服口袋已被撕破，脸上有一块青紫伤痕。我猜想李元刚才有过一场打斗。

李元为我们叙述了一个英雄的故事。照李元的说法，他来东站的公交车上碰到两个小偷，正在偷一个刚上车不久的女人的包。李元说："如果他们偷的是一个男人的包我是不会去管的，可是他们偷的是老人、妇女、儿童中的一员，偷的是个女子，这我是一定要管的，这是我的原则。"李元看到一人从女子包中摸了什么东西塞给另一个人，就冲了过去。他猛喝一声，叫小偷把东西还给那女子。不料小偷没买他的账，大声说："谁偷了东西？"李元指了指那女的说，你偷了她的东西。小偷就恶狠狠地问那女的，你少了东西吗？谁知那女子一脸惊恐，连连摇头。两个小偷围住李元，对李元动手动脚。现场竟没一个人站出来主持公道。李元悲哀地说："这是什么世道啊！"李元的脸上露出绝望的神色。

在没有英雄的年代，李元的英雄行为无疑让我们对他刮目相看，至少李元那天赢得了那个叫陆莉的女子的崇拜。我想起来了，我们那次乡下之行是在冬天，陆莉正好带着一只热水袋。陆莉听完李元的叙述，面露关切，拿着热水袋对李元说："你脸上瘀青还没化开，等一会儿就麻烦了，要破相的，你就拿这个热一下。"李元满脸幸福地拿来热水袋把脸整个儿贴在上面，他甚至还说了一句看似开玩笑实际上又充满哲理的话："脸上的伤可以用热水袋疗愈，可心里的伤用什么办法治呢？"我一本正经地说："女人。"于是大家都笑了，刚才关于李元的英雄故事就在这样的笑声中稀释了，只有陆莉一直深情地瞪着李元。

爱情通过热水袋急剧升温。我想我们对李元有种吃不到葡萄说葡萄酸的感觉，我们见了李元和陆莉那天出格的表现后一致认定陆莉是一个烂货。

那天我们去了一个叫状元村的地方。白天我们在那地方胡乱地走来走去，故弄风雅看一些没有特点的景物，晚上我们住在一幢名叫花园的据说是招待上级来人的平房里。虽然我们几个算是一起来的，但因为从上车那一刻起，李元和陆莉基本上目中无人了，我们这个团队实际上处于形不散而神散的状态。我感到很无聊，晚上一个人出去了。我在村里的小吃店吃了点面条，回到平房。男宿舍里没人，就去女宿舍看看，我进去时同来的三个男的和一个女的正在打扑克，我在旁边看了会儿。这时我看到其中挂着厚厚蚊帐的一张床在上下晃动。我感到很奇怪，就走了过去看个究竟。我撩开蚊帐，吓了一跳，李元竟和陆莉赤身裸体躺着，像蛇一样地绞在一起。我听到背后有人在笑我，他说："看来有人中了头奖了。"我红着脸，连忙退了回来，吐吐舌说："竟当着你们的面干。"不料打牌的女生说："这有什么奇怪的，我们寝室里的一个女生常留她的男友在我们房里睡。"一个男的问："你们没意见啊？"女生说："怪，她男友又没睡到我床上，我有什么意见。"

我还是对李元和陆莉的速度感到吃惊。我努力回忆一路上他们之间的一些事情。在长途车上，他们也许已有点猫腻了。当时我们都没找到座位，我对陆莉肯定也有那么一点好感，我前面说过她的形体很好，她穿着件薄羊毛衫和一件厚长裙，看起来很性感，我想和陆莉靠得更近，可以说上话。陆莉对所有男的都很热情，她的表情中还带着些许讨好的成分。我断定她是个贪得无厌的女人，她想博得每个男人的好感。我还断定她是个轻佻的女人。我虽然有些鄙视陆莉，但占便宜的心思还是有的。我开她玩笑："你累吗？累的话你就坐到李元的腿上去。"当时李元靠着一边的座椅背，一只臭脚却搁在对面座椅上。陆莉的反应让我意外，她发出十分做作的笑声尖叫道："你真幽默。"我听了后再无逗她的兴趣。李元一本正经地说："你累的话不要客气，就坐到我的腿上来。"车上的人越来越多，李元又做起了绅士，主动承担起陆莉的保卫工作。他很自然地用身子挡住人群，使陆莉得以站稳。在乘客的推挤下，李元和陆莉越贴越紧。在我的回忆里，李元的脸上洋溢着幸福的表情。李元的衬衣很肮脏，发出一股刺鼻的臊气，令人反胃。难道陆莉没有闻到吗？

我实在不想多说那次乡下之行了，那次乡下之行我们没有什么感觉，只有李元才找到了感觉。

三　欢迎加入联合诗社

我马上知道李元原来的名字叫李大元，并且还知道他是一个诗人。我想他一定是从把李大元改成李元那一刻才成为一个诗人的。在我的印象里，八十年代还是诗歌的年代，诗人多如牛毛，人们以诗歌的名义聚集在一起，发起一次又一次诗歌运动。当我知道李元是个诗人后，我很想同他聊聊诗歌。但那次乡下之行并没让我们熟识，恐怕他早已把我忘了。有时候我在学院里碰见他，他双眼茫然，像是在思考深奥的问题。在我眼里他这副样子很像个诗人。

陆莉确是一个烂货，至少她同宿舍的人这么说。我问起陆莉同诗人李元的关系，一个女生这么对我说："陆莉这个人不会同任何一个男的好上一个月，她是个特别水性杨花的人。"我又问："他们已经结束了吗？"那女生说："李元肯定有病，他特纯情，装得像琼瑶的男主角，而陆莉最厌恶的就是琼瑶那一套。"我问："陆莉把李元抛弃了吗？这不可能吧，李元可是个诗人。"那女的一脸嘲笑说："李元不像一个诗人，倒像一个傻瓜。他甚至看不出陆莉其实在应付他，他天天到宿舍来，有时候陆莉不在，他就一直等着。我们都知道陆莉肯定同哪个男的出去了，晚上不可能回来住，她很少在宿舍里睡觉。像陆莉这样的人不愁没睡觉的地方。"我问："你们没告诉他真相？"她说："我们都挺同情李元的，也含蓄地同他说起过陆莉的事，可他没有什么反应，他要么不相信我们的话，要么无所谓。"

我开始理解李元的茫然了。李元的茫然是因为爱情受挫。这使我觉得李元是个可以亲近的人。倒霉的爱情使诗人李元的光芒受损，使我有信心同李元谈谈诗歌了。一天，我看到李元站在食堂的布告栏前看一则启事，我小心地走了过去。李元的手上拿着一把刷子，上面粘了一些糨糊。我猜想这则启事是李元刚贴上去的。我看启事，启事的题目是《欢迎加入大学生联合诗社》。

启事是这样的：

你生命中的诗意总是流淌在一片荒芜之中，现在你的身边将出现一片绿洲，如果你是倦鸟你就来此栖息——大学生联合诗社将于近日成立，你只需交两首诗及十元钱就可成为光荣的诗社社员（交纳的会费全部用于编辑一份诗歌报刊，发表社员作品）。

联系人：李元

报名地点：3 号楼 304 室

李元正陷入憧憬之中。我站到他面前，把他拉回现实。"还记得我吗？"李元还记得我。我指指启事说："近来忙这个？"李元说："朋友们合计了一下，打算搞点影响出来。"李元双眼明亮，露出孩子般满足的微笑，他鼻子上的汗珠也因此变得调皮可爱起来。李元意气风发地理了理遮住他半边脸的长发，说："喜欢诗歌吗？喜欢的话欢迎加入。"我确实很想加入，因为自己的愿望被李元说中，脸就红了。我笑笑说："写是写过几首，不过实在拿不出手。"李元豪气地说："不在于写得怎么样，主要是交点朋友。"李元说话时眼中充满幻想，使他看上去显得十分生动。

我去了 3 号楼 304 室。我精心挑选了两首诗歌，一首像普希金，一首像惠特曼。那时候我精力过剩，没处发泄，因此有点热情过头。我的怀里还揣了一些钱，那是为了实现梦想的预付款。报名的人很多，我前面说过那时节诗人多得像过江之鲫。李元正忙得满头大汗。我想李元是个多汗的人，他的诗歌是否也像他的汗水一样丰沛呢？他对每个人都很热心，满脸笑容，双眼却瞪着人家的口袋，让我觉得这些人的诗歌在李元那里一钱不值，李元感兴趣的只是人家口袋里的钱。李元见了我，照例习惯性地看了看我的口袋。我还以为他怀疑我因为同他认识而不想付钱或者认为我穷得拿不出十元钱，我一冲动，掏出一张崭新的五十元面额的人民币。李元见了眼睛果然一亮，几乎是把钱抢了过去，笑说："五十元，太好了，我们极需要钱，多多益善啊，谢谢你如此大方。"李元滔滔不绝地说着，几乎不让我插嘴。我没料到李元来这一招，我是个很重面子的人，旁边有那么多人，我不好意思说自己其实只想拿出十元钱。我很心痛，你想那是什么年代啊，五十元钱够得上我一个月的伙食费。谁说诗歌和粮食没有联系呢，为了诗歌我将面临这个月的吃饭问题。

五十元钱显然起了作用。诗社成立那天，李元不顾那些十元的，对我这个五十元的分外照顾。他把我安排在主席台下第一排中央的位子。我坐下，观察各路诗人。我注意到那天李元是以一个勤杂工的形象存在的，他热情地同人们握手，脸上的笑容装模作样。我看不出李元有一点点诗人的影子，而是更像一个商人，并且是一个奸商，我则是一个受害者。梦想成为诗人的人们显然对李元这个实际上的组织者不屑一顾，他们把崇拜的目光投向主席台。我想主席台上都是真正的诗人了，而我离他们如此之近。是不是从此以后沾了诗人的光就能写出伟大诗篇呢？一会儿在李元的介绍下我将认识上面的人。上面的人中有一个诗人读了当时还算是地下诗人但名气很大的于坚的贺信。会开得大家信心十足，大家都自我感觉良好，仿佛写出伟大的诗篇不在话下。会开好后，十元的和五十元的只好走了。

不知是看在老乡的面上还是看在我那五十元的面上，这之后李元请我参加了一个范围更小的聚会，地点是在王氏酒居。王氏酒居在我们学校东侧，李元说那是他的一个哥们开的咖啡馆，这个哥们也在诗社的核心成员之中。我走入咖啡馆，咖啡馆灯光昏暗，诗人们都在吞云吐雾。诗人们见到我很冷漠，只有李元热情地向我招手，示意我坐在他身边。我不安地坐了下来，觉得他们坐在咖啡馆里似乎更像一个诗人了，比坐在主席台上更像回事，而我怎么看自己都不像诗人，我的头发不够长，我的衣着不前卫，我的形象不够"思想"。不一会儿我神魂稍定，看清长发中竟有若干女诗人，她们也在抽烟，脸上的表情很哲学。那个读贺信的人正在发言。他在谈上个世纪末叶发生在欧洲咖啡馆里的一场以美的名义发起的运动。这个人讲得十分精彩，眼神精光四射，从他嘴里吐出的名字让我眼界大开。"一个耗尽元阳的漫长战争偃旗息鼓了，但未来一片朦胧。"那个人说，"一些天才在美的名义下聚集在一起。爱伦·坡沉溺于酒瓶，在恍惚中做着离奇的梦；同性恋者王尔德写出了被认为不道德和污秽的小说《道林·格雷的画像》；波德莱尔那些撩人感官的美丽诗句是对自己健康和命运的探索；魏尔伦在苦艾酒的芬芳里安心地颓废，并把它演绎成诗意的象征。天才总是以极端的方式来启示世人。颓废有着惊人的美艳。"

那个读贺信的人演说的时候，李元不停地在笔记本上记着什么。我知道他是诗社的秘书长，一些杂事都由他包揽。

一个女诗人说话了。她一览众山小地向大家指出，我们这个时代就像上个世纪末的欧洲，她预感到一场关于道德及政治的变革将不可避免地发生，这是一个革命的年代，在这个疾病缠身的年代，谁向世人确立一种遗世独立的形象就意味着谁拥有这个时代。她说，为此，我们应该惊世骇俗，经历一场伟大的历险。

她的演说不停地被人们的掌声打断。

我觉得诗人们说得远了，离诗歌本身也远了。像我这样一个平庸的人看来是很难理解诗人们的鸿鹄之志的，我觉得这些在咖啡馆高谈阔论的人即便真做出什么惊世骇俗的事也没人会理会他们，他们又不是电影明星或一夜成名的歌星，谁会在乎他们呢？我自以为是地断定，他们是一群不着边际的天真的人。

我宁可同李元谈谈诗歌本身，谈谈普希金或惠特曼。我对身边的李元说："这些人的口气是不是太大了点，一个学生诗社能成那么大的气候吗？"李元皱了一下眉头，狠狠地瞪了我一眼，说出一句类似政治家说的话："热情是没有罪的。"我说："你们究竟想写什么样的诗歌？像北岛那样的还是像舒婷那样的？"这次李元粗暴地打断了我，他说："请不要同我谈诗歌，你没有资格同我谈诗歌。"他这种外交官的辞令让我闷了半天都没想出一句话回击他。我愤然地中途退场了。

我们每个人都收到过诗社编发的第一期诗报。诗报头版就是篇宣言。那也是一个宣言的时代，每个刊物在处女号上都要来点宣言以表明自己的贞洁。他们在宣言宣称北岛们是"什么也不相信"，而他们根本没有相信这个概念。他们相信世事无绝对，邪恶的事物可能包含着单纯的美，没有一个绝对的公义，全凭着内心需要与体验。

我手捧报纸激动得不得了，从头翻到尾，试图发现我的大作。显然我不可能出现在上面。我很愤怒，为我的五十元钱不平。我发现了李元的诗歌，题目是《一个叫李元的诗人》。时隔多年，我还清楚记得李元的诗句是这样的：

一个叫李元的诗人
根植在黑暗中
开放美艳的罂粟和爱情
渴望坠落和飞翔

我对李元很不满。为了排遣我心中的不满，我去了304室。许多人围在一起说笑话，脸上荡漾着带着欲望气息的会心笑容，这种笑容往往同男女器官关系密切。李元没有参与。是不是诗人与器官无关呢？那拨人中的几个用奇怪的眼光打量我，似乎对我找李元这件事相当不解，不过他们没有过分关注我，又投入新一轮的讨论中。李元见到我，脸上露出几分警惕，但基本上保持了他惯常的热情。他说："发给你的诗报看了吗？"我刚想点头，那边忽然有人说："屎包？早已拉在厕所里了。"

这显然是挑衅。战争的足球踢到李元半场，李元会怎么办？李元以迅雷不及掩耳的速度抢起一只啤酒瓶对准那人砸去。我目睹了一场流血事件。那拨人装着劝架，死抱住李元，他们暗中打李元的身体。最终诗人李元与那个啤酒瓶牺牲者均被送进了医院。

作为事件的目击者，校方传召了我。同我谈话的是系党办主任，一个女人，她从一开始就向我暗示李元是个混蛋。在五十元这件事上李元确实是个混蛋，不过在这次的事件里，李元不算是个混蛋，在我看来还颇有悲剧英雄的色彩。她不断暗示我说，李元不合群、感觉良好、生活混乱、不进教室读书、黑夜与白天颠倒、闹事、同校方对着干，叫人厌恶。可这些与我何干。结果可想而知，她很不满意我的目击，我几乎一开始就在为李元开脱。

我还去医院看望了李元。李元缠着绷带，躺在床上看一本叫《天龙八部》的小说。李元已闻知我在校方面前替他说了不少好话，他的脸上升起庄严的真诚。李元撩开被子，欲起来迎接我。我连忙过去把李元按倒在床上。经过必要的寒暄、客套，李元不安地说："你的诗，我读了，太旧了，如今诗恐怕不是这样写的。"我说："知道，知道，诗坛的事你暂时不要操心了。"他笑笑说："那天多收你四十元钱，目前诗社资金紧张，等稍宽余，就奉还。"我被他的真诚感动，结结巴巴地说："本来多交点也算是为诗歌出点力，实在是力薄，交了钱就发生生存问题了。"李元说："我知，我知。"

陆莉进来了。李元双眼直勾勾地看着陆莉，完全忘了身边的我。我想，李元真是个重色轻友的家伙。我还想，李元和陆莉也许并不像传说中那样已经结束了。陆莉带来了一束玫瑰，走到李元身边，不顾病房里其他病人和我，俯下身子，亲了亲李元。刚才略显嘈杂的病房顿时安静下来。李元像一个孩子一样，深情而依恋地看着陆莉。陆莉看到我，她居然还记得我，表情夸张地主动与我握手。她说："是你啊，嗨，那次乡下之行太有意思了，真令人难忘。我记得那里有一棵大榕树，我和李元两个人才把它围住。我和李元还把名字刻在上面呢。真想再去那地方看看。"我记不得那地方有什么榕树，很惊奇，印象里的那个地方竟同陆莉说的完全不一样，仿佛我们去的不是同一个地方。我想这是因为我在乡下没找到感觉而他们找到了。我说："等李元伤好后，你们是应该再回去看看，你们可是在那儿认识的。"陆莉说："咱们一块儿去，你我他，我们三人。"陆莉同我热烈交谈时，李元一边摆弄那朵玫瑰，一边在偷偷地看我，目光警觉，或许目光里还有点儿酸溜溜。难道李元吃醋了？陆莉注意李元，继续同我谈她的乡村感觉。她说："我同你说好了，就下个星期去，怎么样，我怎么同你联系呢，你有名片吗？"我说："像李元这样的诗人才印名片，我印了有什么用。"陆莉说："那你把你的寝室号留给我。"当我掏笔找纸要留条的当儿，李元说话了。李元说："你不用写了，我知道就行了，我会告诉她怎么找到你的。"李元是真的吃醋了。叫我怎么办呢，我除了告辞外，难道还想在他们中间插上一杠吗？

几个月后李元真的成了我们学院的明星。八十年代，李元他们的成绩在我们看来简直是奇迹，简直是匪夷所思。我们，包括李元他们做梦也没有想到，他们编的诗报中的部分内容被美国的一家杂志转载了。宣言当然列在其中，李元的诗也居然榜上有名。八十年代恐怕很少有人享有这样的殊荣，那时我们或多或少有点崇拜西方，如果什么东西被老外看中，我们的民族自尊心便陡然提高，大家会骄傲得不得了。现在我们把这种西方中心主义观念称为后殖民，那时全国人民都很后殖民。可想而知，受震动的不光是我们，诗坛也被震动了。震动诗坛的征兆是从此以后李元他们有了各式各样的社交活动与文学讲座。在我们学校，李元不高的身材、臭气熏天的衣衫和一头飘逸的长发成了大家的焦点。在女生眼里，黑马李元是不是她们的梦中王子呢？

我谈恋爱了，对象是我现在的妻子。哲学在那时已在她的思想里生根发芽。我有时向她炫耀我认识诗人李元，她会激动得不得了。她说："啊，李元啊，他的诗讲的是人的存在啊，讲的是人命定的孤独啊。"她希望我把她引见给李元。自从李元他们成名以后，大家都在传说诗人们混乱不堪的生活。在人们的想象里，女人总是像蝴蝶一样围在诗人们周围并在向他们献媚。对这些传说我一般抱着不信的态度，我嗅到了李元他们的团体有若干性的气息，但我倾向于认为事情还不至于那么严重，只是人们都习惯于把诗人们想得比较腐朽而已。我虽对李元的纯洁还有一点信心，但我还是觉得把女友领到他面前并介绍给他，等于把一只羔羊送到虎口上。

女人们总有她们的办法，你永远估计不到她们的能量有多大。女人们如果想做成某件事，她们总能如愿以偿。有一天，我女友同我说，她昨晚和李元泡在王氏酒居里喝咖啡。果然从咖啡馆回来的女友气味有点不对头。

我女友说，李元那天送了她一朵黄色的玫瑰。说着女友的脸上露出幸福的神采。她说，他进来的时候很多人看着他，对他指指点点。泡在王氏酒居的人大都是我们学院的学生，他们都知道他就是诗人李元。李元旁若无人，没正眼瞧他们一下。"我们昨晚谈得最多的是人生。"女友说，"他的话是多么精辟啊，他说他时刻感到体内的鲜血在涌动，时刻有一种献身的欲望，他说生命在献身中显示存在，显示本来的意义。"我冷冷地看着女友，生出醋意。我想，看来李元想在我们中间插上一杠。

李元那天晚上说过的精辟的话成了我女友的口头禅。李元的思想左右了我女友的行为，既然生命的意义在于献身，她就毫不犹豫地献身给了我。我没想到，我是李元哲学的最大受惠者。

我女友向我隐瞒了那天晚上发生的另一件事。这是我后来知道的。事实上，我女友那天晚上和李元谈得并不尽兴。当李元滔滔不绝向我女友谈论着精深的思想时，陆莉不期而至。陆莉站在李元身旁，没说一句话，也没有瞧我女友一眼，李元却一下子成了哑巴，只是嘿嘿地向陆莉笑，并且木偶似的站了起来，跟陆莉走了。我女友被冷落在那里。

四　租房

李元和陆莉的爱情一度是我们学院男女宿舍热衷讨论的话题，他们的爱情或多或少显得有点与众不同。所有的人都在说陆莉是个烂货，都在说陆莉和每个诗人都有一腿子，不过我认为这只是人们的臆想，生活太平淡了，人们需要一些刺激性的谈资，而艺术家在人们的想象里通常总是放荡不羁的。传播陆莉消息的那些人其实根本不认识陆莉，更不要说同陆莉有什么瓜葛了。至于李元和陆莉的爱情究竟是什么样子，只有他们自己知道。

一个周末的晚上，我在街头碰到了陆莉。当时已过了九点，陆莉背着一只小包，对着自己的影子，一脸茫然地行走着。我感到有些奇怪，在我的印象里陆莉身边是一定有一个男人的，不是李元也应该另有他人。我叫了她一声。听到有人叫她，她木然地站住，神情古怪地看着我，好像不认识我。一会儿，她眼中噙满泪水。一见到泪水我就慌了神，我不知道为什么我一声叫喊会击中她的伤心处。看见她悲伤落泪，我没有办法不去安慰她。我走到她身边，问："怎么啦？"

我原以为陆莉碰到什么了不起的麻烦，经她一说，我才知道一个人吃饱饭后竟可以为不值一提的小事而心生烦恼。原来在这之前李元他们有个派对，也许他们对唱唱跳跳的派对腻味了，诗人们想来点新鲜的，有人提议在参加派对的女子中间选一位今夜的皇后。大家都觉得这个主意不错，陆莉也觉得这很有趣。陆莉想，如果单凭容貌她没啥希望当选，如果凭魅力就难说了，她成为今夜的皇后不是没有可能。李元投她票不在话下，她同诗人们关系都不错，他们也极有可能投她。如果她被选为皇后，那是多么让人开心的事啊。投票结果令她大失所望，她竟一票未得。最终当选的是那个总在发嗲的女子。更让陆莉气愤的是李元也没有投她，让她颜面扫地。她脸色一下子惨白，对周围产生了敌意。当李元把一顶用纸叠的皇冠戴到那女子头上时，陆莉歇斯底里地叫了一声，又神经质地逃离了派对。

听完陆莉泪眼婆娑的诉说，我心里乐不可支（同时对诗人们糜烂的生活十分向往），我尽量控制住自己的情绪，使自己不至于笑出声来。

我说："你为什么要当皇后呢，你应该知道你长得不是很漂亮。"

陆莉说："我才不要当皇后呢，问题是李元也不投我的票，他如果爱我的话就应该投我的票。"

我说："是选皇后，又不是选情人。"

陆莉说："我不管，如果他爱我就应该选我，我在他眼里应该是一位皇后。我算是看透他了，我再也不会理他了。"

经过一番激烈的述说，陆莉明显比刚才平静多了。她平静了以后，竟向我抛出一只彩球。

陆莉说："我们不要再说这桩扫兴的事了，我们不理他们，我们玩我们的，我们去喝咖啡好不好？"

我感到既向往又害怕。我情不自禁地看了一眼陆莉娇好的身姿与丰满的胸脯，心跳骤然加剧。关于陆莉所作所为的传言严重影响了我的想象，激发了我的幻想。我不由得跟着陆莉走进了路边的一家咖啡馆。我装模作样地喝着咖啡，不知道今夜我们将朝哪个方向发展。

我们进咖啡馆没多久，李元满头大汗地奔了进来。他气喘吁吁地说："我找遍了所有的地方，总算找到你了。"

陆莉没理他，仰着头看也没看他一眼。李元的到来让我心虚，我害怕李元吃醋。李元似乎根本没有意识到我的存在，他一个劲向陆莉认错，最后李元竟当着众人的面在陆莉面前跪了下来（真的像电影里一样）。见到这惨不忍睹的场面，我只好悄然溜走。

我想这就是李元和陆莉的爱情实质。

炎热的夏季就要来临了，我们这个城市的电线杆上出现了一则租房启事。这则启事与那些霸道的治疗性病的老中医的广告并列着，显得有点寒碜。我一眼看出上面的字是诗人李元的手迹。

启事是这样的：

> 欲在学院区附近租一私房，面积十五平米即可，不在乎地段是否热闹，不在乎交通是否方便，只要下雨不漏，刮风不倒，我们就会租，租价越便宜越好，有符合条件的私房拥有者按下列地址函告李元。
>
> ××学院 3 号楼 304 室

我想李元是需要有一间房间了。他在自己的寝室里是那么格格不入，再说他还要安置和陆莉的爱情。毫无疑问，爱情的最佳地点是一间房间。

我们学院位于城市西郊，如果花上一点钱真要找一间农民的房子是容易的。农民的房子不像城里人那样只有几个平米，他们的房子在城里人看来简直像庄园——当然设施简陋了一点。李元很快找到了适合于他的房子，一间离我们学院大约三公里路程的一个小山坡南面的平房。

李元搬进小屋的那天，不知道出于何种原因，他居然请我去一起庆祝他的乔迁之喜。我想他请的肯定不止我一人，他的那帮诗友一定在请之列，我担心去了会和他们格格不入。不过我还是去了。

李元买了不少熟食。酒是少不了的，买了好几种。有了酒气氛就会不错。整个晚上，大家处在乐观的情绪中。我觉得对学生李元来说这是在挥霍，他哪来那么多钱呢？正当我疑惑不解时，李元提议大家尽情地喝，他说他们已得到境外一个机构的赞助，以后在资金方面没后顾之忧了。

大家灌李元的酒，那个读于坚贺信的诗人更是带头起哄，他要李元和陆莉向大家表现最大胆的动作。我担心李元和陆莉会脱掉裤子，我可是已经领教过的。李元这回还算文明，他说，他和陆莉为大家表演一个节目，名叫《男人的成长》，小标题是《接吻的十三种方式》。大家吹起了口哨。

李元通过接吻的技巧表现了男人在恋爱各个阶段的不同行为模式和心理状态。少年时男人碰一下女人就像烫着火一样迅速离开，而老年时接吻变得缓慢、沉稳，闭着嘴就这么碰着。他的表现不像题目那样吓人，应该说还挺艺术的。我由此断定李元是一个表演欲很强的人。那天李元喝了不少酒，不过没醉。看来李元酒量过人。

李元租房这事传到我女友的耳朵里，我女友的心思就活动开了，她也想让我去租一间。当时我们学院确实有不少人在外面租了房。但我没钱，即使心里十分想满足我女友的要求，也没任何办法。女友的情绪一时波动起来，脾气变得不好，我们为去不去看一场电影这样的小问题而大吵大闹了一次。看电影是我提议的，不料我女友竟讽刺起我来，她说，拉倒吧，你就是请我看场电影充充阔佬。我被她气得不行，当场发作了。结果她昂着头扬长而去。

我很羡慕李元。他可以安置他的爱情了，而我看来只能为爱情提心吊胆地在荒郊野外偷偷摸摸，难怪女友对我产生不满。带着羡慕的心情，我又去李元的平房，近乎失恋的我很想在李元那里寻找点安慰。

我是晚上徒步过去的，离第一次去他那里已过了两个多月。我远远看到李元的平房灯火通明，房间里气氛十分热烈。我知道一定还是那些人。他们是多么无忧无虑啊！我迟疑是不是进去，我觉得自己此刻的样子就像突然闹入欢乐房间的不祥物。转而又一想，既然已经来了，还是进去罢。

我进去时没人注意我，这很好，我找了个角落坐下。他们在欢迎一个西藏来的流浪汉。那个在诗社成立大会上读于坚贺信的诗人戴着一副墨镜，在主持欢迎仪式。他简短说了几句后，那个西藏来的人就开始讲他的西藏故事了。这个人脸上有土匪一样的胡子，脸膛通红——一种长期居于高原的特有的肤色。我看到桌上有一瓶白酒，也许是想麻醉一下爱情受挫的神经，我大口大口地喝了起来。我的耳边断断续续传来那个西藏来的人的声音。

"……我什么钱也没有了，我想我不能从西藏回来了，我在飞机场一筹莫展。这时我认识了一个老外，他有一只巨大的皮箱，我走过去问他愿不愿意帮个忙，他问我需要什么帮助，我说我没钱了，请他把我藏到他的箱子里然后托运回来。他说可以给我买张机票。我为自己的想法吸引住了，坚持不要机票而让他把我装入箱子里……"

耳边的欢呼声此起彼伏。我不知不觉喝高了，渐渐失去知觉，睡了过去。

我醒来时发现自己躺在床上。李元正在打扫昨夜留下的脏物。他见我醒了，在我的身边坐下，脸上明显地带着讨好的神情。我不由得惊觉起来，这是一张有求于我的脸。

李元说："你昨天是什么时候来的？我没注意到你来。"

我说："你们这么开心，哪里还会注意我这个伤心的人。"

李元说："你来我很高兴，你应该多来，学校里多闷啊，这里的艺术气氛让人感到幸福，不是吗？"

我说："你们是成名成家了，是诗人了，当然幸福。"

李元说："我们有我们的难处，我们经济发生了困难。我不知你能否借点……"

我终于明白了李元为什么对我如此低三下四。我连忙打断他的话："你们不是有国外的一个机构赞助吗？"

李元说："他们是这么承诺的，可我们还没收到他们一分钱，我们已催过无数次了，他们连反馈都不给。"

我看到那个西藏来的人从另一个房间里出来，脸上的土匪胡子好像打结一般，纵横交错，很是霸道。他的胡子开了条缝，我想张开的是他的嘴巴，他大概在同我打招呼。

从另一个房间里走出只穿背心的陆莉。她正处在梦醒之后那种十分疲劳的状态中，哈欠不断。她没像往日那样热情招呼我。我想，是不是此刻她才趋于真实呢？那个西藏来的人直愣愣地看着陆莉丰满的胸脯，他的眼睛微微有点发红，一会儿这人咽了一口唾液。我想，这个西藏来的人处在某种"饥饿"状态。

李元见我呆呆地看着那人，说："他是位勇士，是我们这个时代真正的艺术家。他的行动本身就是一首诗，是一件了不起的艺术品。他受了很多苦，已经有三天没吃任何东西了。他将继续完成他的旅行，但他已身无分文了，我们应该帮助他。"

李元峰回路转，话题又回到钱这儿。这让我害怕。看来我难以在李元这里找到安慰，李元像我的女友一样总是提这令人头痛的钱字。我赶紧从床上爬了起来。

我说："他已三天没吃东西了，我猜他肯定有几个月没过性生活了。"

李元说："这样的人我们有责任为他做些什么。"

我不想再和李元说什么了。我无法理解他们。难道能当着众人的面做爱的人真的什么都不在乎吗？

五 寻人启事（二）

当我试图讲述陆莉和那个西藏来的人可能存在着暧昧关系时，我的妻子打断了我的回忆。她不能同意我这个说法，认为我的回忆肯定存在问题，我可能篡改了事实，使李元看上去像个小丑。我妻子说陆莉和李元至少在那个阶段是真心相爱的，导致陆莉跟那个西藏来的人好上的原因同一个叫黄小妹的女子有关。我已经忘记了有黄小妹这个女子，但我妻子说得言辞凿凿。我对李元在我和妻子心中留下不同记忆感到惊奇。这怪不得我们，我们已有八年没有见过李元了，虽然李元的老家在我居住的这个城市的远郊，但在这八年中我们甚至很少想起过李元，更不要说联系了。要不是在这个冬天我们在电视荧屏上看到这则寻人启事，我们可能会把李元永远忘了。

在这个无聊的波澜不惊的九十年代的冬夜，这则启事让我们有话可说，让我们同过去顺理成章地衔接上了。由于我对李元的回忆表现得过分热情，妻子讥讽我，说我得了一种叫"李元综合征"的毛病。

我不可抑制地想起李元。我看一部关于云南的风光片时，我对妻子说，李元去过这个地方，他曾送我一张照片，背景就是这个地方。我找出尘封多年的相册，结果没找到，又不甘心，我努力回忆相片放到什么地方了，我翻箱倒柜，找遍每个角落，好不热闹。有一天我在家看法国电影大师基耶斯洛夫斯基的电影《白》，看到电影里那个波兰理发师钻入皮箱，当作行李被托运回波兰，我突然失声道："抄袭，他妈的这是抄袭。"我妻子问我，谁在抄袭啊？我说："要么那个西藏来的人在抄袭电影大师，要么电影大师在抄袭那个西藏来的人。"我妻子说："还有就是英雄所见略同。"

我的"李元综合征"越来越严重了。我莫名其妙地预感到李元正在靠近我，他将来到这个城市并且会来找我。我感到周围满是李元的气息，一种混杂着汗臭、脚臭以及荷尔蒙的气息。有一天我非常严肃地对妻子说出了我的预感。

妻子摇了摇头，一针见血地指出："看来你也快成为一个诗人了。"

我没有成为一个诗人。李元没像我预感的那样来到我身边。或许是我太关注李元了，这几天我一直开着电视机，试图再次获得关于李元的消息。终于有一天，我再次在电视里看到了关于李元的启事。

启事是这样的：

> 李大元，男，二十七岁，因犯精神病于三天前离家出走，至今未归，家人万分着急。出走时他上身穿红色夹克衫，下身着一条蓝色牛仔裤。其人身高 1.67 米，额头有一颗明显的黑痣，有知情者烦请电告家人，面酬。电话：7642314。

看到这启事，我激动得叫了起来。啊，李元，又是关于李元的寻人启事。因为这几天我老是在想李元，所以读到这启事时我仿佛感到上面的字留着李元的体温。我妻子听到我的叫喊也奔了过来。

她看了后，对我说："呀，李元还没回家啊，他已出走三天了吧，他会去哪里呢？"

我说："他肯定在这个城市里。"

妻子说："嗨，你看，上面说精神有问题。"

我说："李元的精神不会有问题，只不过人们不能理解他罢了。"

妻子说："太遗憾了，李元没来找你，我真希望他来找你，同他聊天是件多么有意思的事情，他的思想是多么活跃多么蓬勃啊。如果他来找你，我们还可以问问他，为什么当年他领着黄小妹到处寻找李大元。"

六　寻找李大元

我妻子喋喋不休，试图让我相信黄小妹是真实存在的。我对此一直不能相信，我想很多见多识广的朋友听了我妻子的叙述后不太会相信竟有这样不可思议的事。我怀疑要么我妻子的记忆有问题，要么她的叙述仅仅出于她的幻想，或者她可能是在某张小报上看到过类似的故事而移植到了李元的身上。我记忆里确实没有黄小妹这个人，不过谁知道呢，或许是我的记忆有误而妻子才是对的。另一种可能是我妻子想寻找一个陆莉后来跟那个西藏来的人出走的理由，不过我认为像陆莉这样的人根本不需要什么理由。

照我妻子的说法，当年黄小妹曾到我们学院寻找一位叫李大元的未婚夫。这件事在我们学院很轰动，并由此引发了一次规模颇大的讨论。讨论的题目是：李大元应不应该同黄小妹保持恋爱关系。八十年代末是个思想激进而叛逆的时代，辩论的结果是李大元不能算是现代陈世美，虽然不能算是一个共识，但这个观点明显占了上风。

我妻子说，黄小妹踏进我们学院应该是夏天。从她身上穿着的鲜红衬衣、黄色裤子以及两根又粗又大的辫子可以断定她是个乡下女子。她确实是个乡下女子，她这次进城是为了寻找她的未婚夫——一位名叫李大元的大学生。这位叫李大元的人在未考上大学前已同黄小妹确立了恋爱关系并且订了婚，但李大元上大学后再也没给她写信。她害怕李大元变心，于是千里迢迢来到我们学院寻找未婚夫李大元来了。她是一位漂亮的乡下姑娘，长着一双水汪汪的大眼睛和一头乌黑的头发，除了皮肤黑一点，她的各部位都长得很标准，这让她对自己很有信心，也让我们学院里的男生乐意帮助她。

她本来可以轻而易举找到李大元的，但她把李大元的地址丢了，她忘了李大元住在哪个宿舍，甚至记不得李大元是哪个系的学生。有人帮她在学校花名册上查到了不少叫李大元的人，她都摘了下来，打算一个一个去认。她第一个找到的是曾经叫李大元的诗人李元。当时诗人李元正在我们学校做一个叫《世界诗歌运动的启示》的讲座。那人就把黄小妹领到阶梯大教室，让她认。她眯上眼看了老半天，然而失望地摇了摇头。

黄小妹说："他不是大元哥，大元哥的头发没有这么长，大元哥很怕难为情的，他不会给这么多人开大会。"

我妻子说，李元那天在这么多听众中注意到了黄小妹。他演讲完后来到黄小妹面前，他了解到黄小妹的来意，带着黄小妹走了。据说李元把黄小妹安排在一个三等旅店里，整天陪着她。李元的这个举动在一些人的眼里简直同桃色事件无异，大家认为李元对乡下姑娘黄小妹心怀不轨。

那天傍晚，我们学校的广告栏贴出了一则启事，启事的题目是《寻找李大元》。我妻子说一看就是诗人李元的手迹：

> 李大元，男，二十一岁，浙江省上虞人。现有他远在家乡的恋人黄小妹找他（黄小妹弄丢了地址，不知李大元在何系，住在何宿舍），望李大元见此启事后速到红星旅社405房间，黄小妹正焦急地等着他。

我妻子说这则启事当时非常轰动。大家也是看了这则启事后才讨论此事的。我妻子还说黄小妹最终没找到李大元失望而归。尽管大家对李元有各种各样的看法，李元似乎并不在乎，照例去火车站送黄小妹。

我妻子说，黄小妹那时对这个无微不至照顾她的诗人李元已有超乎寻常的感情，在要上火车的时候，她泪眼婆娑，泣不成声。

她说："我不找我的大元哥了，你要比他好上百倍，你就是我的大元哥。"

她说着竟冲到李元面前，如她在电影里看到的经典场景，她吻了李元一下。我妻子说这是黄小妹见识了城市生活后做出的诗一般的举动。在乡下她是不可能有如此行为的。黄小妹和李元告别后，哭着冲进了车厢。

不知道是不是因为这一吻使诗人李元感动，他来到小摊边，买了五斤苹果，从车窗塞到黄小妹手中。黄小妹的眼泪再一次源源不断地涌了出来。

我妻子说，关于李元和黄小妹的关系当时在学院特别是女生中流传着各种各样的版本。有人说，诗人李元见到单纯的黄小妹只觉得眼前一亮，黄小妹身上大自然般的纯朴让李元以为天使出现在眼前，而李元已厌倦了放荡不羁的生活，渴望宁静；又有人说，黄小妹其实要找的就是诗人李元，只不过这几年李元变化太大，黄小妹不敢认，至于李元写的那则《寻找李大元》的启事根本就是他搞的一次行为艺术，他是在寻找他自己，他意识到他已把自己丢失了——我妻子说，我当年就持这一看法，我已记不起来了；我妻子对这几种说法不以为然，她认为李元是个与众不同的人，他的内心一直涌动着一种为别人服务的愿望，一种献身的欲望，他帮助黄小妹是顺理成章的事，一点都不奇怪。不喜言情剧的妻子总是试图把李元引到言情剧般单纯的境界上来。

我妻子说，黄小妹走后，李元所在的系曾收到一封表扬信。信是黄小妹从乡下寄出的，信中她对李元深表感谢，认为李元是个好人，是个活雷锋。由于校方对李元的成见，这封信没有公开。

李元在送走了黄小妹后回到了他的平房。平房空空荡荡，那个西藏来的人不在了，陆莉也不在了。桌上放着陆莉留给李元的信，信中说她跟那个西藏来的人走了。我妻子坚定认为陆莉的出走同李元对黄小妹过分热情有关（她已强调过多次了）。陆莉出走这件事我是知道的，那段日子我一直想着那个西藏来的人是怎样把陆莉带走的，他是不是把陆莉装在皮箱里当作行李托运走的呢？

七　他是个献身者

我猜想李元在陆莉出走后肯定十分痛苦。一定有很多人在看李元的笑话，他们希望看到李元痛不欲生、寻死觅活。李元让他们失望了，他显得十分平静，该干吗照样干吗。他更热情地投入诗歌运动中。他是团体的中坚和组织者，没有他的话团体早就不存在了。他像往日一样开讲座、办活动，十分活跃。也许他太平静了，那些原本希望他失态的人开始批评他，李元被描述成为一个冷血动物，不配做一个诗人。我曾碰到那个读于坚贺信的人，说到李元，他破口大骂：

"无耻，他妈的无耻。"我不知道他在说那个西藏来的人无耻还是在说李元无耻。

陆莉和那个西藏来的人回来了。李元的所作所为让人们对李元刮目相看。

陆莉和那个西藏来的人是一个月后回来的。那是个炎热夏日，陆莉穿着超短裙和那个西藏来的人疲惫地回来。陆莉脸色蜡黄，双眼浮肿，那是纵欲过度的痕迹。那个西藏来的人依旧不修边幅，脸上毫无表情。他们慢慢地朝平房走来。李元站在平房前，看着他们，脸上露出一丝冷笑。

据目击者说，那个西藏来的人满不在乎地走近李元，试图和李元握手。李元像狮子一样扑了过去，他飘逸的长发迎风招展。那个西藏来的人猝不及防，被李元压在地上。李元一拳一拳狠打那人，那人的鼻子流出殷红的鲜血。那人见着血起了性子，挣扎着爬了起来，一脚踢中李元的下身，李元呻吟了一声躺倒在地。目击者说，那个西藏来的人真是狠心，他踢李元的头部，踢李元的腰，踢李元的屁股。李元满身是血，在平房前滚来滚去。

陆莉哭了，见两个男人间如此残酷的打斗，一时不知如何是好。她跑到那人边上，死死抱住那人。目击者说，在被陆莉抱住的一刹那，那人喘着粗气，眼中射出骇人的杀气。

是陆莉把李元扶到床上的。李元躺在床上，布满伤痕的脸上竟露出满足而安宁的笑容。没有人知道他为什么发出这样诡异的笑。

李元虽然没打赢那个西藏来的人，但李元的这种古典角斗士精神得到了我们的喝彩。在这个时代我们已很难看到为爱情而不顾自己生命的人了，现实的爱情都成了温室的花朵，脆弱、苍白，没有生命力，李元热烈而血性的行为让我们产生了古典爱情复活的幻觉。当然这仅仅出于我们一厢情愿的认定，至于李元怎么想只有天知道了。我们只知道从此以后李元再也不理睬陆莉了。

正当我们为李元叫好时，李元又做出了一件让我们难以理解的事情。李元总是让我们明白我们实在是太缺乏想象力了。

一个晚霞烂漫的黄昏，我们学院那面贴满了舞讯、影讯等内容的布告栏上出现了一则题目叫《他是一个献身者》的启事，我一看便知这又是李元的手迹。

启事的内容是这样的：

> 他是一个战士，他凭着勇气与胆量，孤身走遍西藏。他说他在西藏感到自己是个离太阳最近的人。他是我们这个时代真正的艺术家。艺术家的存在不需要作品，而是需要他的行动和献身激情。他的行动就是一件伟大的艺术品。这样的人需要我们的精神和物质支持。让我们贡献一点 MONEY 吧，使他能顺利完成他的心愿。

看到 MONEY 这个英文单词我就笑了。我体会得到李元写这个单词时的心情。又恨又爱。这也是所有的人对钱的态度吧。我看到那个西藏来的人的照片贴在启事旁边。我脸上露出不以为然的笑容，我认为李元是个傻瓜，他竟为一个抢走了他爱情的强盗搞起募捐来。

第二天，我们学院出现了一个募捐摊位，摊位前放了一个大大的广告牌，上面贴的是那个西藏来的人的照片和少量文字介绍。广告上那人不像个英雄倒像个逃犯。我远远看到李元和那个读于坚贺信的诗人坐在一张课桌后等待人们的施舍。那个读于坚贺信的人正同一个女孩交谈得起劲，李元正忙着，对每个捐钱的人说谢谢。我注意到李元的脸上还能隐约看到被西藏来的人打伤的痕迹。

我走了过去，笑着对李元说："李元你真是个无私的人。"

李元听懂了我的意思，他说："这是我们的事业，不能把私人情感同事业混在一起。"

我耸耸肩，说："我永远不能理解你们，所以我也不会捐给你们一分钱。"

我就吹着口哨走了。

八　关于开除李元等人学籍的通告

那次募捐没有募到多少钱，李元他们很失望。那时候，我们已不像最初那样对他们感兴趣了。大家都在传说，诗社内部出现了裂痕，原因是钱引起的。诗社向外借贷了些钱，而期望中的外国某机构的捐助没有到位，他们的偿还发生了困难。这些钱都是李元出面借来的，诗社其他核心成员对此抱着不负责任的态度。传说热闹了一阵子的诗社将要分崩离析了。

我在王氏酒居碰到焦头烂额的李元。李元正在和王老板高声交谈。我隐约听到他们的谈话内容。李元说："你们不能撇下我不管啊，总得一起想点办法。"那位姓王的诗人说："上回我们捐到多少钱？"李元说："这些钱是远远不够的。"后来他们进了一间房间，他们可能去商量对策了。

李元从房间里出来，从我面前走过。我就叫住了他。他见是我，坐下来。他明显比刚才平静了。

我说："近来可好？"李元一脸茫然说："我可能要出事了。"我说："什么事，没那么严重吧？"李元说："我可能太天真了，把整个心思都投入到诗社中，可他们只考虑自己，一点都不为我想想。"我问："你怎么啦？"李元说："我现在有点清醒了，可为时已晚。"我问："你们是不是闹矛盾了？"李元说："何止矛盾，简直是你死我活。他们想把赃栽到我的头上。"我说："你们不至于犯罪吧？"李元说："犯罪倒是算不上，不过难说了。"我说："办法总比困难多对吗？"李元说："办法有一个，那个西藏来的人还没走，我们可以利用他渡过难关。不瞒你说，我们正在策划一个更大的活动，一个晚会，我们将邀请著名诗人出席。"我说："你又要我们募捐吧？你们以什么名义募捐呢，大家已经不相信你们了。"

晚会是不久以后的一个周末举行的。晚会在一个小型礼堂里进行，也许是因为晚会的海报极尽煽情之能事，去的人倒是不少。所谓晚会其实可以算是诗歌朗诵会，诗人们整个晚上在歌颂那个西藏来的人。我进去时，李元正在朗诵他的成名作。之后是那个读于坚贺信的人朗诵，他朗诵了波德莱尔《恶之花》片段。接着是那个西藏来的人讲述他的西藏经历。那个西藏来的人讲得十分生动，大家听得津津有味。

大家起初不知道这些诗人们办晚会的目的。等那个西藏来的人讲完，李元上台又讲了一番话。大家这才知道，诗人们把他们请到这儿来是为了他们的钱包。

李元带着颤抖的声音说："在遥远的太平洋有个叫圣诞岛的地方，生活着大约 1.2 亿只红蟹，为了孕育生命，繁衍后代，每年雨季之前它们要进行大规模的迁徙，到海边进行交配产卵。它们过公路时要死亡一百万只，过铁路时要死十万只，它们的行程可谓九死一生，但它们从没有就此放弃过。这些红蟹是多么顽强啊，生命是多么伟大啊。是的，生命的存在就是冒险。我们应该从更广博更深邃的意义上去理解我们的勇士，他的行为是一种启示，启发我们过更丰富、充实的精神生活……"

大家被李元的话打动了，有人开始捐钱。李元和诗社的人举着募捐箱来到大家中间，有人往里面塞钱时，诗人们都会说声谢谢，态度十分谦恭。

八十年代确是个狂飙突进的年代，那时物质虽然相对匮乏一些，人们的精神绝对富足，人人拥有激情，个个爱出风头。就在大家还在为李元的话感动而愿意奉献点什么时，有一个人跑到舞台上，开始自说自话起来。大家认识这个人，他是我们学院有名的文艺骨干，最善于演小品。大家最初以为此人是来为晚会表演节目的，一会儿才知道他是来捣乱的。我对此人略知一二，他是个哪里热闹往哪里轧的人，自我感觉特别好，态度倨傲，有一种凌驾一切之上的气概，对任何事总是有不同观点。据说这个人也令我校教授头痛，教授表扬司汤达，他必然要当场挑司汤达的毛病。我想，他这样做是个人英雄主义在作祟吧。这人站到台上，因为过于激动，话说得有点语无伦次。他说："无耻，无耻，太无耻了，这简直是诈骗，他们凭什么向我们伸手要钱？他们要了钱又在干些什么？我不说其实大家也明白，他们是为了能整天泡在咖啡馆里才向我们要钱的，他们其实只热爱钱，拿钱泡妞，他们根本不在乎诗歌……"

李元被这突如其来的演说弄懵了。他定神后丢下募捐箱，怒不可遏地冲上台去，一把抱住那个正在演讲的人，骂道："你他妈想干什么，你他妈想干什么。"那人在李元怀里挣扎，他对台下喊："你们看啊，他们露出真面目来了，他们这样对待我，简直是法西斯啊。"李元说："你再喊，你再喊。"他把那人从舞台上扔了下来。

一时台下大乱，大家无心捐钱。一些无聊的人开始借机闹它一把，有人砸凳子，有人砸玻璃窗，有人起哄。学院保卫处的人闻讯赶来，抓了几个闹事的人。这天晚上李元他们收到的捐款极其有限。

李元在我的视线里消失了。一连三天我没有他的消息，不知道他去了哪里。我听到各种各样的传闻，有人说他去了缅甸，有人说他去了拉萨，有人说他因身体不适回到家乡去了，又有人说他被警方抓起来了。我再没读过李元的新作，他也许不再写诗了。既然一个艺术家的生活方式就是艺术本身，就是最好的作品，他干吗还要写诗呢？李元同他的诗一起销声匿迹了。

一天，我百无聊赖，在学院荡悠。我特别注意布告栏，希望能见到李元的最新讯息。李元总是喜欢在这个地方发布他的消息。结果我看到校方的一则通告，是关于处理李元等人的，我仔细地看了起来：

> 李元、孙军、王大方三人无视校纪校规，在校内校外有欺诈、非法募捐等行为，已对学院及他人声誉造成不良影响，因多次批评、教育、劝告无果，根据本校有关规定，决定开除三人学籍，特此通告。

　　我对这则通告一点也不惊奇。我想李元肯定也不会惊奇。走到这一步对李元来说是必然的、顺理成章的。

　　让我惊奇的是第二天发生的事。第二天那个曾经传召过我的系党办女主任又把我叫了去。她在问我问题前做了很长时间的铺垫。她说，学院相信我没做什么错事，她找我谈话只不过是想了解一些关于李元的事情，据学院了解，我和李元的关系还算过得去，学院希望我能提供李元所作所为的详细情况。我告诉她我其实和李元并不很熟，彼此认识的，实在没打过几次交道。我讲不出更详细的事来。后来她问起我关于境外某机构向李元他们提供赞助一事，我才明白校方传召我的真正目的。我马上明白李元问题的严重性了。我说曾经听说过此事，也问过李元具体进展，李元告诉我境外机构没给他们钱。我告诉系党办主任，具体情况不甚清楚。

　　从系党办出来，我替李元担心起来，这事弄不好他真会像传说中那样被警方抓起来。我就去找他，想劝劝他把事情同学院说说清楚。

　　我跑到他的寝室，他的所有东西都在。他长时间没来寝室睡觉，床上有一层厚厚的灰尘。他的书整整齐齐地放在床头。床头是一张萨特的黑白画像。萨特正残酷地看着他零乱的床。我问同寝室的人有没有见到李元，同寝室的人爱理不理地说，他差不多有半个世纪没见到李元了。

　　我又去了他租的平房。平房外站了很多人。他们的脸我熟悉，他们是光荣的诗社社员。我问他们在干什么。他们怒气冲冲地说："李元这个婊子养的骗了我们的钱，他向我们借钱时说他得到了境外机构的资助，马上会还我们的，他妈的根本没什么境外机构，纯粹是骗我们。现在他却逃之夭夭了。"

他们开始砸平房的门。门很快开了。房间很乱，到处都是果壳和酒瓶，床上的被子上满是烟头烫起的痕迹，桌子上还有两只吃剩的馒头，不过已经发霉。他们冲了进去试图哄抢一点值钱的东西。他们失望地发现屋里只有一只李元用来收听美国之音的破收音机、一堆避孕药和一些流行一时的哲学著作。

我再也没有关于李元的消息。

一天，我在大街上碰到那个读于坚贺信的诗人，西藏来的人同他走在一起。我跑过去和他们打招呼。他们冷冷地看着我，仿佛不认识我似的。我向他们打听李元的下落，那个西藏来的人白了我一眼，冷笑道："什么李元，我们他妈的不认识什么李元。"

我惊讶得一时说不出话来。

九　无名氏见义勇为不幸遇难

回忆八十年代，我感到十分真切的荒诞与陌生感。八十年代确实像一出奇怪的戏，许多场景显得突兀、变幻、神秘莫测、匪夷所思。在这个平淡的九十年代冬天，这些场景显然吸引了我，变得闪亮起来，动人起来。八十年代成了历史，而历史常常以一种诗意的方式呈现在亲历者的回忆中。现实中这种诗意极有可能是有害的，它会让人蠢蠢欲动从而干出些奇怪的事来。

我必须把李元忘记，彻底地忘记。

我和妻子开始不谈李元了。每天晚上，她看她的哲学著作，我看我的电视。日子一如既往地平静而安宁。

我们以为李元已经是一页翻过去的书了。可谁知道呢，有一天，我们在晚报的社会版上读到一则叫《无名氏见义勇为不幸遇难》的消息。

内容是这样的：

〈本报讯〉昨晚在本市西郊路上发生一起抢劫事件，一名女子被三名歹徒拦住，歹徒抢走了她的包后欲对其施暴，一位刚好路过的青年男子见状，冲过去制止歹徒，结果三个歹徒用匕首将青年刺死。

这青年身份不明，他身上未带任何证明身份的证件。他穿着一件红色夹克衫，下身穿一条蓝色牛仔裤，身高1.67米，额头有一颗明显的黑痣。目击者说，这位青年朝歹徒冲过去，歹徒转而对付青年，而那个女子捡起她的包便逃之夭夭了。警方希望知道青年身份者或青年亲友速与当地派出所联系，也希望遭劫女子速去派出所报案并提供罪犯线索。

我非常震惊。我木然地站着，报纸无声地从我手中滑落。我好久才回过神来。我对妻子说："李元死了，李元死了。"妻子说："你又在胡说什么了。"

我就把报纸递给妻子。妻子看了后脸色顿时变得惨白，她却说："这不一定是李元，上面又没写是李元。"

我没睬妻子，迅速拿出我的通讯录。那天电视上出现寻人启事时，我记下了联系电话。我想证实自己的想法是错误的，我希望那个离家出走的人不是李元，希望这个遭遇不幸的人也不是李元。我拨7-6-4-2-3-1-4。我的心狂跳不止。

一会儿，电话传来"嘟嘟嘟"的忙音。我迅速把电话挂上，没勇气拨第二次。

我坐在那里，那个死了的人是李元的想法顽固地占据了我的思想，挥之不去。我觉得这样的死似乎符合李元的哲学。他是多么渴望献身啊！现在他终于以一个英雄的形象献身了。我希望这一次不是李元的行为艺术。我愿李元不管是在天国还是在人间，从此得到安宁，灵魂得到拯救。

我想，我大概不可能再见到李元了，李元和八十年代都已成了历史。我还想，李元的死真的就像是八十年代一个仓促而迷惘的句号。

1997 年 5 月 30 日

绕城三圈

我刚刚来到这个城市，没有朋友，每天晚上不知去哪里消磨时光。我是个不到十二点不能入睡的人，晚饭后时间变得十分漫长。我常常站在屋子里看着自己的影子发呆，更多的时候我对着自己的影子拳打脚踢，墙壁因此伤痕累累。有时候用力过猛，我的手免不了受伤。我很寂寞，因为寂寞喜欢暴力。

我想到一些消磨时间的方法。有一天我骑上自行车沿着环城路骑行，我发现这城市其实很小，只要花上四十多分钟就可以绕城一圈。我有点不相信，以为我看错了时间，打算再骑一次。没错，刚好四十五分钟。夏天屋内待着很热，骑在自行车上比较凉爽。我打算再绕一圈。我同自己游戏，要求控制好车速，绕城一圈必须刚好四十五分钟。绕城三圈后，我花了差不多三个小时。

回到住地感到累了，我冲了一个凉水澡，然后上床。我很快就睡着了，睡得很沉，连梦的影子也没有。这在我是很少见的，我睡得很晚，却睡得并不踏实，无端有些噩梦，很暴力的噩梦，不是我被别人打烂了脑袋，就是我把别人的心脏刺穿。这天晚上我连梦的影子也没有。

我迷恋上绕城三圈的游戏。这很好，不但消磨了时间，也不失为一种健身的方法，更重要的是能让我睡个好觉。想起夜深人静，我独自一人在黑乎乎的环城路上骑行，确实有点疯狂，说出去别人一定会认为我精神不正常。

绕城三圈，机械枯燥，我乐此不疲是有原因的。黑乎乎的环城路总是这么多事，如果想看到抢劫、群殴或凶杀，最好跟我骑上自行车，也来绕它几圈。事件发生时，我不会停下来驻足观看，我喜欢看到事件的某个片段，然后展开一些联想。我的想象大都在第二天的晚报上得到证实。

这就是驱动我骑行的源头。

夜深人静，很少有人骑自行车到环城路上来。谁愿意到这条臭名昭著的路上来冒险呢。完全可以把我的行为看作不正常。我自有乐趣。我在街头事件身边擦身而过，感到既危险又安全。这相当刺激。当然更多的时候是什么也没发生，这不影响我的乐趣，可以说丝毫不减。我是在环城路上，即便什么也没有发生我也是在冒险。只要想着自己在冒险，枯燥的骑行顿时变得有趣起来。

我对这个城市还很陌生，不过我对环城路已经很熟悉了。随着对环城路了解的深入，我身边多出了一把刀子。一把刀子对我来说是必需的。这刀子我是从地摊上买的。摊主说这把刀是文物，是日本人当年杀中国人用过的，可以用这把刀进行爱国主义教育。我无法考证这把刀是不是杀过中国人，但这是一把锋利的刀，我买下了它。我花了两个小时，把这把刀磨得更为锋利，每次去环城路我都藏在身上。

后来发生的事情似乎同我买了这把刀子有关。是不是有关我也说不清楚。我没买刀子前在环城路上骑行很安全，有了刀子后，一些事情接二连三地撞上了我。我听到有人在我的自行车后面呼喊，我回头，留在我印象中的是那人狂奔的姿态，他在向我招手，招手的动作十分绝望。这个人的背后有一群人拿着铁器在追逐他。我想救那人，我停了下来，等那人骑到我的自行车后座。就在这时，我看到那人跌倒在地，接着一根棍子落在了那人的头顶。我见状骑车逃离。这是我绕城二圈时发生的，那晚我对自己要不要绕城三圈很犹豫，后来我还是决定再绕一圈。做出这个决定是因为我摸到了腰间那把锋利的日本刀。我再次踏到刚才出事的地方，已空无一人，只看到地上有一摊发黑的血。我心脏狂跳不止，感到将会有什么事情发生在我身上。

　　无论白天还是黑夜，我都是沉默寡言的人。这是我交不到朋友的原因。白天我在一家公司上班。自从我报到以来，上面还没派我干过一件正经活。我坐在写字间里无所事事。办公室里有一位三十多岁的女同事，她像我一样无聊。她不时好奇地打量我，我从不和她的目光相遇。我低着头，想前一天晚上发生的事。很容易判断出那是一场力量悬殊的械斗，但不容易判断出的是那人的命运，他死了吗？如果没死他此刻必定也是躺在医院里抢救。我满脑子都是这样的残暴的画面，由于想得过于专心，脸上会浮现出一些奇怪的表情，痛苦或是傻笑之类。女同事关切地问我，我才意识到没控制好表情。她问我："你没事吧？"我很久才回过神来，回答她："没事。"也许是我的表情过于古怪，女同事对我变得越来越小心。有一天我想起环城路上一件开心的事，忍不住笑起来，是那种想尽量遏制住却遏制不住的笑，笑声愉快而尖厉。那女同事见状跑出办公室，大口大口喘气。她应该是受惊了。看到她吓成这样，我很内疚，觉得有责任让气氛变得轻松一点。

女同事来办公室时，我对她说："晚报会报道一起群殴案。"

女同事显然不明白我在说些什么，她痛苦地皱起眉头，说："什么？你说什么？"

我尽量保持正常的微笑，说："昨夜，在环城路上，有人被一群人殴打，他们用铁棍打那人，那人的血流了一地。下午的晚报会报道这件事。"

女同事表情尴尬，艰难地同我笑了笑，问："你怎么会知道的？"

我的脸上浮现出讳莫如深的微笑。

女同事又跑出去呼吸空气去了。隔壁办公室传来放肆的笑声。我猜那同事一定在传我刚才说的话。他们不相信我说的。他们也许从此认定我是个不正常的人。他们这样认定我没意见。有时候连我自己都觉得我很不正常。

我观察窗外，阳光已向西偏斜。午后那种烧焦般的气味没有了，代之而来的是腐烂的黄昏气息。我的心跳动得厉害。一天中唯一令我兴奋的就是晚报到来的时光。我一整天都在盼望这个时刻的到来。前一个晚上的谜底会在晚报上揭晓。

晚报的墨香也是我喜欢的。闻到略带汽油味的香味，我双手不由自主地颤抖。我迅速翻到社会新闻栏。没错，关于环城路上的群殴案登在报纸醒目的位置上。我读了后，兴奋地对女同事说："我说的没错吧，你瞧，群殴案。不过那人没死，他正在医院里抢救。"

每天晚上我带着那把刀子在环城路上绕城三圈。我越来越喜欢刀子了，虽然至今没有派上用场，但我坚持带在身边。我喜欢这把刀的原因是刀子给予我想象，刀子让我骑行时进入某种令我紧张的暴力氛围。这很刺激。

我说过环城路上不是每个晚上都会有状况，平安无事的时间居多，半个月甚至一个月没发生任何事是常态。自从开始玩绕城三圈这个游戏以来，我变得越来越有耐心了。我的耳朵兔子一样竖着，聆听着环城路上隐藏着的恐怖的声音。我相信在我不知道的时间和地点一定有一些事正在酝酿，然后猝然发生。

我没想到会再见到那个被围殴的人。在我目睹群殴事件的两个月后的一个晚上，我骑自行车路过事发现场，一个人拦住了我。我不认识那人，我有点害怕，担心出什么事。我的手本能地向腰间的刀子伸去。

那个人看上去很友好，递给我一支烟。那人说："那天，我差点死在这个地方。"我就仔细打量那人，他的一只手没了，一只脚被打成残疾，走路一拐一拐的。那人又说："我已经观察你好久了，每天晚上都要绕城三圈，你是干什么的？为什么要这么绕来绕去？"我说："我晚上睡不着，你可以认为我这是在锻炼身体。"那人说："看来是吃饱饭没事干，不过你还不错，那天停下自行车想救我，可是我被他们追上了。"

那人眼睛阴沉，注视着我，然后对我扬了扬手，说："你来。"我跟过去。他说："你不要再在环城路上骑行了，有人已注意上你，要当心。"我问："为什么？"那人没吭声。我又问："他们为什么打你呢？把你打成这样你为什么不报警？"那人显然被我问得很烦，他把烟蒂狠狠砸在地上，说："我已经通知你了，你看着办。我希望你不要再到这条路上来。"说完，那个人就一拐一拐地走了。

我说过我是个沉默寡言的人。这也是同事们对我的基本看法。不知道他们是不是从我身上嗅到了令他们兴奋的气息，他们开始问我一些上一个晚上发生在本市的社会新闻。他们相信我有一些特殊的能力。这一切是我的女同事宣扬的结果。

自我对她描述了群殴事件后，只要环城路上有事发生，我都对她毫不隐瞒。我不可能见到整个过程，我的描述中很多细节出自想象。令我困惑的是我的想象和真实总是吻合，在晚报的相关报道上得到了印证。她越来越相信我所说的了。她乐于倾听来自我口中的奇闻，像一个有毒瘾的人一样期待某种残酷的场景，有了相当严重的依赖性。有一次我对她讲起环城路上一位女士被严重地暴力冒犯，她的眼睛变得十分明亮，明亮的深处是强烈的好奇性。她总是问我那个被冒犯的女人长得如何，她当时什么反应，男人们怎么对付她等等。我很难回答她如此详尽的问题，除非我亲自去冒犯一个女人。我对她说："我不知道。"

她很失望。不过她还是把我包装成一个预言家传播给同事们。越来越多的人对我感兴趣了，来我的办公室听八卦的人多了起来。甚至他们一到单位就来到我办公室，问我昨晚有没有事。我尽量满足他们的好奇心。

有一件事我不会告诉他们，那就是我是怎样知道这些新闻的。他们一遍又一遍问我。我不说。我不会告诉他们每天晚上我绕城三圈。我可不想他们把我当成疯子。

我没有听从那被打残了的人的警告，有什么必要听他的劝告呢，我没有惹着谁，除了冒犯女性或抢劫有偶然性，其他事件大都蓄谋已久。我不可能被暴力侵犯，我是个男人，被抢劫的机会也不多，我是一个贫穷的男人。我认为也不可能有人蓄意同我过不去，我在这个城市里还没认识几个人，还没来得及同人结仇。继续我每晚的绕城三圈对我来说是安全的，用不着担心什么。

我错了。有人对我不怀好意了。我搞不清为什么。

我骑着自行车飞快地在环城路上奔驰。路上总是那么安静，我能听到风声，听到植物在夜晚迅速生长的滋滋声，听到自行车的轮带沙沙转动的声音。在环城路上，我的耳朵变得像兔子一样灵敏，能分辨出任何声音。我听到有一个声音迅速地蹿了上来。也是一辆自行车。那辆自行车快速超过了我，消失在黑夜之中。紧接着又是一辆自行车追了上来，又超越我，消失在黑夜中。

对于突然出现在环城路上的自行车，我没有足够的警觉。环城路也是条马路，虽然这里比较黑，有人来这里骑自行车并没什么可奇怪的。

我注意到这两辆自行车此后总是出现在我的身后。他们不再超越我，他们一前一后同我保持距离，好像他们是我的保镖。我一厢情愿地认为他们也许像我一样在绕城三圈中找到了乐趣。他们也许是我的同道。

我是在一星期后出的事。身后两辆自行车迅速超上来，我听到棍子在空气中划动的声音，声音离我的耳朵越来越近，然后我被击中了。我眼前一黑，什么也看不见了，只听得自行车和我的身体哐哐当当在环城路上滚动。我听到有人留在空气中的话："你他娘的是什么人？谁派你来的？想干什么？"我失去了知觉，耳边的话变成了类似流水的声音。

我不知道是谁送我去医院的。我醒来，头上缠着纱布，手上也缠着纱布。我亲爱的同事们正围着我。同事们的眼光就像我缠着的纱布那样包裹了我。我想他们有权知道我出了什么事，还没等他们开口，我就说："我不小心摔了一跤。"同事们的眼光充满了疑惑和失望。

这以后我不再玩绕城三圈的游戏。受伤不是主要原因，我的伤并不重，养上几天就好了。我得接受这次遭遇所传达的信息，我不应再去干绕城三圈的傻事，否则有可能小命不保。

我每天想着究竟是谁或哪个组织袭击我。我动用还算发达的想象力，想象一些合理的原因，但我的头脑总是一片空白。我不清楚什么地方出了问题，也许他们搞错了，或者我真的得罪了他们。臭名昭著的环城路上出什么事情都不奇怪。我反复想着其中的蹊跷，搞得精神十分紧张。也许是因为想找到答案，也许是因为不再去绕城三圈，我的睡眠变得很差，又恢复了多梦的毛病。

　　我有很多天没绕城三圈了。我总是无端梦到我在杀人。我拿着日本刀在黑夜之中杀人无数。我被我的噩梦弄得筋疲力尽，白天感到十分疲劳。我因为没再去环城路绕城三圈，再也不能向同事们提供他们渴望的残暴新闻。他们问我，我只好支支吾吾，旁顾左右而言他。

　　我们城市的晚报上连续报道一起发生在环城路上的所谓的连环杀人案。连环案吊起了市民们的胃口，我在这案子前失去了言说的能力，我感到气馁。我也许过分看重我的小命了。

　　我关注晚报报道的谋杀案。那些被杀者无一例外死于刀子。这些报道让我想起在那个群殴案中被打残了的人，我不清楚为什么会想起他，我的想象力过分发达，总是喜欢想象暴力过程。那个人多次出现在我的想象里。我想当然地把连环案放在复仇的背影中。我在晚报上读到有一个人被割去一只手，另一个人脚被打残，我觉得我的想象似乎落到了实处。

　　我又有话可说了，我对女同事说："这是一起复仇案，凶手杀人是因为他在复仇。"女同事没有回应我。一会儿，她去了别的办公室。我听到隔壁办公室里的议论声。他们在议论我。

　　他们的议论让我大吃一惊。有人在十分详细地描述我在某天午夜游荡在环城路上。他说凌晨一点钟光景，我骑着一辆自行车捷驰在环城路上。他说他本来不会认出我来，但我平时穿着的那件黑色的外套过于显眼，可能是这个城市唯一的一件，他因此认定那个骑行的人是我。

我满心疑惑。这是不可能的，我已有一个多月没去绕城三圈了，再说我可从来没有在凌晨一点钟去过环城路，这个钟点我早就睡了，虽然睡眠不好，可总是睡得着的。他为什么这样说我呢？他们在暗示我同这起连环杀人、伤人案有瓜葛吗？他们这样想不是没有道理的，我以前一直是个预言家，几乎预言了这个城市的诸多重大刑案，但唯独在连环凶案前保持沉默。他们一定认为这很奇怪，不合常理。

不过我转而又想，这样的推测也是站不住脚的，可能是我多疑的性格在作怪。我对自己说："他们只是开玩笑，他们喜欢在背后开我的玩笑，我用不着在这事上费神。"

不久又有同事声称在凌晨一点的环城路上见过我。我非常困惑。难道他们说的是真的，真的亲眼看见我了？他们没有撒谎，他们为什么要撒谎呢，没有必要呀！我想不明白是怎么回事。如果真的有人在我不知道的情况下在凌晨一点钟的环城路上看见到了我，那唯一的推论是我是个夜游症患者。

正午的阳光把办公室外的马路照射得像一面明亮的镜子。汽车在镜子上滑动，它们吐出的尾气弥漫在镜子的光亮里。我看到两个警察向我们公司走来。一会儿两个警察来到我的办公室。他们身后跟满了我的同事。他们把我带走了。我不知道他们为什么把我带走，我毫无准备，完全懵了，就像我在环城路上骑行时被突然袭击了一样。有些事我似乎很难控制其发生。

我好奇的同事们也应该在犯疑惑，不明白我究竟为何会被警察带走。我知道他们肯定相信我犯了事，他们一向信任警察，认定警察不会出差错。他们在我背后指指点点并且议论纷纷。

我说过我喜欢看到或想象暴力场景。我猜很多人都喜欢看到火爆的场面，生活太无聊，戏剧性的场景才能给生活增添活力。但是我不喜欢有人对我施暴。我指的是我遭了警察的打。警察不是一开始就打我，起初他们对我好脸好色，问我一些无关紧要的问题，我一一回答了他们。我慢慢了解到他们为什么会带走我，他们问："听说你知道环城路上凶案的原因？为什么你会认为是一起报复案呢？"

我不打算回答这个问题，这会使我落入十分尴尬的境地。首先我不想说出绕城三圈的癖好，我怕他们把我当成疯子；其次我和那位被打残了的人没仇，为什么要出卖他呢。我没有回答这个问题。

暴力就是这个时候落到我的身上的。没被警察打过的人，请不要嘲笑我的软弱。没人能承受这样的折磨。我就说出了我知道的一切。从我每天晚上都要绕城三圈说起，说到那个群殴事件，又说到那个被打残了的人和他对我的警告，然后就是我的推论了："我猜想他是要报复的，我最后一次见到他时，他的眼中布满了杀气。"警察们脸上的表情变得越来越严肃。

第二天警察放了我。他们放我时显得很友好，就好像他们在向一个多年未见的老朋友告别。我对他们存有戒心，他们习惯于假模假样，很怕他们突然变卦。他们放了我。我猜他们找真正的凶手去了。

本地的晚报持续发布警方破案的消息。我在晚报上追踪这一案件，黄昏时分又成了一天中最激动人心的时刻。我在几天后的晚报上读到了环城路连环凶杀案告破的消息。警察认为这是一起恶性报复案，是由流氓帮派之间的矛盾引发的报复案。市民们从通俗小说和社会新闻中多次读到过流氓帮派相互残杀的故事，对社会角落涌动的暗流，他们抱着既好奇又于己无关的态度，他们不愿把这个案子放在他们的生存背景之中。

我感到不安，我不知道哪里出了差错，老是梦见那个在环城路上被打残了的人。

我对自己很不放心。有人在凌晨一点钟看见我骑自行车奔驰在环城路上的说法令我深感不安。我对自己产生了恐怖的情感，可我又无法验证我有没有梦游症。有没有可能我在无意识的情况下在这个城市漫游，我不敢往深里想。我想出了一个法子，可以测试我有否犯梦游症。我在睡觉前把自己的手脚捆了起来，系在床上。如果我真的有梦游症，我晚上去梦游，就起不了身，并且还会被绳子拉醒。

像往日那样，我的睡眠不好，睡得很不踏实，噩梦连连。我醒来时，天已大亮。我第一个念头是我没有犯梦游症，为自己庆幸。这时，我发现捆住我手脚的绳子被割断了。我把目光投向那把日本刀子，日本刀子挂在原来的地方。我移步到刀子前，把刀子从鞘中拔出来，刀子在早晨的光线中闪着寒光。

我一整天坐立不安。我在等待晚报的到来。时间好像凝固了一样。我竖着耳朵倾听着时间之流缓慢而悠然地流淌。

我感到窒息。我像女同事被我的话惊扰时那样大口大口地呼吸。

黄昏终于来了，黄昏的光线安静地从窗口投入，投到我的身上。我又闻到了熟悉的血腥气和黄昏特有的腐臭气——或许是本地的晚报带给了我这种气息。我惊恐地发现，这天晚报的社会版上又出现了一起凶杀案。晚报惊呼，那个连环杀人案还在继续。

1998 年 12 月 20 日

小卖店

小蓝起床后，手就痒。她想摸麻将了。今天，留在出租房里的只有三个小姐妹，她们的老板娘进城里办事了，她们一时找不到麻将对子。她们衣衫不整，嗑着瓜子，懒洋洋坐在门口，看着街景。街头没有令人兴奋的东西。一个男人都没有。

　　街对面，那个女人一早就坐在小卖店里做生意。白天是发廊街的黑夜，街上几乎没有人影，很多人都还在梦乡中，那个女人却早早地来这里做生意了。什么生意也没有。女人坐在那里，兴致勃勃看着街景。她看上去像一个白痴。

　　"你觉得她成天坐在那里看什么？这破街有什么可看的？"小蓝说。

　　"不知道。"另两个姑娘非常冷漠，她们对那个女人没有兴趣。

　　小蓝对她很感兴趣。她注意那女人很久了。"其实她长得蛮不错的，是不是？她的皮肤多白啊，她看上去不比我们差。"

　　"我没好好研究过她，我没兴趣。"其中一个姑娘说。

"是的，你眼里只有男人。"小蓝嘲笑道。

那个姑娘当没听见。

"你们说，我去叫她打麻将，她会来吗？"小蓝问。

"小蓝，算了吧，她要管店。"

"她又没生意。"

小蓝没过去请那女人入伙。她努力想着找一个打发时间的方法，还真不容易找到。

一个姑娘打了个长长的哈欠，说："小蓝，麻将再不开打我睡觉去了，我困死了。"

"你昨晚又没有客人，睡了十多个小时了，还睡。"小蓝说。

这阵子风声紧，生意不是太好。

"过去睡几个小时倒不困，现在多睡了反而困。"她又打了个哈欠，打得眼泪涟涟，然后眯着眼，拖着沉重的身子移到床上。

"你再这样睡下去当心成胖子。"

"我不怕胖，有人还嫌我瘦呢。"

有一阵子，小蓝给一个台湾人包了，住在一个小区里。小区的那些女人见到她，眼中充满了敌意。她们的眼中有刀子，小蓝觉得她们眼中的刀子可以把她剁成肉酱。小区里的男人看她的目光更复杂，除了欲望，也有令人不舒服的内容。她也说不清具体是什么。小蓝把头抬得老高，看上去比谁都趾高气扬。她不喜欢待在所谓的高档社区，她更喜欢待在发廊里，这里没有敌意。

小蓝继续观察对面那个女人。她身上没有良家妇女那种自以为是的德性。她对这里的姑娘们非常亲切，有一种家里人的亲切。小蓝因此对那个女人有莫名的好感。

小蓝对自己的感觉十分自信。她就是凭这种直感对付男人的。她碰到过一个拘谨的男人，发廊街的姑娘们说，这人很难侍候，姑娘们几乎都被这个男人拒绝过，也不知道他来发廊街干什么。小蓝接待这个男人时，没主动挑逗男人，她正襟危坐，装得比男人更拘谨，结果到了后半夜，男人终于伸手抚摸她。后来这个男人总找小蓝。

小蓝的BB机响了。小蓝一看是小马打来的。她站起来说："我去回个电话。"

小蓝向对面的小卖店奔去。小卖店柜台上有一部红色电话机。那电话机离小蓝不是最近的，小蓝宁愿多走几步去那里打电话。打完电话小蓝顺便买点小零食吃。

那女人脸上露出热情的笑容，不是应付顾客的假笑，是由衷的笑。也许她在为终于有了一单生意而微笑。女人早早地拿起电话机，准备着递给她。

小蓝刚接过电话机，她的BB机又一次响了。小蓝自语道："急什么急。"她知道又是小马。

她对女人笑了笑，然后拨电话。她翘着兰花指，优雅而熟练地拨了一串数字。电话接通了。她夸张而兴奋地说："喂，小马吗？我是小蓝。"

大约讲了二十分钟，小蓝终于把电话打完了。电话打得她一脸兴奋。她哼着曲儿，灿烂地对女人笑了笑，拿出钱包付电话费。

小蓝离开小卖店时，不知从哪里蹿出一只小狗，在她脚边转来转去。小蓝喜欢狗，即使眼前是一只肮脏的野狗，她也会忍不住抚摸它。小狗很可爱，小蓝抱它在怀，和它亲了亲，把小狗放下。小狗蹦得更欢了，在她前后一跳一跳的，尾巴摇得像风车。小蓝把刚从小卖店买来的一包鱿鱼丝撒到地上，小狗一路撒着欢儿，寻觅地上的东西。

小蓝知道那女人一直在看着她。她站住，转过身，对女人说："会打麻将吗？我们三缺一，一时找不到人。"

女人没听清小蓝的话，抬起头来，态度友好地对小蓝笑了笑。小蓝也对她笑了笑。

"同我们打麻将吗？"小蓝又问。

这回女人听清楚了。有一瞬间女人脸上出现惊愕的表情。这表情令小蓝不快。女人的眼睛倒一直很善良。女人摇了摇头，抱歉地说："对不起，我不会打。"

晚上八点钟，苏敏娜关好小店的门，回家。八点以后，姑娘们开工了，小店基本上没有生意。

丈夫等着她吃晚饭。她多次叫丈夫先吃，不要等她，他说一个人吃饭没有意思。她也没有再坚持。每次回家，看到桌子上热气腾腾的饭菜，她都感动得不行，有几次差点掉下泪来。

吃饭的时候，她会说发廊街的事。丈夫总是不声不响听着。女人不知道丈夫在想什么，她看到他的眼睛在灯光下亮晶晶的。

不知为什么，苏敏娜说起发廊街的姑娘们总是很刻薄，有时候甚至还夸张地模仿姑娘们的表情和动作。姑娘在电话里经常和男人打情骂俏，那些语言苏敏娜即使和自己的男人亲热时都说不出口，可这些姑娘们脱口而出。有一次苏敏娜模仿一个姑娘打电话的样子，丈夫突然说，你干吗那么刻薄，如果不是说她们，我会怀疑你不是个善良的人。苏敏娜正说到兴头上，丈夫的话让她不快。她说，本来就是嘛，是她们不要脸嘛。

可是她们同她又有什么关系呢。那天晚上，她没睡着，反思丈夫的话。她想，是啊，她对人从来都是和善的，不会主动攻击谁，她却总是攻击发廊街的姑娘们，她们又没得罪她，怎么会这样呢？她在小卖店做生意时，她对她们的态度非常好。当然也有心理不平衡的时候。她们好吃懒做，仅靠出卖身体，却赚得比她多，穿得比她好，这不公平。她走神的时候，看到她们和客人打情骂俏，对她们还有些羡慕。不过她马上回过神来，把自己调整到鄙视她们的态度上来。

她发现她这样刻薄地说发廊街的姑娘们还有一个隐秘的心理，她其实是在向丈夫表明立场，她虽然在发廊街待着，但她并没有近朱者赤，对丑恶现象她还是像以前一样立场坚定。

有一阵子，苏敏娜不再对男人说发廊街的事。有天晚上，在他们上床后，男人突然说，你现在为什么不说发廊街的事了？苏敏娜看了男人一眼，男人的目光回避了她。苏敏娜想，其实男人对发廊街的事是蛮感兴趣的。

发廊街的故事总是比别的地方多。苏敏娜也很想同男人说。这些事烂在肚子里让她闷得慌。这些事闷在肚子里总令她感到某种说不清道不明的威胁，只有说出来，加上她的看法，她才能舒一口气，内心平和下来。议论发廊街的姑娘们，她心里会涌出莫名的畅快感，同时还涌出莫名的优越感和满足感。

吃过晚饭，他们一般早早上床。苏敏娜晚上不看电视。小卖店有一台黑白电视机，她白天看够了。男人不喜欢看电视。苏敏娜突然想起小蓝邀她打麻将一事。她没想到小蓝会邀请她打麻将。干她们这一行的，平时眼里只有男人，在男人面前低三下四，但在女人面前头抬得老高，就好像她们做婊子是件伟大而光荣的事。

苏敏娜对小蓝倒是印象不错，这姑娘脸上有一丝天真烂漫的神情，有点傻乎乎的，不会保护自己。苏敏娜想，如果不是在发廊街，谁会想得到这样的姑娘是干这一行的呢，她看上去是多么纯洁啊。苏敏娜觉得她应该长些心眼才对，在欢场里，像她这种缺心眼的人，被人卖了都不知道。苏敏娜听说小蓝吃过大亏，她被一个台湾人包养过，做了二奶，后来还是被台湾人不明不白给抛弃了。苏敏娜有点同情小蓝，像小蓝这样的姑娘真不应该做发廊妹。

苏敏娜没同丈夫讲被邀打麻将的事，免得他担心她会同流合污。她猜想丈夫听到这事会不安，男人们倾向于认为女人喜欢操这种职业，似乎只要有机会都愿意堕落。苏敏娜说起另一件事，是小蓝打电话时听到的。

她说："小马你知道吗，就是前年坐牢那小伙子。"

"知道啊。"

"他喜欢上小蓝了，他经常到发廊街来。"

"是吗？"

"小蓝好像也挺喜欢小马的，小蓝和小马在电话里谈得火热。"

丈夫若有所思地噢了一声。

"小马为什么坐牢？"苏敏娜对小马不是太了解。她问：

"听说小马脑子有病？"

丈夫瓮声瓮气地说："小马啊，这人脾气火暴，几年前他爱上一位有夫之妇，那女人并不爱他，要和他分手，他一气之下差点杀了她丈夫。男人倒没死，小马被判了两年刑。"

苏敏娜吃惊不小，她愣了一下，说："噢。"

晚上苏敏娜没怎么睡着，她一直惦记着小蓝。她从来没惦记过一位发廊女。这可能同小蓝邀她打麻将有关。

小蓝邀苏敏娜打麻将以后，每次小蓝到小卖店，苏敏娜就会和小蓝聊上几句。渐渐地，她们就熟稔了。

有一天，小蓝急急忙忙来到苏敏娜的店里，说："敏娜姐，我在你店里躲一躲。有一个老头，想吃我嫩草，要包养我。他也不照照镜子。"

苏敏娜让小蓝进入小店里间。里面堆放着货物，是小店的小仓库。苏敏娜把小屋收拾得很干净。

小蓝说："我躲一会儿，他走我就出去。"

苏敏娜说："没事，你躲多久都没事。"

苏敏娜朝对面小蓝工作的发廊瞧，一个六十多岁的老头坐在发廊里在和老板娘说着什么。大概就是这个男人要包养小蓝吧。苏敏娜想，这么老了还这么好色，男人真是不可思议。

有一个姑娘来打电话，打完电话后问苏敏娜，有没有见到小蓝，老板娘找她呢。苏敏娜说，没看见。

姑娘走后，苏敏娜来到后屋。小蓝坐在一把椅子上，拆了一包瓜子在吃。见苏敏娜进去，小蓝说："我从那纸箱子里拿的，瓜子的钱我等会儿给你。"

苏敏娜说："没事，你吃吧。"

小蓝嘻嘻一笑说："敏娜姐，你其实挺漂亮的，比我漂亮多了。"

苏敏娜说："我都三十好几了，老了，哪能同你们比。"

小蓝说："告诉你一件事，一些客人老是打听你，问你是什么人。他们很喜欢你噢。我说你们想干什么，想包人家？人家可是良家妇女。"

听了这话，苏敏娜心里说不出来的高兴，原本端庄的脸露出一丝妩媚来。她说："小蓝，你别讲笑话了。"

聊着聊着，小蓝说起客人们的事。她嘲笑那些愚蠢的男人。苏敏娜听了，有点耳热心跳。不知怎么的，她爱听，对发廊里发生的事充满了好奇。

小蓝说："男人们都很迷我，因为我有办法。"小蓝这么说的时候脸上有某种炫耀的神情。小蓝讲起自己同男人周旋的事。"什么样的男人都有，有的喜欢你温柔一点，有的喜欢你粗野一点，一个满脸胡子的大老爷们可能特别娘娘腔……我直感好，知道怎么对付他们。"

苏敏娜很吃惊，小蓝看上去不像她讲的那么有办法。苏敏娜想，小蓝在吹牛，像她这样的姑娘，不被人欺骗就不错了。不过听听无妨，她对发廊街的姑娘们有很多疑问。她只是听，不好意思提问。

小蓝说："我可不像别的姑娘，见到男的就像饿狼似的扑过去，她们以为在男人面前发发嗲就可以了，虽说都是男人，但性情差异大着呢。"

苏敏娜回到小卖店，拿出镜子反复照。出没发廊街的男人都不怎么正经，他们在赞美她，还是令她高兴的。苏敏娜平时也不是没有感觉，那些男人从发廊里出来总要到她店里买包香烟什么的。他们通常赤裸裸地注视着她，令她心慌。

那些来小店买东西或打电话的姑娘说，那位老先生迷上了小蓝，别的姑娘他都看不上。"正眼都不瞧我们一下。"姑娘们不以为然地说。从她们口中，苏敏娜弄清楚了，老男人是上海人，很有钱。姑娘们还说，老先生一定要等到苏敏娜回来，见不到小蓝，就不回上海了。苏敏娜想，看来，这位老先生是个一根筋。

到了晚上，那老先生也没走。也许是因为今天高兴，关店的时候，苏敏娜觉得小蓝躲在这个地方不是个办法，就脱口说："你怎么办？这里不能睡觉啊？要不……去我家吧。"

说完，苏敏娜吓了一跳。她怎么可以这样，把一个发廊妹带到家里去？

小蓝看了苏敏娜一眼，她有点怀疑苏敏娜是当真的，也许她只是客套。她发现苏敏娜的眼睛没有杂质，清澈见底。她相信有这样眼神的人说出来的话是真诚的。小蓝心头忽然热辣辣地胀了一下，眼睛泛红了。她赶紧低下了头。她控制了自己的情感，想了想，说："好吧，这样也好。"

小蓝的回答令苏敏娜意外。她想，这确实是个单纯的姑娘，她应该知道像她这样的人是不应该到别人家里去的。苏敏娜没有退路，只好硬着头皮把小蓝领回家。她想，这事传出去可不怎么好，说不清楚。

苏敏娜没对丈夫讲小蓝是干什么的。丈夫也没问，好像他早已知道了她的身份。

小蓝发现苏敏娜家并不富裕，住着的房子也不大，小小的二室一厅。小蓝原以为苏敏娜这样的年纪应该有小孩了，显然还没有。苏敏娜的丈夫人高马大，看上去很老实。苏敏娜说，她丈夫在水产公司工作。小蓝想，苏敏娜长得这么好看，凭她的姿色，应该找得到条件更好的男人，她真是可惜了。小蓝忽然有点"同情"苏敏娜，心里和苏敏娜的距离拉近了一些。

小蓝睡在另一个房间里。苏敏娜到小蓝房间里聊天。外面的月亮很圆，大概是农历的月中了。小蓝关了灯。小蓝说，她喜欢坐在暗中。苏敏娜想，这大概是职业习惯。她工作的那种地方肯定黑灯瞎火的。

待在黑暗中聊天，很容易产生幻觉，会不自觉流露情感。小蓝说起自己的故事。小蓝说，读高中时，她同生物老师好上了。生物老师很懂得交配实验，结果他把实验做到她身上。他最初几乎是强暴了她。后来她和他一直保持这种关系。小蓝说，她还因此怀了孕，五个月后实在瞒不下去了，找了个医院流了产。小孩子都已经成形了，连小鼻子都有了。这是医生告诉她的。小蓝说这些事时，非常冷静，好像在说另外一个人的事。黑暗中的苏敏娜有一颗敏感的心，她听得眼泪涟涟。

苏敏娜确实是人们所说的善良的人，白天她在小店里，看那些港台言情剧，经常看得眼睛通红。在那些言情剧里，像小蓝这样的姑娘一般来说都有令人同情的身世，她们干这一行是迫不得已。这天晚上，在苏敏娜的心中，小蓝是天下最不幸的姑娘。

　　情绪是要传染的，在女性之间更容易相互感染。苏敏娜的眼泪让小蓝心里忽然有点辛酸，眼泪也跟着涌了出来。往事有了悲伤的气息。

　　小蓝说："敏娜姐，你是个好人。"

　　眼泪把两人拉得更近。此刻苏敏娜已把小蓝当成了姐妹。也许是出于同情，也许是苏敏娜喜欢这种姐妹之情，她决定今晚和小蓝睡在一起。

　　她们躺在床上后继续聊天。肌肤接触令她们之间的亲近感更为浓烈，好像她们真的成了姐妹。苏敏娜开始讲自己的事。这世界总是有那么多的缺憾，她多么想要一个孩子，男孩女孩都行，这个心愿她这辈子再也实现不了啦。两年前，她的子宫长出一个瘤，医生不得不把她的子宫割掉了。她这辈子再也不可能成为一位母亲。这对她来说是残忍的，她可是个有着强烈母性本能的人啊。

　　小蓝听着苏敏娜的故事，再一次相信她的感觉是多么正确。她想，怪不得她进苏敏娜家时，屋里有一种暗淡而恍惚的气息。小蓝替苏敏娜擦掉眼泪，说，其实没孩子也好，有孩子也是个累赘。

　　两个女人迅速建立了信任。

　　那位上海老先生对小蓝特别痴心，这几天他一直待在发廊里，等着小蓝。小蓝不能回到发廊街，只好偷偷跑到城南的一家发廊去做了。她是生人，老板娘免不了要欺负她，不太给她介绍客人，她的生意并不好。她还是愿意回到发廊街做。晚上要是没客人，她就早早回到苏敏娜家睡觉。

苏敏娜白天在发廊街看店。没生意的时候，她会和小蓝通电话，讲讲发廊街的情况。不过小蓝经常不在家里。苏敏娜不知道小蓝去了哪里。她想，小蓝真是闲不住的人。

这天晚上，苏敏娜回家时，小蓝倒是早早在家了。小蓝正嗑着瓜子看电视。丈夫站在阳台上，一副无所适从的样子。

小蓝见到苏敏娜，嚷嚷道："敏娜姐，我肚子都饿死了。"然后涎着脸，表情夸张地说："敏娜姐，你老公待你这么好，你真是有福气耶。"

丈夫红着脸从阳台出来了。他显然听到了小蓝的话。丈夫进了厨房，去盛饭。小蓝跟着去帮忙。小蓝进去时，和苏敏娜的丈夫撞在了一起。小蓝尖叫了一声。苏敏娜还以为出了什么事。小蓝说："敏娜姐，你老公真高啊。"

他们坐下来吃饭。苏敏娜忽然想起小蓝曾邀她打麻将一事。她知道小蓝喜欢打麻将，她说："晚上我们搓麻将吧？"

小蓝听了有些吃惊。苏敏娜曾对她说不会打麻将的呀。她看了苏敏娜一眼，苏敏娜脸上十分坦诚，好像从来没有撒过谎一样。小蓝心里有一丝隐约的不快，苏敏娜会打麻将，但她拒绝了她的邀请。苏敏娜看来也是势利的。小蓝没有把不快表示出来。她高兴地说："就我们三个？"

苏敏娜说："我把邻居叫过来。"

邻居是个中年妇女，喜欢说话，一来就和小蓝聊天，问小蓝是哪里人，在哪里工作。苏敏娜介绍说，小蓝是她的表妹，在银行工作。小蓝听了，又有点不快。苏敏娜这样介绍她实质上是在贬低她，其中还是有小瞧她的意思。她觉得苏敏娜简直是个撒谎精，谎话随口而来。小蓝想，苏敏娜可比她那张善良的脸复杂多了。不过小蓝马上想通了，苏敏娜总不能介绍她是发廊妹吧。小蓝见多了，这些没人爱的家庭妇女，在男人那里抬不起头来，可在她们面前总是趾高气扬，也不知哪里来这么好的自我感觉。

打麻将的时候，中年妇女不断问苏敏娜发廊街的事。她说，那地方可乱了，你要当心。中年妇女对发廊街一样充满了窥探欲。

中年妇女说："那些婊子，真是贱，为了一点点钱，给男人玩，一点人格都没有。"

邻居的议论让苏敏娜不安，她低下头，说："不说这个，你专心打牌。"

中年妇女说起这个话题不容易刹车。她说："小苏，你说得对，婊子就是婊子。"

小蓝的脸色已经黑了。她从中年妇女的话中听出来，她和苏敏娜平时一定是这样议论她们的。她不满地看了一眼苏敏娜，苏敏娜脸上有一种因为尴尬而产生的某种暗影。这令她好受了一点，苏敏娜还是比较善良，至少比眼前这个叽里呱啦的丑女人善良百倍。

小蓝是那女人的上家。小蓝决定今晚就是自己不胡也不给她喂牌。掐死她。可也奇怪，那女人的牌出奇地好。小蓝感到没劲透顶。

中年妇女又说起自己单位里的一个同事。她说："男人真是奇怪，见到那些婊子，魂都没有了。我们单位有一个家伙，都五十了，为了嫖，借了一屁股的债。他老婆都不知道他欠了那么多钱，知道的话肯定得上吊。这些婊子，害了多少人家呀。政府也不管管。"

说到这儿，她笑眯眯地讨好苏敏娜："还是你老公好，忠厚。"

苏敏娜用脚踢了踢那女人。

小蓝看见了苏敏娜的小动作。她反感苏敏娜这样鬼鬼祟祟的。她突然开口了："政府哪里会管，没有小姐，那些当官的到哪里乐去。"

中年妇女像是找到了知音，说："对对对对，小妹妹，你有水平呀，讲出这么深刻的话。"

小蓝不以为然地撇了撇嘴。她已经有点忍无可忍了。

女人开始申讨这个社会了，从上层建筑到经济基础被她讨伐了一遍。苏敏娜浑身难受，她已经后悔今晚打麻将了。人生就是这么尴尬。

苏敏娜老是出错牌。苏敏娜打出一张牌，中年妇女又胡了。

见中年妇女兴高采烈的样子，小蓝把牌一推说："他妈没劲，不打了。"

晚上苏敏娜没睡着。

邻居滔滔不绝地说话时，她一直在注意小蓝。小蓝还是一脸天真，没事一样。没想到小蓝突然发作了。小蓝把牌推倒时，邻居一脸惶恐，她大概想破脑袋都想不明白到底哪里得罪了小蓝。

上了床，苏敏娜终于同丈夫说了小蓝的身份。丈夫好像早已知道了似的，没什么表示。丈夫是个沉默的人，在黑暗中，他看上去一副若有所思的样子，眼神空洞，你不知道他在想什么。

丈夫的手伸了过来。苏敏娜没什么兴趣，她被刚才的事搅得心神不宁。丈夫显得特别兴奋。她从来不会拒绝丈夫要求的，再说丈夫这么兴奋，这种时候拒绝他的话，他可能半年都不会动她一下。他在这方面很脆弱很敏感。丈夫好像吃了春药，特别有激情，持续而猛烈，弄得她也有了感觉。后来她和丈夫一起到达高潮。她很久没有高潮了，她因此感到特别幸福。刚才的不快消退了大半。

"你今天怎么这么能啊？"

男人诡秘地笑笑，没说话。

一会儿丈夫满足地呼呼睡去。苏敏娜还是睡不着。在相对宁静的心态下，她看问题有了新角度。她想，这事也不能怪邻居，主要原因是小蓝在做这种事，如果小蓝不做这种事就不会被人看不起了。她认为小蓝在受苦，因此对自己此刻的幸福感到不安和愧疚。她不能眼见着小蓝继续做这种事，她得帮助她。

窗外的月色有一丝美好的气息。街头市声早已沉寂下去了。苏敏娜想着如何帮助小蓝，苏敏娜心里因此涌出某种满足感。

丈夫中途醒过来一次。也许是苏敏娜把他弄醒的。丈夫一副睡眼惺忪的样子，他含含糊糊地说："怎么还不睡？"

"你觉得小蓝怎么样？"苏敏娜问。

他吓了一跳，一下子清醒了，说："什么怎么样，难道你想把她介绍给我？"

苏敏娜打了他一下，说："小蓝人不错是不是？小蓝这样的女孩做那种事太可惜了是不是？"

"你想干什么？"

"我们帮帮她，让她离开那种地方。"

丈夫闭上眼睛，说："你没有发烧吧？睡吧，别瞎操这个心了。"

苏敏娜说："我说的是正经事，我们想办法给她找个工作，让她过正常的生活。"

"睡吧，我都困死了。"

那天打麻将令小蓝非常不快。她发现她已不习惯于待在充满小市民气的环境里。那些有家室的老女人充满了难以理喻的道德优势。她们也不照照镜子，见到年轻的姑娘就会从鼻孔里发出不屑的声音，她们有什么资格鄙视我们。打完麻将，小蓝回到房间，把门扣死。她躺在床上，心里直骂娘。

苏敏娜来敲过门。小蓝说，她困死了，想早点睡。苏敏娜说，那你睡吧。

小蓝最初只是骂中年妇女，只对中年妇女不满，骂着骂着，觉得苏敏娜也有问题，同样让她反感。苏敏娜其实不像她的外表一样善，只不过苏敏娜善于掩饰罢了。

这段日子苏敏娜喜欢同她睡在一起谈心，气氛也挺感人的，苏敏娜很容易流泪，小蓝觉得流泪也有快感，感觉很好，很快乐。现在仔细想来，苏敏娜有些话其实是很伤人的，小蓝不是太爱听。

苏敏娜总是同情小蓝。小蓝其实没被生物老师强暴，只不过是编出来的情节，相反是她喜欢生物老师，勾引了生物老师。生物老师还是个有妇之夫，被她勾引了后，吓得不敢回家。可苏敏娜把它当成天大的事。小蓝喜欢编排自己的经历，在发廊里面她经常对男人编排自己的故事，男人们还真吃这一套。和苏敏娜聊天时，她并没什么目的，只是很自然地把大量的悲惨故事编到自己身上，弄得每个晚上房间充满了悲情。

小蓝不喜欢苏敏娜的同情。苏敏娜总是带着一种莫名其妙的优越感，小蓝意识到苏敏娜的优越感有相当一部分建立在小蓝编的悲惨故事之上。苏敏娜是多么蠢，固执地相信自己那一套无知的观点，认为一位姑娘要是在发廊做一定有什么不得已的原因，受到过挫折或是欺骗，一厢情愿地解释这个解释那个，好像这世上没有她理解不了的事。

小蓝更喜欢男人。女人真是奇怪的动物，不像男人那么简单，男人有欲望，就变得赤裸裸的，对你动手动脚，可女人即使心里面对你有各种不满和看法，照样握着你的手，装得如姐妹一般。女人是多么虚伪。

小蓝心里慢慢涌出对苏敏娜的反感来。都是一路货，小蓝想。也许她本不该来苏敏娜家里住，她做过二奶，她是有过教训的，她知道这些所谓的良家妇女是怎么看待她们的。苏敏娜一定同她们一样，都是一路货。

她想，她得早点离开这里。

苏敏娜觉得小蓝有点怪，这几天有点神出鬼没的，每天很晚才回来，有一天回来都一点钟了，还满身酒气。苏敏娜还发现小蓝最近对她有点爱理不理的。客气还是挺客气的，这客气中有一些令人不舒服的情绪。

苏敏娜想替小蓝找一个活儿，过正常生活，并不是心血来潮，她在内心深处真的有一种拯救小蓝的愿望。这段日子她就在操心这事。苏敏娜自己没有办法，她想到姐姐也许能帮到忙。姐姐也是一脸和善的人，他们家的人都热心肠。姐姐信天主教，是天主堂的义工，有一帮教友姐妹，也许姐姐会有办法。苏敏娜知道求这些教友，她们会高兴的。

姐姐很快就有回复，天主教堂卖《圣经》及圣像等工艺品的小店刚好缺人手，如果愿意可以去那儿工作，工资不高，七百元一月。在苏敏娜看来，这简直是美差了，教堂环境好，来小店卖东西的人都很友善。她甚至有点嫉妒小蓝了，都想自己去干这个活儿了。她想，看来小蓝是个有福气的姑娘，照那些教友们的话说就是，上帝眷顾她，赐福于她。

苏敏娜在和小蓝说正事前，做了很多铺垫。问题是这些铺垫有一个前提，需要说明小蓝的工作是不可取的，没前途的，低微的，不但害社会也害自己。小蓝当然不爱听这些，几乎就要发作了。就在这个时候，苏敏娜告诉小蓝，她替她找到一份很好的工作。苏敏娜没想到的是，小蓝不但不感激，反而冷笑起来。小蓝说："你说什么？你叫我去哪里干？"

"教堂的小卖店。"苏敏娜说，"那里的人好，工作也很轻松。"

小蓝的脸上露出破罐破摔的讥讽的表情，她说："你让一个婊子去教堂，合适吗？"

"你怎么这样说话，你不能这样自暴自弃。"

"谢谢你的好意。我不去，告诉你，我讨厌教堂，我最恨信教的人。"

小蓝进了房间，拿了自己的用品，离开了苏敏娜的家。

小蓝走出苏敏娜家时，眼泪夺眶而出。

苏敏娜竟如此看低她，根本没把她当成朋友，只把她当成一个需要拯救的对象，从而来证明她的高尚和伟大。小蓝清楚地意识到她在苏敏娜眼里只不过是个婊子，而苏敏娜一直是居高临下地看她，像一个救世主。

她这辈子最恨的就是那些看不起她的女人，她们以为自己天生优越，以为可以随意审判别人。令她奇怪的是她总是碰到这样的人。

到处都是这样的人。那会儿她在做台湾人的二奶。她住在一个高档社区里。敌意无处不在，小区里的人都不同她打交道，连招呼都不同她打一个。她们总是冷眼看她，她一转背，她们就用意味深长的眼神探究她。她们用这种方式集体审判她。有一个精干的女人，是社区工作者，偶尔同她说说话。可就是这个女人有一天把台湾人的妻子带到她面前。台湾女人见到她，二话不说，给了她两个耳光。台湾女人恶狠狠对小蓝吼道："滚出去，这里不是你住的地方，婊子没权力待在我家。"台湾女人的脸上充满了正义感，好像她是道德的化身，上帝的使者。

小蓝曾对苏敏娜编了许多悲惨身世，唯独没说的就是这件事。她没同任何人讲过这件事。

一切清楚了，苏敏娜、台湾女人以及那个社区工作者是一路货，她们假模假样，自以为高尚，就好像高尚是她们的私有财产，她们天然拥有，神圣不可侵犯，其实她们没一个是好东西。苏敏娜甚至比她们更愚蠢，以为教堂就是高尚的地方，以为那个地方可以拯救她，她可不这么认为，相反她讨厌那个地方。是的，凡是她们高看的地方她都讨厌。

苏敏娜竟然还说希望小蓝也一样有幸福的生活。苏敏娜感觉太好了，她那种贫穷的生活也叫幸福？如果苏敏娜过着的生活叫幸福，那幸福真是随处可见。况且，况且……

别看苏敏娜的丈夫老实巴交，他也是男人，是男人就没有不喜欢女人的。小蓝在这方面敏感，她凭直觉就知道男人心里在想什么。那次不小心和男人迎面相撞，她注意到男人生出喜悦（叫幸福也不为过）。她待在苏敏娜家的那些日子，男人显得特别温柔，表面上不太注意小蓝，心思都在她这儿。他偶尔同她说话时，小蓝能听出来，他的声音里有欲望。那些天，男人不爱出门，喜欢待在家里。天底下的男人都是这德性，小蓝不反感这德性，男人不这样，小蓝反倒奇怪了。小蓝认为要摧毁苏敏娜自以为是的所谓幸福生活是很容易的。

小蓝越想越愤愤不平。她不会再理睬苏敏娜了。苏敏娜的自我感觉怎么能这么好呢？

小蓝搬出去后又回到了原来的发廊。小蓝不来苏敏娜的小店了。如果小蓝接到传呼，就去另一家小店打电话。苏敏娜不明白这是怎么回事，有几次她想去发廊问小蓝为什么不给她一个回话，教堂那边还等着呢。

苏敏娜觉得小蓝真的有点古怪，一次她和小蓝迎面走过，小蓝一脸冷漠，并不认识苏敏娜似的。苏敏娜非常疑惑，觉得她可能不小心得罪了小蓝，究竟是哪里得罪了她，她并不知道。可她真的是想帮助小蓝的呀。苏敏娜很想找小蓝谈一次，小蓝似乎在回避她，一直没有给她机会。苏敏娜很失落，伤心了好一阵子，看来她是帮不成小蓝了。又过了一些日子，苏敏娜就不再想这件事。只是苏敏娜还是会不自觉地观察小蓝。

那个上海老先生没有再出现。现在小马经常来发廊街。小马来的时候，小蓝挽着小马的胳膊招摇过市，他们亲热的样子就像一对电影里面的恋人。也许他们真的以为自己在演电影呢。小蓝这人有时候是有幻觉的。

有人告诉苏敏娜，上海老先生是小马把他吓走的。那人还说，小蓝找到小马，要小马出面让那老先生走人。小蓝对小马说，那老头不肯走你就废了他。小马拿着刀子在老头前面一晃，老头吓得差一点小便失禁，立马跑了。苏敏娜听说，小马加入了黑社会，很有些势力，小蓝跟着他，就不会被人欺负了。小蓝对此很骄傲。苏敏娜想，她对小蓝其实一点也不了解，都是她瞎操心而已。

发廊街每天有很多故事，但苏敏娜没什么故事，日子过得很平静，至少她一直是这么认为的。有一天，姐姐打了个电话给她。姐姐说，注意一下你老公，他有情况。苏敏娜没信，她了解丈夫，她男人不至于乱来。

有一天下午，正在管店的苏敏娜接到一个匿名电话，叫苏敏娜赶快回家里去看看，家里正上演一出好戏呢。

苏敏娜对这个电话很反感。她不能相信电话暗示的内容。不过她还是关了店门，回家了。

姐姐说的是对的，那个匿名电话暗示的也是对的。这天，当苏敏娜开门进去时，她的双眼被刺痛了。在她睡的那张床上，丈夫赤身裸体和另一个赤身裸体的女人纠缠在一起。有那么一刻，她的眼前一片虚像，只看到耀眼的白色。她还以为是幻觉。她定了定神，才看清楚一切都是真的。丈夫身边的女人就是小蓝。丈夫正慌乱地穿着衣服，小蓝却满不在乎地躺在那里，脸上露出高傲和嘲讽。

　　小蓝依旧在发廊街做，但苏敏娜再也没有出现。她的小卖店已关了一段日子了。不知怎么的，小蓝一直关心那小卖店，每天都会不自觉朝那边张望。她心里稍稍有点不安，很想知道苏敏娜现在在干什么。当苏敏娜看到她和她的丈夫躺在床上时，她确实涌出潮水一般的快感，过后她却有点后悔。她回忆和苏敏娜相处的日子，也许苏敏娜并没有她想象的那么瞧不起人，苏敏娜的所作所为也许完全出于好心。她觉得自己有点任性，过分了。她想过去看看苏敏娜，转而又想，如果她去的话，苏敏娜一定会把她赶出来，也许会像台湾女人一样给她两个耳光。

　　过了半个月，来了一队施工人员，开始装修苏敏娜的小店。他们爬上爬下，敲敲钉钉，没多久，原来相对破旧的小店，焕然一新了。第二天，小蓝发现小店的门框上有一行妩媚的字：湘妹子发廊。

　　看到那行字，小蓝愣了一下。在没见到那行字前，她的想法是复杂的，因为小店存在着多种可能性。如果这店还是苏敏娜的，说明她没有胜利，苏敏娜依旧强大地出现在她面前。她会因此嫉妒苏敏娜的。现在小蓝看到那行字，她确信苏敏娜再也不会出现在发廊街了。苏敏娜是不会开一家发廊的。不知怎么的，她突然变得非常软弱和无助。此刻她强烈地想念苏敏娜，心里都是关于苏敏娜的好。因为软弱，泪水夺眶而出，她想她真是过分了，竟如此残忍地对待苏敏娜。

过了一会儿，她擦掉眼泪，然后在心里安慰自己："这怪不得我，谁叫她自我感觉那么好呢。"

2003 年 9 月 1 日

一起探望

他来的时候，我都傻掉了。我开始以为他是个问路的人，当他说出他的名字，我半天合不拢嘴。这情形就好像公鸡生蛋那样不可思议。我觉得哪里不对头，我看了看天，天上的太阳还在。他娘的都说阳光下面无新事，这会儿我算是看到新事了。

　　吃饭的时候，我老伴在不停地问那人关于儿子的事。老伴问他小欧怎么老是不回家。我吃饭前告诉过那人，老伴还不知道儿子的事，让他不要说出真相。不过我还是十分紧张，怕万一这小子说漏了嘴。如果老伴知道儿子的事，非得休克不可。我了解她，她的神经他娘的就像她头上的灰发，经不住一点重量。由于紧张，我一口饭都吃不下。

　　"你们学校里课程是不是很紧？"她问，"小欧的身体还好吧？"

　　"不算太紧……"他说。

　　"小欧为什么不回来？他寒假都没回来，我有半年没见着他了。"

　　"噢……"他是个不会撒谎的人，他的脸红了。

"你真的是他同学?"她问。

"废话,不是同学他怎么会来我们家。"我说。

"我们不是同班的。"他说。

"你不是说小欧的女朋友要来看我们?"她有点愤怒地看着我,"小楚是小伙子呀。"

"我搞错了。"

小楚的脸又红了。他看上去是个害羞的小伙子,眼睛很大,柔柔的,被那头垂下来的长发遮住,不过眼神倒是直率,总是直愣愣看着你。他警觉地看了看我们,低下头说:"我们很要好,是很好的朋友。"

"小欧为什么不陪你回来?"她说。

"你这人废话太多,小欧功课很忙。"只要说起小欧,我的声调就提高了。

"他不是说功课不忙吗?"她说。

饭终于吃完了。小楚坐在客厅里东张西望。我现在对他放心了,他是个沉默寡言的人,不会胡乱说话。我最担心的是老伴。我太对不起她了。我无法告诉她那些事,我知道她有一天终究要知道的,但我无法想象那一天的到来。那一天,天肯定要塌了。

我不知道小楚的打算。他坐在那里,像是在思考什么高深的问题。我虽然对他有点敌意,但一想他也算是个有情有义的人,我的心就软了。他赶这么远的路来看小欧,坐火车都要两天两夜,不容易。我的心就软了。

"你今晚就住家里吧,小欧的房间一直空着。"

"好的。"他一点也不客气。

老伴在洗碗。我不想他久坐在客厅里。我带他去儿子的房间。儿子的房间非常整洁。儿子是个爱干净的人，这同我们不一样。我和老伴不在乎房间是否干净，也整不干净。老伴有点丢三落四，她整了这个，就忘了那个。我儿子却特别爱干净，他的房间就像这屋子里的一个安静的小岛。儿子的照片挂在他的床头。儿子眼睛很小，人家都说小眼睛有神，儿子的眼神却一片茫然。我一直看不惯儿子的这副腔调，一个小伙子，搞成这样子，我总感到哪里不对头。以前他放学回家也不去外面玩，一个人关在房间里，鬼知道他在干什么。我宁可他有点坏毛病，抽烟或喝酒什么的。现在我不这么想了。现在我常常来到这个安静的小岛，想那些我怎么也想不通的事儿。

小楚瞪着墙上的照片发呆。头上的荧光灯打在他半边的脸上，使他看起来有那么一股痴迷的劲儿。

"这张照片是我给他拍的。"

"噢。"

"那会儿，我们去内蒙古玩。他后面是希拉穆仁草原。那里的草很好，太阳照得草很暖和，像温暖的被窝。我们躺在草地上……"

"你早点睡吧，明天一早，我们一起去探望小欧。"

我打断了他的畅想。我很想听小楚讲讲儿子的事情，但说实话，我有点害怕。

"好的。"他说。

他很听话，看上去是一个乖孩子。不知怎么的，我的心里突然涌出一种温柔的情感，最初对他的反感已经不那么明显了。我说："早点睡吧，明天我们吃了早饭就走。"

我突然想起一件事。我拉开写字台的抽屉，迅速地把抽屉里的几十封信拿出来塞在口袋里。那是小楚写给儿子的信。我不想小楚看到这些信。我的动作有点慌张。我看到小楚用疑惑的眼神看着我。

"睡吧。"我说。

早饭是我准备的。昨夜我告诉老伴，我要带小楚去景区玩。我说小楚难得来一次，得陪陪他，他是儿子的好朋友。我说她可以晚点起床。我当然不能告诉她我和小楚去探望儿子的事。她不知道儿子的事。

我还没有把早饭做好，老伴就起来了。老伴来到客厅时，小楚紧张地站了起来。小楚一见到老伴就要紧张。

"我昨晚没有睡好。"老伴说，"昨晚弄堂里二丫头结婚，他们闹哄哄的，我睡不着。"老伴一脸浮肿，看着小楚，问，"你有没有睡好？"

小楚点点头。在老伴面前他像一个哑巴。他喜欢同我说，他昨晚说起内蒙古的事来滔滔不绝的。

"二丫头其实喜欢我儿子，每次小欧回家她就会缠着小欧，他们俩在假期还到海岛上玩过。不过我不喜欢二丫头，疯疯癫癫的。"

小楚的眼睛睁得很大，眼圈有点泛红。他小心地问："他们就两个人去玩吗？"

"两个人。但我不喜欢二丫头。"她说，"小欧去学校后，她就和张家那个小流氓——你知道他都干些什么？他纠集一帮人，成天在街头混，还同人打架。"老伴打了个哈欠，"我困死了，我昨晚没睡着。都是二丫头害的，她笑起来的声音咯咯咯咯的，把整条巷搞得不安宁。嘁，二丫头同这样的人结婚，还美滋滋的，昨天还送糖过来，我理都不想理她。"

"好了，好了，你没必要生她气，结婚是喜事，你不应该生她气。"我说，"我们出门后你再睡一觉，火气不要太大。"

"我就看不惯二丫头，她过去都叫我妈，现在她见到我当作没看见。"

老伴在小楚前面这个样子，我的脸有点挂不住。我只好哄哄她。她越来越像一个任性的小孩。哄了好一会儿，她还这样，我只好板起脸。我说："别废话了，人家一辈子结一次婚，吵着你又怎样了。"

"谁知道呢，我就不相信她一辈子只结一次婚。"

"你不要这么刻薄好不好？"我的态度放缓和了些。我对不起她，我不想惹她过分伤心。

我选择了一条与目的地相反的道路。我告诉小楚我现在带他到小欧那里去。我却坐上了同"那里"相反的车。我暂时还没有找到解决的办法。他娘的，就这样吧，船到桥头自会直。这是一辆长途汽车，车厢里放满了行李，旅客的神情都非常焦灼。他们一定是等了很长时间的车了。也许他们昨天晚上就到车站了，为了省几个钱，晚上在露天广场睡觉。我和小楚坐在一起。小楚靠着窗，他一直在看窗外，双眼看上去像是在盼望着什么，又有些茫然。我发现他身上有一种楚楚动人的哀怨气质。长途车在田野上奔驰，小楚一直没有讲话。我不知道他在想什么。老实说我对他充满了好奇，可我又不敢问他。我有点害怕。我想了想，问起一些家长里短的事。长途车太难熬，这样默不作声令时间变得无比漫长。

"你父母是干什么的？"我问。

他朝我笑了笑，笑容中有些无奈也有些孩子气。后来我发现他的孩子气是真实的，那无奈却是故作的。他的眼神闪闪发亮，他说："他们是一对活宝。"

他这样评价父母，让我有点不适。我怀疑儿子也在背后这样说我们。现在的孩子，你很难猜到他们的脑子里都在想什么。

"他们是干什么的？"

"过气名人。"他说。他好像对说自己的父母很有兴趣，他笑得很灿烂。"他们越来越像一对活宝了，他们整天吵架。"他说，"一吵架，我母亲就会喋喋不休。她常对我说，她为了我父亲断绝了同娘家的关系，她是同我父亲私奔的，但现在我父亲只知道在外面花天酒地。"说到这里，他开心地笑起来，笑得纯真无邪，就好像他父母吵架是一件令人高兴的事。

我越来越不能理解现在的孩子了。我做了一下深呼吸，问："他们经常这样吗？"

"从我记事起他们就这样了。"他说，"我开始有点惊慌，后来就适应了。我知道他们尽管闹得凶，其实谁也离不开谁。"

"噢……有的家庭确实是这样的，夫妻俩闹起来很凶，不闹的时候倒好得要命。"我说。"……我见过这样的。"我强调。

"我父亲是个色鬼。"说这句话时，他脸红了，神态却越发调皮。"他酗酒，然后借着酒劲找一个又一个女人。不过他每天深夜都回到母亲身边，他们少不了要吵闹一番。"他的脸上露出既不屑又残忍的神色，他继续说，"我猜吵闹是他们相亲相爱的一种方式。"

"你经常回家吗？"

"不。"他摇摇头，"只要我回家，母亲就向我诉苦，我烦。她的火气上升得比导弹还快，刚还好好的，突然变得像个火药筒子。"他笑了，好像在为自己说出的比喻而得意。他指了指腰间佩着的寻呼机，说："这是母亲给我买的，她总是找我诉苦。但我从来不把这玩意儿打开，如果打开的话，我一天要回她十次电话。"

"你不担心你母亲？"我问。我感到他似乎有点冷酷了。

"我不担心，他们不会有事的。"

长途车突然停了下来。我探头往窗外张望，我看到前面堵车了。眼前一长串汽车，望不到头。小楚好像有点着急，一副坐立不安的样子。有人下车去看个究竟，小楚也跟着下去。他站在车边，目光向远方伸展。远方空洞无物。他这样站了好一会儿。我不知道他在看什么。一会儿，窗外有人说前面出了一桩车祸，一个横穿马路的人被撞死了。小楚跑到前面去看个究竟。我叫他不要跑远，万一车开了，就赶不上了。他说，这车一时半会儿走不了。小楚说得没错，这车一直停在那里。我往后面望，后面的车阵也望不到头了。小楚不在，我突然感到轻松起来。我有个奇怪的念头，我希望这车永远不开动，一直停在那儿，这样的话，一切问题迎刃而解了。至少今天用不着操心了。一会儿小楚回来了。小楚变得压抑了，刚才说父母的兴奋劲儿消失不见，他脸色阴沉而苍白，一脸若有所思的神情。

"死了个男人。"小楚没头没脑地说，"他们说死得很惨。那里一地的血。"小楚又朝那边张望。"他是突然从路边冲出来的，他们说这个男人是想自杀。"

我感到心里不舒服起来。我知道不舒服的原因。只有我自己知道。我想象那个横尸路上的男人。我猜我这会儿脸色也不会太好，我的眼里肯定还有一种凶巴巴的神色。我说："你快上车吧。"

他没上车，依旧站在那儿向前方看。一会儿，他问："我们什么时候能到小欧那里。"他问这话时没把头转向我，好像在回避什么。

"快了。"我说。"……没多远了。"我说。

长途车傍晚时分抵达终点。小楚一脸心事重重的样子，不再说话。我带着他朝山坳里走。我同他说，小欧在山坳的一座医院里。他跟着我，不说话。他的眼神很警觉。

我曾经来过这个地方。几年前这里还很冷清，现在这里已变成了景区。不断有游客模样的人从我们身边走过。他们用奇怪的眼神打量我们这两个神情严肃的人。我带着小楚在风景区兜了一圈又回到原点。小楚站在那里疑惑地张望着。他大概想起来一个小时之前我们到过这里。他看看周围，又看了看我。

"快到了吗？"小楚的双眼突然变得十分锐利。我第一次见到他的眼神如此锋利。

"快到了。"我说。我没停下来，我此刻的模样很像一个逃兵。

小楚又跟了上来。我走得很快，小楚却走得很慢。一会儿，小楚落下了一截。我站住，向他招手。我看到小楚慢慢地跟上来。他快要靠近我时，我又迈开大步向前走。我怕他再问我那个问题。快到了吗？快到了吗？好像他只会说这句话。其实这句话没有答案。

我们第三次到达那个原点，天已经黑了。小楚站在那里再也不肯走了。他没说一句话，好像他早已明白了一切。我也不想这样毫无目的地走路爬山了。我说："我迷路了，从来没这样过，见了鬼了……可能是天黑了的缘故。"

小楚坐在那里不吭声。我不知道他在想什么。他不说话的时候，像一个哑巴。我想他肯定意识到了什么。他不再问我什么。我不知他在想什么。

我肚子饿了。中饭是在长途车的半道上吃的。胡乱吃了一点。肚子早已空荡荡。"我们去吃点儿东西吧。"我说。我看到山脚下有几家大排档。我想喝点儿黄酒。我已经累了，喝点酒能提神。我对着大排档深吸了几口气，好像空气中充满了黄酒的味道。

我们点了几道菜，坐下来喝酒。大排档的生意不好，周围没其他人，店主无聊地立在门口。小楚一直没说话。我感到内疚。我想他一定认为我在捉弄他。"我确实是迷路了。"我说。"我怎么会迷路呢？"我又说。

"我给小欧的信都在你手上？"他说这话的时候一直低着头，好像他是不经意才说出这话来。

我愣住了。他的话让我感到刺耳。我想他一定猜到我昨晚从抽屉里拿走的那些信是他写给小欧的。过了一会儿我解释道："小欧神志不清。他不能读信了。"

又是沉默。我的心情已因为这句话改变了。我变得无比悲哀。"他已不能读信了。"我强调。我读过那些信。不止一次。读那些信时，我的心头充满了温暖的情感，泪流不止。我为小欧有这样的朋友而欣慰。现在看来一切都搞错了。我确实对他很好奇，可我又有点害怕。

"我读过你的信。"我艰难地说，"我一直以为……以为……你是个女的。"

他的脸红了。他是个容易脸红的小伙子。

"说实在话，我不能理解。我见到你后，我一直在想你们的事。"我说，"昨天晚上我一个人坐在客厅里把你的那些信又读了一遍。我理解不了。"我对他很好奇，"我从来没想过小欧这个样子。你们怎么开始的？"

他看上去有点儿兴奋，显然他愿意谈这些事。他喝了一大口酒，说："我们开始只是相互有好感，我们彼此吸引，很自然就开始了。"

"你们这样难道没感到……"

"我知道你的意思。我倒是没什么，我看得开。我碰到过这种事。小欧有问题。我们在校外租了房住在一起后，小欧就开始不对头了。后来我想，小欧可能对这件事很困惑。他有压力。他总是觉得周围的人在用异样的目光在看他。他变得很神经质，易受伤害。他受伤后就到我这里来寻求安慰。"

"他得病同这个有关系吗？"

"我想是的。这事让他压力很大。后来，不知怎么搞的，我们的事让人知道了。你知道这种事大家都很好奇。走在路上常常可以看到有人对我们指指点点。小欧从此就不对了。

他变得反复无常，常常对着我一会儿哭一会儿笑。那段日子，我几乎二十四小时都在安慰他。后来，他开始砸屋子里的东西。他把热水瓶、茶杯等易碎物品都砸了。我感到不对头，把他送到医院。医生告诉我，他这是精神分裂……"

我不知道该说些什么。我强忍着不让自己流下泪来。

"我早就见过你。"他突然抬起头来，我看到了他无邪的眼神。"你把小欧接走那天，我就在码头，我是看着你们上轮船舷梯的。"他说，"你搀扶着小欧。小欧那会儿神志不清……神志不清了。"他说。"你那天很绝望。你一脸的皱纹给我留下深刻的印象。我后来常常梦到你的布满皱纹的脸，我感到对不起你。"

我想起了那天的情景。我又要流泪了。我赶紧让那些画面从我的脑子里消失。

夜已深了。我们回去已不可能了，我们得在这个地方住下来。我们找了一个小旅馆。我们一直没有说话。我不知道说些什么。能说的都已说了。我们就这样不声不响整理床铺，各自上床。气氛有点压抑。他没再问我明天的安排。我猜不透他在想什么。他好像也在回避着什么。

房间里一片黑暗。另一张床上，他背对着我睡。他一动也没有动。我感到他没有睡着。我看窗外。窗外的灯火看起来给人一种恍惚之感。我他觉有些伤感。我他娘的不想让自己想太多，想没有什么屁用，什么也改变不了。夜深人静的时候，我还是会忍不住要想。特别是今天，我怕是要失眠了。

　　我知道他没睡着。他躺在床上一动不动。有一刻我觉得这房间里只住着我一个人。我转过身看了看他。我对他很好奇。我不知道他现在想些什么。

　　那张床上浮起一个声音，声音有点瓮声瓮气的，好像他在同自己赌气。"小欧是不是不在了？"他问，"我前段日子老是做梦，梦到小欧不在了。"

　　我愣住了。一种久违的哀伤迅速传遍我的全身。我原以为已差不多忘了这种情感，不是的，这情感一直蛰伏在我身上，只要一有机会它就会醒来，把我击倒。我的眼前出现我一直不愿正视的那一幕。我失声痛哭起来。

　　"小欧不在了，是不是？"他的声音有点喑哑。

　　我不知怎么同他说。我知道我会说出来的。我从来没同一个人讲过这事，甚至同老伴也没讲过。我都承受不了啦。现在我看到了儿子，他跟着我踏上了那艘海轮。那会儿我的心沉重得就像远方海面上那座黑色的海岛。那会儿我想不明白，好好的一个人怎么会得这种病。我没有想到还有更大的灾难等着我。海轮在夜晚航行，除了远处月光下的几座小岛，满眼都是苍凉的海水。我想，睡上一觉，等天亮的时候，这船就会在我们的城市停靠，然后我们就可以回家了。我想，儿子只要好好养病，就会好的，一切都会好起来的。可是那天晚上，我半夜醒来的时候，发现儿子不见了。我心里马上涌出一个不祥的念头。我在船上找儿子。我几乎把所有的人都吵醒了，没有儿子的踪影。我意识到可能永远见不到儿子了。我要求船长把船开回去，到水面上找我那失踪的儿子。没有人同意这么做。船还在往我们城市的方向开。我感到儿子正离我越来越远。我也不想活了，想从船上跳下去。他们拖住了我。这样船就到了码头。

"船到码头后，我不敢回家。我不知道怎么同老伴说这事。我坐在码头，我不吃不喝坐了三天三夜。我感到世界真的是空的，周围的一切都同我没有任何关系。我觉得我就像是做了一场梦一样。"

我说完话，世界变得无比安静。小楚无声无息。过了一会儿，小楚"啊"地大叫了一声，然后我听到了哭声。我这才知道刚才小楚在无声哭泣。他早已泪流满面。他的哭声让我辛酸，我的眼泪又一次落了下来。不管怎么说，小楚是个有情有义的人。他的哭泣令人心痛。我应该去劝劝他。我从床上爬起来，坐在小楚的床边。我伸手去抚摸他的脊背。他的身体僵硬了一会儿，他突然转过身，一把抱住了我的腰，把头埋在我的腹部上。哀伤的情感已在我的身体里奔涌，我也紧紧地抱住他，就像抱住我的亲人。

2002 年 1 月 11 日

寻父记

他是在公公失踪后变成这样的。他整天坐在黑暗中，看上去失魂落魄。这些年他不知跑过多少地方，寻找他父亲。我们家的生活从那时起彻底搞乱了。

　　两年前，公公来到城里，在我们家住了下来。那时候，公公身体状况已不太好，人瘦得不行，站着的时候，会浑身发抖。吃饭时，他发颤的双手几乎拿不稳筷子，他夹小菜的情形真是艰苦卓绝。我实在看着难受，替他夹一点菜，他会狠狠地瞪我一眼。他甚至控制不了自己的舌头，说话时嘴巴里像是装了弹簧，发出含混不清的声音。他索性不说话了，整天沉默寡言，坐在我们家的客厅里，不知道在想什么。他脸上没有表情。老实说，我都有点怕他。

　　我对丈夫说："爸这个样子，是不是送他去医院看看？"

　　丈夫说："他不相信医生。"

　　我问："为什么？他不看病吗？"

　　丈夫对我说，公公年轻的时候，同公社卫生院一位医生关系很好。他眼睛不太好，那医生说是沙眼，刮一下就好了。结果一刮，差点把他的眼睛弄瞎。有一阵子，他什么都看不见，后来视力慢慢恢复了些，不过看东西就有点模糊了。更令他气愤的是，每逢气候变化，他的眼睛都会生痛，那感觉就像有人在挖他的眼珠子。人家天气变化关节痛，他是眼睛痛，痛起来眼泪涟涟，苦大仇深的样子。我丈夫说，公公眼睛痛时，目光里充满了对这个世界的怀疑和仇恨。他就是打那后对医生失去信任的。

丈夫说："他生病从不就医，自己搞点偏方吃吃。"

可是他实在病得不轻。我下班回来，看到他坐在那里发抖，感到很不安。他原本是个高大的人，这会儿深陷在沙发上，看上去如此瘦弱，如此无助。我不知道如何帮助他。

有一天，我见他坐在太阳下，脸上露出古怪的微笑。他的微笑给我一种不祥的感觉。他微笑的时候没有颤抖，看上去像个正常人。我不禁有点吃惊。我站在那里看着他，想弄明白究竟发生了什么。他看到了我，瞬间收起了笑容，然后就好像突然掉在了冰窟里，浑身颤抖起来。

我问："爸，你冷不冷？"

他说："不冷。"

我说："住在我家习惯吗？"

他没回答，眼中满是狐疑，就好像我在赶他走。

他已在我家住了两个月了。老实说，他的到来令我很不适应。我们夫妻俩的平静生活被打破了。他来的时候，天气还很热，本来我在自己家里可以穿得很随便，现在，我必须穿得正经八百。我洗澡时，总是提心吊胆，就好像有人在窥视我。虽然我和丈夫年纪也不小了，因为没有孩子，夫妻感情一直很好，在家里经常有一些亲昵的举动，现在当着公公的面，我俩装得谁也不认识谁似的。因为公公的存在，我们家突然变得拥挤了，仿佛我的周围全是人，令我无处藏身。我知道公公有理由住在我们家，我们有义务尽孝道，但我是个女人，有时候心里免不了生出脾气来。

一天晚上，丈夫向我求欢，我不理他。他问我怎么啦，我说没兴趣。丈夫说，你怎么变得这么冷淡了，我们好久没有了。我忍不住把心中的委屈说了出来。

我说："你爸什么时候回乡下啊？"

丈夫说："我怎么知道，他都不说话。"

我说："一个人坐在那儿，一天到晚不说一句话，真是件可怕的事。"

丈夫没回我话。他抱住了我，显得很有激情的样子。我推开了他。他很敏感的，脸上露出沮丧的表情。一张破碎的脸。我似乎感到他身体里面的碎裂声。我知道他经不起我这样的冷淡。为了不让他有挫败感，我安慰他："你爸还坐在客厅里呢。"

丈夫想了想，说："我明天问问他什么时候走。"然后，他侧过身，睡了。他没再要求我。

我不知道他有没有问公公。对此我不抱希望。我太了解他了，他是如此脆弱，没有同人撕破脸皮的勇气。此事再没下文。我很不满意。我便在丈夫面前使些小性子。他大概有点心力交瘁，看上去疲惫不堪。我心疼他，原谅了他。

有一天，吃晚饭时，公公突然恶狠狠地看了看儿子，好不容易说出一句话："畜生。"我一脸惊骇。我不知公公为什么突然开口骂人。我想可能同我的行为有关。我的脸红了。

又过了一段日子，气候转寒，我渐渐习惯了公公的存在。公公再也没有骂儿子，他面无表情，坐在阳光下，看街头人来过往。偶尔他会自言自语几句。我下班比较早，傍晚回家时，公公一般坐在院子的角落打盹。他的面容有平时难得一见的安详。我在这张安详的脸上看到了丈夫的影子。我发现丈夫很像公公。想到将来，我的丈夫也会变成这个样子，心头突然涌出酸楚的情感。我从屋内拿了一件毯子，盖在公公身上。

有一天，我回家的时候，公公不在那里。我起初没有在意，只是有点奇怪。当天晚上公公没有回来。事实上，直到现在，公公也没有回来。

没有一点点预兆，公公失踪了。

我们开始以为公公回乡下去了。我们找到乡下，公公没有回家。丈夫还有一个弟弟在乡下。小叔子见我们把父亲弄丢了，用多疑的眼睛瞧着我们，好像我们把父亲谋害了一样。小叔子的眼神和公公的眼神惊人地相像。

小叔子说："怎么会没有了呢？一个大活人怎么会没有了呢？"

他蹲在自家的门槛上同我们说话，态度傲慢，他这副模样，像是在阻止我们进屋。我丈夫向里张望了一下，问："爸真的没回来？"

小叔子火了，说："我藏着他干什么？他是金子宝贝？"

说完这句话，他丢下我们走了。我们愣在那儿，直到他的背影在村子的巷口消失。不过他一直是这样，对我们恶声恶气的，好像我们欠了他什么。

我们开始寻找公公。我们报了案。在城市的街头和乡下的电线杆上贴了寻人启事。我们等待公公的出现。那些贴出去的启事，没有任何动静。丈夫开始变得六神无主，茶饭不思。他感到巨大的压力。父亲突然在生活中消失了，这世界在他的感觉里变得奇怪起来。原本这世界是热闹的拥挤的，现在他觉得这世界变得异常空旷和安静。他对我说，这种空旷让他受不了。他觉得现在空气里充满了父亲的气息，仿佛父亲无处不在。可是父亲又在哪里呢？他甚至有了幻觉，觉得这世界正在向他发出某些神秘的声音。我看到他的双眼布满了茫然和不安。

有一天，一个同乡突然对我们说，他曾在汽车站见到过我公公。

"……我不知道他去哪里了。他从汽车上下来，整个身子都在发抖，我叫他，但他没理我。"那人抬头看了我们一眼，眼中有点恼怒和委屈，"他没理我，我也就不理他了。不过我当时不知道他去干什么，如果我知道他不打算回来，我一定会劝劝他，一定会跟着他的。"他强调，"我会把他带回家的。"

"他当时什么表情？"丈夫像是找到了一根救命稻草，这些日子以来渐渐混乱的眼神突然变得明亮了。

"没有表情，他样子就像一个大干部，头朝天，牛得很，所以我也就不理他了。"那人停了一下，直愣愣地看着我们，"你说他会去哪里？你说。"

我们不知道。我们知道的话也不会跑到乡下来问他了。

公公失踪已经一个月了，踪影全无。我们几乎失望了。我们回到城里。公公的失踪，带给我们巨大的恐惧。往日的生活再也找不回来，我们生活在不安之中，好像一切都敞开了，裸露了，好像公公在远处的某个地方看着我们。

在无法安睡的夜晚，我们会讨论公公为什么会出走这件事。我感到丈夫身上有一种无力承受的愧疚感。

"你说爸为什么要出走，为什么？"黑暗中，他的声音听起来充满了疑惑，这种疑惑同黑暗缠绕在一起，好像黑暗本身也成了一件难解的事物。

我用手抚摸他的身体。他的身体寒冷、脆弱，像一个易碎品。要是以往，他的身体十分敏感，我的抚摸会引起他热烈的回应。我们在这方面一直很默契。现在他变得没有这个需要了。他的身体失去了感知能力，根本没意识到我的手的存在。

"他是在惩罚我。"他说，"我知道他是因为对我失望才离开的，他虽然不说话，但我知道他的意思，他一定是恨死我了。"

我说："你不该这样想，你没做错什么。"

他说："我不应该这样对待他。"

我说："我们一直待他很好呀，他在家里，我们一直孝敬他的呀。"

他说："其实我心里反感他，我不愿意他住在这里。他这样沉默令我感到压抑。有时候，看到他似笑非笑的脸，我受不了，浑身像是爬满了虫子一样难受。我经常在心里恶毒地咒骂他，盼望他早点回到乡下去。他是个很聪明的人，我的这些心思，他早已看穿了。"

我无言。我不知道怎样劝慰他。我去抚摸他的脸。我的手湿了。他在流泪。我把他搂在怀里。他如此软弱。

我说："也许他只是想出去走走，或者突然出了什么事故，你不必自责的。"

他伏在我怀里，在喃喃自语。有些话听起来含糊不清。我懂得他的意思。这事他以前同我讲过。那时候他还是一个孩子，他们家遭遇火灾，他被困在家里面。他的父亲、母亲和弟弟已经逃出去了，只有他还滞留在屋子里。屋顶的梁开始坍塌。他躲在角落里，惊恐得叫不出声来。他听到父亲在外面拼命地叫喊。叫喊声越来越近，他知道父亲冲了进来。后来他看见了父亲，父亲已成了一个火球。他扑向火球。父亲抱住他往外冲，可就在他们将要跨出房子时，一根椽子击中了父亲的脑袋。父亲昏了过去。他哭泣着把父亲从火海中拉了出来。父亲后来活了过来，但身上的毛发已烧得一根不剩，连鼻孔里的毛都烧光了。也许是因为那一击，后来每年冬天，父亲会全身颤抖。

"父亲是冒着生命危险来救我的呀……"他还在含糊不清地说这个事。我感到他的身体在轻微地抽搐。他的身体已被内心深处无法排遣的内疚感缠绕，显得紧张而僵硬。他在哭泣，哭泣让他的身体抽搐得更厉害。"我却盼着他回乡下去……"

我像安慰一个孩子一样轻轻拍打着他的背部，试图让他安静下来。

几个月以来，也有一些零星的消息传过来。每次听到这样的消息，丈夫都会兴奋得眼睛放光。我们满怀希望赶过去，总是失望而归。丈夫的脸色变得越来越苍白、憔悴，双眼看上去惊恐、混乱。我感到他似乎有点不对头。

有一次，有人告诉我们，说在离老家不远的一个小镇收容了一位迷路的老头，这老头不说话，像一个哑巴。小镇刚好就是某线路公交车的终点站，据最后见过公公的那位老乡描述，那天公公就是登上那辆车离去的。听到这个消息，我们都很振奋。我们连夜赶去。一路上丈夫显得激动不安，脸上有一种既兴奋又焦虑的暗影。他有时候独自傻笑，有时候又摇头叹息。他的行为让我想起公公。很多次，我下班回家，公公就是这样在独自傻笑，或摇头叹息。这种表情令我不安。我觉得丈夫开始不太正常了。

我说："你在笑什么？"

他说："没笑什么。我没笑啊。"

我说："你明明刚才在笑嘛。"

他有点愤怒。他说："我有没有笑难道自己会不明白？"

我们坐在火车上。他说话的声音太响，车窗内的人都向我们侧目。他高叫前已经有人在向我们侧目了，因为他独自傻笑的样子看上去像一个神经病。他们看他的眼神里充满怜悯。这令我难受。我多次提醒他不要这样，他根本不认为自己在笑，反而同我吵。

近来，他有点喜怒无常。我沉默。我不想在公众场合同他吵。

我们赶到那地方，天刚刚亮。小镇人起得很早，我们问了收容所的位置。一个年轻人很热情，把我们领到收容所门口。收容所的大门紧闭着。那个年轻人敲铁门。一会儿，有一个秃顶的中年人睡眼惺忪地来开门了。他说，这么早，有什么事。我丈夫激动得发抖，张着嘴，却说不出一句话，这情形又一次令我想起失踪的公公。我赶忙说明来意。

那中年人脸上有一种厌烦的表情，就好像他是我们的债主。他把我们带到里面。他一边走一边嘀咕，这个老头是你们的爹？这老头有毛病，他专向妇女要钱，还拉女人的衣服，这不是调戏妇女嘛。

我的脸一阵阵发烧。我不了解公公，只知道他有点儿古怪，也许他真的干得出这种事。我不知道。

那个老头正在里面睡着，呼噜打得震天动地。我一看就知道不是我们要找的人。我既有点失望又感到轻松。至少那个调戏妇女的老头不是我的公公。丈夫迫不及待地来到那人床前，仔细察看，他的目光中有一种试图攫取什么宝贝似的贪婪。我不知道他为什么这样，老头不是他父亲，他应该一眼可以看出来。老头是如此胖，如此肮脏，头发长得像一个艺术家，乱得也像一个艺术家。他的脸上有一条明显的疤痕。我丈夫像是被什么蒙住了眼，面对如此显而易见的事实还不死心。他把老头盖着的破被窝掀了去，察看他的手和脚，就好像手和脚比脸更重要。他抚摸老头的手时，老头打着呼噜一脸满足地笑了起来。也许老头此刻梦见了一位花姑娘呢。老头突然停止了呼噜，猛然坐起，警惕地观察眼前的一切。他的目光中有一丝惊恐，就好像我们是两根随时会落在他头上的警棍。

那中年管理员说："他们要把你领走，你收拾一下，跟他们走吧。"

老头说："我为什么要跟他们走？"

我赶紧说："他不是我们的父亲。"

我去拉丈夫。他像正在做着某个美梦，我无法把他从梦中拉出来。我说，我们回去吧，他不是我们要找的人。丈夫似乎不肯承认眼前的事实。他立在那里不动。中年男人说，究竟是不是你们要找的人？我说，对不起，他不是，我公公很瘦。我拉着丈夫的手，往回走。丈夫一副失魂落魄的样子，像木偶一样跟着我。我们往外走。他不住地回头。他自语道："也许他就是我爸呢？你不觉得他有点像爸吗？"

我担心他。我觉得他不太正常。回家后，他一直在说那个老头，好像他的灵魂已留在那个小镇。他甚至想再去那个小镇仔细辨认一次。我都不知道怎样安慰他。

我说："爸这么瘦，一辈子没这么胖过，那老头怎么会是他呢？"

他心有不甘地说："那也说不准的。"

小叔子进城来到我们家。他一脸严峻，看我们也是居高临下的，就好像我们是他审判的犯人。他半天不说话，坐在我家的客厅里，那样子像极了他们的父亲，就好像公公转眼之间变成一个年轻人回来了。这情形令我恐惧。他们家的人现在都带着一种恐怖的气息。我丈夫见到弟弟，很不安。他在一边陪坐，低着头。正是黄昏，室外的光线从门窗中照射进来，投射在他们的侧面，那暗的半边脸颊透着一些神秘的气息。

"爸为什么出走？"小叔子终于说话了，他显得毫不客气。"你们怎么他了？"他说。

丈夫捧着头，没吭声。我看不过去，我知道小叔子的德性，他其实一点也不孝，他恨不得公公早点从这个世界上消失。丈夫曾对我说，小叔子对父亲很不满，因为父亲让大儿子受了高等教育，进了城，他却待在乡下做农民。小叔子认为父亲在大儿子身上花了大把的钱，所以父亲该住在城里，由大儿子供养。我想起那个浑身颤抖的老人，在我们家时，我不是没有怨言，但现在我可怜公公。他来到我家就不说

话，我不知道他内心的感受。我只能大致猜想。也许他真的
对这个世界绝望了。

在他们兄弟俩之间，我是个外人，我不好说什么。我丈
夫是个老实人，他像是盼着弟弟恶毒的言语，好像只有那些
恶毒的言语才能让他的内心得以平静。我实在看不过去，眼
泪不可扼制地流了下来。我不能让他们看见。我来到街上。
我控制不住自己，失声痛哭起来。我预感到我们的生活正在
向着可怕的方向滑行。

我在外面释放了自己的情绪后回家。我现在是家里的主
心骨。我不在，不知道兄弟俩会干出什么事。我是多虑了，
回家时，兄弟俩正在讨论父亲的后事。小叔子认为应该在乡
下替父亲造一座墓穴，虽然找不到父亲的遗体，也算是入土
为安了。我们就不用再惦记他的下落了。我心里支持小叔子
的建议。只有这样，我们的生活才可能正常。我丈夫不同
意，他认定父亲还活着，他一定要找到父亲。小叔子认为我
们是不想出一笔造墓的钱才这样拖着，他极不耐烦地使用恶
毒的言辞骂了我丈夫一通。我丈夫闭着眼睛，一脸痛苦。

又有关于父亲的消息传来。丈夫放下手头的工作赶去
了。他独自出门，我很不放心。我不知道他在外面会发生什
么事。我感到不踏实。但我不能老是陪着他。我得让生活慢
慢恢复常态。我早已对找到公公失去了信心。

丈夫回来了，脸苍白得像一张白纸，显得茫然而孤单，
脆弱的眼神里有一种神经质的紧张，就好此刻他正被某个幻
象压迫得喘不过气来。我发现他苍老了许多，头发很长，满
脸胡子。我对他又爱又恨，我想用咒骂发泄，我忍住了。他
看上去如此软弱，像一个做错事的孩子。我给他洗漱了一番。

我觉得他越来越像他失踪的父亲。他变得沉默寡言，有时候一天不说一句话。他坐在客厅里，陷入沉思，偶尔会露出神秘的微笑。我问他在笑什么。他好像没听见，没回应我。他睡得越来越少，经常整夜坐在那里。我叫他睡，他说，你先睡吧。我独自睡在床上，身心被巨大的伤痛和空虚攫住。我泪流不止，感到呼吸困难。我在心里一遍一遍叫喊："公公啊，你在哪里？"

有一次，丈夫从外地回来的时候，带了一个老头。开始我以为丈夫终于找到了父亲，这个老头远看还真有点像我的公公。事实当然不是。这老头很脏，衣服破烂，因为营养不良，看上去浑身无力，偶尔也会发抖，抖得没有公公厉害。我想，丈夫大概是从街头把这人捡回来的。丈夫放了一缸热水，替这个老头洗澡。洗完澡，还给他穿上公公遗留在我们家的衣服。老头很听话，任人摆布。他见到我，略带歉意地对我笑笑，但双眼警觉。

我不知道丈夫这么做是什么意思。他不看我一眼，也没同我多说，就让这个老头在家里住了下来。白天我一直没机会问他。晚上，在床上，我问他，这是谁，你想干什么？他看着天花板，脸上有一些不易察觉的得意的微笑。这笑容在夜晚微弱的光线里显得有点诡异。我突然觉得丈夫十分危险。

我问："你打算让他住多久？"

他皱了皱眉头，不满地看了我一眼。

我说："你说话呀，打算让他住多久？"

他愤怒地把身子转过去，一个晚上没理我。

他经常陪着这老头。不说话。老头也不太说话，老头大概也没弄明白我丈夫为什么把他带到家里来。他不知道发生了什么事。老头显得很老实，但这老实中有一种察言观色的狡黠。自从这老头来我家后，丈夫似乎有一种满足感，他坐在那里，那笑容充满了孩子气，有时候，我真觉得他像一个白痴一样。他变得安静了。以前他总是去街头，去派出所，打听有关父亲的一切。现在他整天待在家里，陪着这个人，就好像他真的找到了失踪的父亲。看着他白痴一样的笑容，我感到辛酸。我想，这样也好，他终于安静下来了，就让这个老头在家里待一段日子吧。也许一段日子以后生活就会恢复正常。况且这老头看上去很安静，他除了向我道谢和略带歉意地微笑，几乎不说话。他们俩坐在客厅里时，静悄悄的。他俩看上去像静物画中的道具。

然而这个老头终于露出了他的本来面目。他慢慢清楚这家里发生的事，弄懂了这其中的秘密，开始变得无赖起来。

他十分贪婪。吃饭的时候，看到喜欢吃的，他可以转眼之间把它消灭干净。我惊异于他巨大的胃口。大概因为在我们家吃得好，他的身体状况迅速改善，变得好动起来。这个人开始向我们发布命令。他真的把自己当成我们的爹了。他去市场转一圈，然后会告诉我他想吃什么。他点的那些东西，都是一般的市民不敢问津的，谁去买这种诸如甲鱼、鲍鱼之类的玩意儿啊，家常过日子又不是开饭店。我买了几次，感到不对头，这样下去，我们会入不敷出。

更令人难以忍受的是，老头辱骂起我丈夫。他骂我丈夫是不肖之子。他有什么权力这样辱骂我们？我看着难过。令人奇怪的是，丈夫好像喜欢他这样骂自己，每次老头骂他时，他高兴得浑身发抖，就好像他正领受到伟大领袖的接见，幸福得受不了。我感到试图让生活恢复正常的希望正在变得越来越渺茫。

我打算把这个老头从我们家赶出去。我已忍无可忍。当我提出这个要求时，丈夫暴怒了。丈夫从未发过这么大的火，他一直是个温和的男人，可这会儿，他显得粗鲁而暴戾。他甚至想打我，双眼射出十分可怕的光芒。我们一向恩爱，他从未这样待我。我委屈得哭了，我让他打。他真的动手了，他在我的肚子上踢了一脚，把我踢倒在地。我惊呆了。我躺在床上抽泣。我不想让那个老头看见我的软弱。我把门关死。我指望丈夫会来安慰我。他没有。他一直陪着那个老头。

我无比绝望。我们的生活竟然变成这个样子。现在我真的感到丈夫不对头了，他已不是我原来熟悉的那个人，他正在变得陌生，就好像另外一个灵魂附着在了他身上。他的心被魔鬼攫住了。

我同他讲理，希望他回到现实。他不但不听我的，反而对着我乱吼，好像我要粉碎他伟大的孝道。我们每吵一次架，他就愈发变本加厉地向那个危险的深渊迈进。他对我越来越冷淡，几乎不再看我一眼。我不知道如何是好。

现在，他和那个老头坐在客厅里。老头津津有味地看着电视。自从老头来我家，我再也没看过电视。丈夫一如既往地陪着他，脸上挂着令人不安的白痴般幸福的笑容。我知道这是短暂的宁静。我不敢打破这宁静，这宁静之中潜伏着巨大的危机，我没有力量打破它。我明白不但是他，连我也在欺骗自己。

小叔子大概以为我们找到了他父亲，赶到我们家。他看上去脸上有某种虚弱的表情。他看到他的哥哥和一个陌生老头坐在客厅里，脸上露出疑惑的表情。

他对我说："这怎么回事？"他的脸上显现出一种上了大当的神情。

我摇摇头，没吭声。

他好像一下子明白了，脸上露出厌恶的神情。他说："他是谁？你们收养他不是发神经嘛。"

丈夫脸上露出惊愕的表情，好像他不认识自己弟弟似的。那老头刚才像大爷一样躺着接受我们的侍候，现在见到这个气势汹汹的人，正襟危坐了。他紧张地看着小叔子。

小叔子有着乡下人的草莽脾气。他走到那老头面前，抓起他的前襟，提了起来。

他说："你他妈搞什么搞，还不快滚出去。"

他把老头扔到门外。老头满脸委屈地看着丈夫和我。

丈夫的眼睛红了，他像公牛一样迅速地冲向他弟弟。小叔子正对着老头，在辱骂老头，他没有防备，被我丈夫压在身下。小叔子一脸惊骇和愤怒，他翻过身来，骂道："你这个神经病，你想干什么？"

小叔子毕竟年轻力壮，挣脱了我丈夫，并且把我丈夫牢牢地压在身下。小叔子的情绪有点失控，他用狠劲儿揍我丈夫。他真是残忍，他打他的要害部位，他的眼睛，他的太阳穴，他的嘴。一会儿我丈夫就成了一个血人。我实在忍受不了啦。我冲了过去，拖住小叔子。他已起了性，根本不理我，还打了我一个耳光。

那老头一直在一旁观看。他看到我丈夫被打得血流如注，就溜掉了。我看到老头逃跑时，样子鬼鬼祟祟的，好像唯恐有人把他叫住。

有人过来围观并劝起架来。小叔子恢复了理性。他狠狠地踢了我丈夫一脚，然后擦了一把汗。

他说："你这个神经病，养一个陌生人当爹，没见过你这样的人。"

小叔子回头看我，脸上的表情分外冷酷。他对我说："他脑子有毛病了，你得给他治，否则他这辈子就完了。"

说完，小叔子扬长而去。

我整个身心都瘫痪了。我无力地靠在墙上，失声痛哭起来。小叔子说得没错，他确实病了，只是我不敢正视。此刻，他——我的丈夫——被小叔子打得满脸是血，却像一个英雄一样在笑，好像他占了天大的便宜。他以前从来没有这般浮浅的，他越来越让我觉得陌生。我感到天真的塌下来了。围观的人越来越多，他在人群中丑态百出。他们不时爆出笑声。我恨那些看客。我艰难地站起来，冲进人群，我一把抱住了他。这时，他突然像一个孩子一样，失声痛哭起来。他是那么软弱，没有了刚才那可笑的英雄气概。

我知道他病得不轻。我必须正视现实。我把他送进了康宁医院。

生活是多么令人绝望，可是生活还得继续。

我感到巨大的虚空。我感到不堪重负。公公至今没有下落，我不知道他为什么要出走，如今是活着还是亡故了，如果他知道儿子现在的状况会有什么感想呢。我很困惑。我内心经常涌出无处发泄的仇恨。这仇恨也令我困惑。

我躺在床上，房间里一片黑暗。窗外的天空上缀满了星光。我已经很久没有见到星光了。星光一直都在，只是我没见到。我忽略了它们的存在。我想起过去，他出现在我面前，看上去忠厚而柔软，我生出抚摸他的愿望。我愿意同他共度此生。他是多么温存。我们没有孩子，我并没有感到人生的缺憾。在这房间里，我的生命是如此愉悦。我早已发现了他身上脆弱的部分，我是如此迷恋于易碎的事物。他伏在我怀里，灵魂显现，既坚定又柔弱。他习惯于沉默，沉默令他身上有一种神秘的气息。他伏在我怀里，像是要让自己消失。我喜欢这种感受，他简单的动作在我眼里是如此丰富和奇妙。我得小心对待他，我担心不小心把这精致的瓷器砸碎。现在他真的碎裂了。我感到无力承受。无力承受。

今夜我看到了星光。我感到彻骨的无助。星光看上去如此邈远，如此神秘，就像这人世一样深不可测。我不知道为什么今夜看见了星光。此刻那苍凉华美的光耀照着我脸颊上冰冷的泪痕。

2003 年 11 月 29 日

喜　宴

一

1998年秋天，王永明和李东国在同一天收到穆小麦和卫成发出的婚宴邀请函。王永明打电话给李东国，问："去不去杭州？"李东国反问："你呢？"王永明说："要去的吧，不去不好意思吧。"李东国沉默了好一会儿，说："那就去吧。"然后又阴阳怪气地说："我知道你一定会去的，都这么多年了你还忘不了穆小麦啊。"王永明说："你想到哪里去了。"

王永明和李东国生活在永城，去杭州要坐两小时火车。王永明说："火车票我去买，然后我们一起去。"李东国没异议。李东国平时不爱说话，王永明猜不透他心里在想什么。他同李东国认识都有十多年了吧，有时候觉得很了解他，有时候又觉得很陌生。

王永明和李东国是高中同学，大学毕业后，两个人分到了永城。老同学自然经常走动，一起喝酒，他们聊着聊着就聊深了，说一些内心的秘密也是免不了的。有一次王永明喝醉了酒，和李东国说起他的初恋。王永明的初恋，李东国其实知道——具体细节当然是不知道的。卫成、王永明、穆小麦、李东国是高中同班同学，王永明和穆小麦谈恋爱不是什么秘密，只是王永明以为没人知道而已。那天王永明对李东国说，你一定不知道，我初恋对象是穆小麦。李东国脸上露出不感兴趣的茫然表情。

王永明述说他的初恋时，脑海里浮现出穆小麦的形象。高中时，穆小麦是男生目光的焦点，倒不是说她有多美（当然也不能说不漂亮），而是她拥有令人窒息的身材。是的，令人窒息。每次穆小麦从前面走过，王永明会产生一种要晕眩过去的感觉。她的皮肤真是白啊，脸嫩得弹指可破，脖子洁净。她穿着宽大的运动服——是学校的校服，胸前鼓胀，让人想象里面的柔嫩。王永明和穆小麦谈恋爱后才体验到这种柔嫩。后来他们分手了，她的柔嫩依旧让他浮想联翩。当年班上的男生知道王永明和穆小麦好上了后，酸了足足半个学期。这半个学期，王永明在男生中很孤立。

王永明酒后对李东国说，当年他和穆小麦就在学校边的山上约会。那地方有一块巨石，巨石后面是草地，在那地方约会，没人会发现。王永明说，有一次她穿着裙子，到了巨石后面，那天他脱掉了她的上衣。她的乳房真是白啊，上面还有弯弯曲曲的静脉呢。他本来想脱掉她内裤的，她死活不肯。他的下身同她碰在了一起，隔着裤子摩擦，后来液体出来了。他脸红了，觉得自己很流氓。她感觉到了他的状况，问他舒不舒服，还拿出卫生纸，替他擦干净，还给他系好了皮带。他呢，见她的大腿上有泥巴，用手给她擦了一下。

王永明有一次回母校，去那地方坐了一会儿。那地方现在种上了一片几内亚月季，花儿开得十分妖艳。

那一次喝酒，王永明语言粗鲁，说得相当投入，好像他不是在回忆，而是正和穆小麦约会。他对李东国说，现在想

起来真是终生遗憾啊，那时候我太纯洁了，我没想过要进入
她，每次都是这样过过干瘾，要是现在我哪里会放过她，她
若不答应我就强迫她。他说，说出来你都不会相信，我和她
都这样了，都没同她发生过关系，我他妈太纯洁了。

王永明这么多年都没有忘记穆小麦。朋友们开他玩笑，
说他的心里藏着伟大的爱。王永明倒不觉得自己的爱有多
伟大。

王永明和李东国是在火车站见面的。李东国先到车站，
眼看着火车快要发动了，王永明才赶到。李东国骂了王永明
几句。王永明说："又不是参加你的婚礼，着什么急啊。"他
们奔跑着，在火车开动的那一刹那冲进车厢，总算没有错
过，不然就没有下面的故事了。

他们好不容易找到自己的座位。有两个民工占了他们的
位置。两个民工很不愿意让座，让他们出示车票。两个民工
拿着车票左看右看好一会儿。王永明怀疑他们是文盲。后来
他们终于一脸懊恼地站了起来。

车站外阳光明媚，王永明的心里却有些黑暗。去参加一
个自己喜欢的姑娘的婚礼，内心总会有点儿复杂吧。

李东国今天似乎也不太高兴，显得特别深沉。王永明
说："李东国，你怎么回事啊，不高兴？"李东国看了他一
眼，没吭声。王永明觉得李东国有点怪，话少的人都有点
怪。王永明发现他没有自己想象的那么悲伤，虽是去参加穆
小麦的婚礼，心里却莫名地兴奋。他把这意思告诉了李东
国，又说："李东国，你喜气一点，去参加人家婚礼你不能
丧着脸。"李东国说："我看你是强作镇定。"王永明说："什么
话，我就是心情好嘛。"

"好吧，你心情很好，我看出来了。"李东国不以为然地说。王永明想，李东国这家伙，小人之心，他是不会明白的。李东国今天比往日沉默，茫然地看着窗外，就好像他是去参加一场葬礼。

王永明是个闲不住的人，不说话让他浑身难受。尤其是在列车上不说话，多无聊啊。他试着沉默了一会儿，实在憋不住了，就主动提起关于穆小麦的往事。他问："你记不记得穆小麦和生理老师之间的事情？"

李东国点点头，轻描淡写地说："记得呀，当年这事谁不知道啊。"

生理老师是王永明永远的痛。生理老师和穆小麦好上了。当年班上所有男生听到这则桃色新闻后心情都相当复杂。一方面他们高兴王永明终于失去了穆小麦，这平复了他们嫉妒的心；另一方面穆小麦和生理老师搞在一起令他们感到既黑暗又怪异。一个男老师和一个女生之间发生这样的事无论如何是严重的，甚至给人一种类似乱伦的气息。

生理老师是一个老男人，四十多岁了吧，也许还要老。他长得极其丑陋，满脸皱纹，鼻子出奇地大，嘴唇很厚，还有点豁，细小的眼睛倒是十分有神。不过他走路时腰板挺直，蛮有风度的。生理老师平时不大说话，也不大同人交往，看上去挺严厉的样子。当年穆小麦经常去生理老师的宿舍，问一些问题，好像穆小麦想成为一位生理卫生专家。

"这事得怪我，是我让她去问的。"王永明说。

"你让她去问什么？"

"我告诉她，做爱不一定会怀孩子的，她不相信，我说不信你去问生理老师。"

"还有这种事？"

"现在看来，我把她往火坑上推啊。"

"就是嘛。"

火车在田野上奔驰，车窗外树林一闪而过。天边，有一群天鹅排成人字，向南飞去。王永明觉得火车这种交通工具是一种人间过滤器，坐在火车上，看什么都美，车窗成了取景框，窗外的景物像是搬到了电影银幕上，让人感到远离了尘嚣。王永明想起当年学校里放露天电影的情景。在黑暗中，穆小麦坐在生理老师身边，他们之间隔着一米距离，整个夜晚，他俩一动不动，也没说一句话。但王永明感到他俩之间似乎存在一股温流，进行着秘密交流。他因此嫉妒得都发狂。他绝望地想，他们一定无比甜蜜。

二

到了杭州，他们打的去酒店。王永明想象着穆小麦和卫戍盛装站在酒店前迎候宾客的傻样。这年头大家都搞得很从众，人人看起来都像傻帽。王永明还想象穆小麦丰满的体态穿上婚纱一定让人叹为观止。事实同王永明想象的相去甚远，酒店门口不见穆小麦和卫戍，酒店大堂也没有关于他们婚宴的指示牌。王永明有点不高兴，骂了一句娘，说："这算什么？难道欺骗我们？"李东国说："你一定愿意这是一个骗局，这样你还有机会。"李东国难得也会幽默一下的。王永明黑着脸说："开什么玩笑。"不知道他是在说李东国还是在说穆小麦和卫戍。他拨通了穆小麦的手机。他说："怎么没人的？你们在哪里搞？"穆小麦说："你们到了？"王永明说：

"是的。"穆小麦说:"进来吧,321包厢。"王永明挂了手机说:"在321包厢。"王永明在前,李东国在后,进了321包厢。没有想象中喜宴的热闹场面,包厢里只有新郎和新娘。新郎和新娘也没穿礼服,衣着相当随意。当然新郎和新娘脸上还是有喜色的。李东国和卫戍拥抱了一下。卫戍脸红了。李东国没拥抱穆小麦。王永明要拥抱穆小麦。穆小麦咯咯一笑说:"你真俗气,现在时兴男人之间拥抱。"她还是让王永明抱了一下。王永明说:"我才不要抱臭男人呢。"

卫戍就说:"我们开始吧。"王永明说:"就我们四个?"穆小麦说:"是呀,我们不想搞得太热闹。"王永明觉得这太不严肃了,他和李东国不远万里地来道贺,新郎新娘竟然事儿办得这么潦草。卫戍这小子太不像话了,不该这么草率打发穆小麦的。王永明想,如果是他同穆小麦结婚,一定会请他们认识的所有人。王永明有点为穆小麦不平。酒菜上桌,王永明就流露出对卫戍的不满,要灌卫戍酒。穆小麦倒是很护着卫戍,她说卫戍不会喝,要喝就同她喝。王永明知道卫戍不会喝酒,卫戍人高马大,竟然不会喝酒,算个男人嘛。王永明很不以为然。既然穆小麦不让他灌卫戍的酒,就算了,总不能灌穆小麦吧,灌穆小麦他可舍不得。穆小麦坐在卫戍和李东国的中间,王永明坐在穆小麦对面。这会儿她似笑非笑地看着王永明,仿佛看透了王永明的心思。王永明被她看得有点酒不醉人自醉。

"你们怎么选今天结婚,有什么讲究吗?"王永明问。卫戍说:"也是临时决定,所以没请别人,只请你们俩。请你们是小麦的意思。"穆小麦进一步解释:"我老公明天要出国了,去南非,我想了想,还是办了吧。"听到穆小麦叫卫戍

"老公"，王永明肚子一酸，又来劲了，对卫戍说："你都做了人家的老公了，这杯酒一定要喝完。"卫戍说："好吧。"穆小麦夺过他的酒杯，自己一口喝了下去。她一只手搭在李东国的大腿上，头发挂到李东国的脖子上。王永明觉得穆小麦应该注意一点嘛，当着老公的面怎么可以这么放肆。又想，卫戍都不吃醋，我吃哪门子醋啊。

"你们什么时候出国？"李东国问。"他先去，明天早上七点钟的班机，我再看看，可能会晚些出去。"穆小麦说。王永明说："原来不是婚宴，是告别宴。"李东国说："当然还是婚宴。"穆小麦开玩笑道："王永明就是想我永不结婚，一辈子做他的偶像，是不是？"卫戍说："结婚了也可以做偶像的。"李东国说："你倒是大方。"李东国突然来劲儿了，把酒杯倒满，敬穆小麦。他对穆小麦说："刚才王永明说你们这不是婚宴，我想了想也同意，既然不是，那我们明早一起把卫戍送到机场。我提议，今晚我们不睡了。"这话李东国说得有点霸道了，人家新婚怎么能不进洞房，这不人道。王永明有些吃惊。王永明发现卫戍也吃惊地看着李东国。王永明又想，这样也不错啊，不能让他们太幸福。王永明就说："李东国说得有理，我们闹个通宵。"王永明补充道："你们也算不上新婚，早就是老夫老妻了，不少这一夜。"穆小麦说："你可不要胡说，我还是处女呢。"王永明说："哈，同我一样，我也还是处男。"卫戍的脸红了。卫戍皮肤白，脸一红，看上去特别纯真，真的像一个处男。王永明说："不管你是不是处女，我们打算不让你们睡了，今晚闹它个通宵，直到把卫戍送走。就这么说定了。"

喝了一个钟头，穆小麦要上洗手间。她要李东国陪她去。她说："我喝醉了，你扶我去吧。"李东国说："让卫成陪你吧，他是新郎。"她说："你太不大方了。"王永明马上站了起来，说："我陪你吧。"王永明扶住了穆小麦的腰，穆小麦发出咯咯的笑声，说："你真的以为我喝醉了？"王永明说："你喝没喝醉，我都陪你去。"穆小麦的头发散发一股子奶香，王永明觉得穆小麦身上有一种让他亢奋的东西，他和别的女孩子不来电，但只要碰到穆小麦的身体，立马就兴奋起来。

王永明扶着穆小麦出了包间。穆小麦的脸上马上就布满阴霾。她说："把你的手放下。"王永明涎着脸说："你说李东国不大方，你也不大方了吧。"穆小麦不说话了，她显得很累。

穿过长长的回廊，就到了洗手间。王永明当然不能跟着进去。他说："我等着你。"王永明等了将近十分钟，不见穆小麦出来，担心穆小麦是不是不舒服，小心地推门往里张望。穆小麦正背对着他站在镜子前，他从镜子里看到她的脸上布满了泪水。王永明从没见过穆小麦流泪，有些吃惊。镜子里有些水汽，大约是穆小麦站在镜子前有些时间了。穆小麦的脸在水汽中显得有些恍惚。王永明说："你怎么了？"穆小麦迅速擦去了泪水。她说："你进来干什么，这是女厕所。"王永明说："你没事吧？"她说："你先回吧，我有点醉了，等会儿我自己回去。"

王永明意识到穆小麦今夜不高兴。她这是为什么呢，她是新娘啊，应该开心才对。不过女人都有点儿奇奇怪怪的，她们弄不清高兴和悲伤之间的区别，情绪反复无常。

王永明回到了包厢。刚才出来的时候，包厢里挺热闹的，他进去的时候包厢里没一点声音。卫成换了座位，他坐在李东国边上。他们脸上竟然也有悲伤之意，仿佛洗手间里穆小麦的悲伤传染给了他们。见王永明进来，卫戍回到了自己的位置上。卫戍问："她呢？"王永明没回话。卫戍说："喝酒，喝酒。"

一会儿穆小麦就回来了，显得精神焕发。王永明都有点吃惊，好像刚才所见仅仅是他的一个白日梦。她说："王永明没风度，丢下我不管了。不过，同你们俩比，王永明优点还是挺明显的。"

三

晚上，李东国和王永明真的留了下来。

他们喝完酒，去了他们的洞房。所谓的洞房装修得过于寒碜了，连一张双人床都没有。电视机倒是新的。穆小麦说："我喜欢看琼瑶片。"王永明说："穆小麦装纯情。"卫戍出国的行李堆在客厅里，客厅顿时拥挤。他们在客厅的餐桌边坐下来，开始打牌。穆小麦要和李东国搭配，李东国没意见。王永明说："卫戍，你这个新郎是不是太惨了，新娘同别人配对。"卫戍说："更惨的是我新婚之夜入不了洞房。"三人就哈哈笑起来，只有李东国没笑。

时间过得很快，玩了一会儿，天就亮了。卫戍得出发了，去那个叫南非的国家。几年前那个国家搞种族隔离，电视上天天都能看到那个国家的新闻，感觉上那个国家离中国很近。实际上南非还挺遥远的，在地球的另一边呢。朋友奔赴异国，新婚夫妻即将分离，怎么说都有点儿伤感。去机场的路上，大家虽然说说笑笑，都感到勉为其难，好像空气里充满了离别的愁绪，令人心碎。

他们到机场的时候，飞机快要起飞了。卫戍在几个窗口奔来奔去，办理登机牌，场面有些混乱，出了很多状况，搞得大家满头大汗。后来卫戍在安全通道向我们挥挥手，消失不见。王永明觉得机场像一个巨大的魔术台，变走了卫戍。有那么片刻，他感觉卫戍这一去不会再回来了——也许他潜意识里希望卫戍永远不要回来。

他们并没有马上走，他们来到机场大厅东侧的玻璃墙前，看着停机坪。从这个角度看，停泊在机场的飞机很小，像几只死亡的鸟儿。正在跑道上缓缓行驶的大概是卫戍乘坐的飞机了，它此刻充满耐心，仿佛不忍离开这个城市。机场的草地毫无生机，有些泛黄，透出颓唐的气息。那架飞机突然加快速度，向远处冲刺，然后拔地而起，融入白茫茫的天幕之中。一会儿，飞机从眼前消失。

大概一夜未睡，他们脸上都有一些影影绰绰的暗影，看上去有些破碎，就好像刻在瓷器上的云彩出现了几条裂缝。他们都没说话，连平时多话的王永明也沉默不语。

出了候机厅，三个人上了一辆的士。司机问他们去哪里。穆小麦问："你们怎么打算？"李东国说："我们回永城吧。"王永明没吭声。穆小麦说："好吧，去火车站。"一路上谁都没再吭声。大家都觉得有点儿累了。李东国眼眶红红的。不过他一直闭着眼睛打盹。

到了火车站，王永明对穆小麦说："索性去永城玩几天吧，你一个人独守空房，是不是很寂寞啊？"穆小麦看了看李东国，李东国没说话。穆小麦说："李东国不欢迎我去呢。"李东国说："没有啊。"穆小麦说："你们有空陪我玩的话，我就去。"王永明很高兴，说："没问题，就这么定了。"
然后兴冲冲去买火车票。穆小麦接过火车票，对李东国说：
"到了永城，你也要同我一起玩，别不理我。"李东国说："好
吧。"王永明说："李东国，穆小麦好像对你有意见呢。"穆小
麦说："我能有什么意见，他又不是我的谁谁谁。"王永明说：
"此话有理。"

到了永城，刚好是中午。他们找了家饭馆吃了一顿便
饭。吃好便饭，他们决定去寺院玩。穆小麦想去求一支签。
他们打上的士，直奔景区。穆小麦到了寺院，很虔诚，见菩
萨就跪拜。王永明要她抽支签，她却改了主意，不想抽了。
她说："我不敢抽，怕抽到凶签。"王永明说："你不是特意来
抽签的吗？"穆小麦不耐烦地说："不抽了，不抽了，我们先
爬山去吧。"

他们就去爬山。到了山上，穆小麦恢复了往日的活泼，
和王永明打闹。李东国显得有些心不在焉。他俩注意到李东
国的沉默。王永明说："你想心事？"穆小麦说："别理他，他
就这德性。"

他们在山上玩了一个下午，出了一身汗。下山时路过寺
院，穆小麦说："我还是决定去求一支签，不过，你们不要
进来，我不想让你们知道。"穆小麦匆匆进去了。王永明和
李东国站在外面等。王永明说："你懂女人吗？"李东国笑笑
说："不懂。"王永明说："你好像对穆小麦挺冷淡的，她得
罪过你吗？"李东国说："想哪里去了，昨晚没睡，我只是困
了。"等了好久，穆小麦终于出来了。王永明观察她的脸，想
知道她是高兴还是失望。他看不出来。她出来时挺平静的，
好像什么也没干。

回到永城，他们都感到很累。王永明兴致依旧很高，提议晚上去唱歌。李东国说："我困死了。"穆小麦说："算了，你们陪我一天了，也够累的，早点休息吧。"王永明说："我不累。"穆小麦说："你不累人家累啊。"李东国假装没听懂，一脸茫然。穆小麦有点不耐烦，她说："你们俩都回吧。"王永明说："你晚上住哪儿？"穆小麦说："这个你不要管了。"王永明说："这不行，叫你来，得把你的住处安排好。"穆小麦说："那我住你那里算了。"王永明有点吃惊，结巴地说："你不是开玩笑的吧？"穆小麦调侃道："你难道不想吗？"王永明嘿嘿一笑，说："想倒是想的。"穆小麦说："你们别操心了，我有个女朋友，多年没见了，我住她家，我已同她联系过了。"王永明和李东国还是没走，穆小麦说："你们走吧。"王永明说："你先走吧，我们看着你走。"穆小麦笑了："你怎么那么烦啊。"一辆出租车开了过来，穆小麦跳上去。王永明说："明天再联系。"穆小麦已钻进了车内，也不知她有没有听到。

第二天一早，王永明还躺在床上，手机就响了。是穆小麦的电话。昨晚他没关机，幻想着穆小麦来个电话。结果一个电话也没有。王永明甚至怀疑穆小麦晚上是不是和李东国在一块，是不是他们故意把他支开。不过这个怀疑实在没有任何根据。穆小麦在电话里说："还睡着？"王永明说："不，已起来了，正想打电话给你呢。"穆小麦说："你没骗我吧？"王永明说："我骗你干吗，我昨晚想了你一宿。"穆小麦说："我今天想去母校看看，你陪我去吧。"王永明说："我回头打个电话给李东国，我们一起去。"穆小麦说："算了，你别叫他了，他灵魂出窍了。"穆小麦这样一说，王永明也觉得李东国此行确实有点心不在焉，心里也不想李东国去了，连声说："好，好。"

他们的母校在距离永城六十公里的一个山谷里。那地方安静，是个读书的好地方。学校在省内很有名，有不少杭州和永城的学生在这个中学读书。一会儿他们到了母校。从出租车上出来，穆小麦的神情有点不对头。她站在校门口，对王永明说："我不想进去了。"王永明不明白她怎么回事，老是这么反复无常的，像一个更年期女人。他说："既然来了，还是去看看吧，我们去探望一下班主任。"班主任是个中年妇女，对班上的男生特别好，对女生没什么好脸色。穆小麦说："我不想去。"王永明感到为难了，那辆出租车已经消失不见，附近也没有公交车站，要回去的话，他们得徒步。王永明说："那我们接下来干什么？"

"我们附近走走吧。"穆小麦说。王永明说："好。"王永明觉得穆小麦今天的行为很怪异，搞不懂她到底想什么。这几年王永明谈过几次失败的恋爱，多次失败的经验让他越来越不懂女人，觉得女人的心思像天边的流云，变幻莫测。他们向校外西边的山脚下走。王永明脑子里浮现出多年前他和穆小麦偷偷摸摸奔向那个山谷躲藏在石头后面接吻拥抱的场景。王永明的心头突然有了柔情。

"你昨天拜的签还好吧？"

"不好。"穆小麦说得很迅速，好像她对这个问题厌恶之极。

山边的路已今非昔比。山坡已成了一个苗圃。前年王永明回母校，班主任告诉他，苗圃是学校开发的，学校现在也算是一个经济实体了。那些叶子阔大紧凑、开着妖艳花朵的植物叫几内亚月季，听名字就知道来自非洲。王永明看着这些花朵，想起了卫戍。卫戍去了非洲。穆小麦知道这些花朵来自非洲吗？这些花朵开得如此热情奔放，好像它们也是有血液的。它们红得比血更浓。

他们自然而然地来到那块石头后面。他们坐了下来。王永明感到他们之间的气氛变得暧昧起来——当然这很可能是他一厢情愿的感受。王永明搞不明白女人的心思。他平时油腔滑调，到关键时候，经常束手无策。王永明说："你好像不高兴？"穆小麦仰起脸，说："是吗？"他们靠得很近。她仰脸的一刹那，王永明看到她眼里的脆弱，不由得心痛起来。他再也控制不住蓬勃成长的情感，突然一把抱住了穆小麦。穆小麦僵在了那里，不过没有反抗。王永明感到旧日的感觉迅速回来了。从前，就是在这个地方，他看过她身上所有的秘密。他亲过她，抚摸过她，熟悉她轻微的呻吟。

他看到她闭上了眼睛。他胆子大了起来，伸手抚摸她。他把脸贴到她的胸脯上，激动得想流泪。她是多么丰腴、饱满。他不喜欢太瘦的女人。她有着他梦寐以求的身体。他感到她有了反应。这是个意外。他没想过，也不敢想。像从前一样，他的下身紧贴着她。她的身体在扭动。他感到幸福。

当他要脱掉她的内裤时，她制止了他。她不允许他进入。从前他们还是孩子，对做这件事怀有恐惧，现在他们成年了，知道怎么回事了，可她还是不允他进入。一股强烈的怨恨情绪涌上心头。他凶狠地拽住了她的双手，粗暴地剥去了她的裤子，强行地进入。他看到她的脸上露出痛苦的表情，哭喊道："不……"他没停止。他说不上有什么快感，完全丧失了理智，只觉得停下来就是耻辱，意味着他是一个彻底的失败者。他完全没有章法，速度快得令他羞愧。他草草结束。他发现她闭着眼睛，泪流满面。

他很慌张。他做了违背她意志的事。这是不应该的。他移开身子，看到一摊血。他更是惊着了。这意味着什么？这意味着……意味着……她难道真的如她所说的，还是一个处女？这怎么可能呢？不应该啊。但那摊血就在那里。这太让人意外了。他的脑子几乎不能思考。

他一直以为她早已阅人无数了。他以为她同那个生理老师应该是有事的。没有。谁能想得到这么早熟的穆小麦竟然还是一个处女。从他同她谈恋爱到现在已过去了十年，这十年中，她一定恋情频繁，却保持着贞洁。他一直以为她在男女关系上轻浮、随便，她只是不肯给他，这伤了他的自尊。他不知道如何收拾这个残局。也许他和李东国真的不应该打扰他们的新婚之夜。

"对不起。"他说。

她正在穿衣服。她已把脸上的泪水擦干净了，变得正气凛然。她说："你很意外吧？"

"我没有想到。"他说。他显得无所适从，不知道该如何补偿她。"对不起。"他说。

她已穿好了衣服。她好像没听到他的话。她冷淡地说："我们回去吧。"

他说："好，好。"

四

从母校回到永城，已是傍晚。在回永城的路上，李东国打来电话，问他们在哪里。王永明实话实说，去了一趟母校。他也不敢多说，怕触到穆小麦的伤心处。李东国说，晚饭他已订好了，一块儿吃。挂了电话，王永明还没开口，穆小麦就说话了："我不想去吃，你一个人去吧。"王永明说："还是一起去吧，不去多不好。"穆小麦说："我烦他。"王永明感到为难，他也不敢多劝。回到了永城再说吧。如果她不肯去，就不去了，找个地方他俩单独吃。他们得好好谈一次。问题是穆小麦根本不想跟他谈。

到了永城，穆小麦改了主意，又想去了。她说："李东国在哪里等我们？"王永明说："在剧院酒家，那地方刚开张，靠着永江，环境不错的。"穆小麦说："他是过意不去了，才破费的。"王永明不置可否。

他们到了剧院酒家，李东国已点好了菜。李东国也没问他们在母校干了些什么，见了哪些老师之类。王永明心里忐忑，怕说错话惹穆小麦生气。穆小麦埋头大口喝酒，当他俩不存在一样。气氛有点压抑。王永明觉得穆小麦这么个喝法一定会喝高。不过他理解她的心情，她这么多年保持着贞洁，说明贞洁对她而言是件多么严肃而重要的事。王永明觉得自己实在有点混蛋。

穆小麦的表情变得异样起来，她一脸讥笑地看着他们。她说："你们干吗不说话？来，干杯。"王永明不想再让她喝，怕她真喝醉了说出不得体的话来，不好收场。今天的事尤其说不得。这事不能让李东国知道。都说朋友妻不可欺，他却很不地道地做了。其中的原因当然也很复杂，可他又能怎么解释呢。王永明对穆小麦说："你少喝一点吧。"穆小麦脸一横，说："没你什么事。"王永明向李东国耸耸肩。穆小麦让李东国倒酒。李东国替她斟满了酒。穆小麦一饮而尽。她脸上露出破碎的笑容。

穆小麦说："王永明，你不要内疚，同你无关，是我愿意的。"

终究还是说到这事了。王永明木然地看着穆小麦，不知如何应对。

穆小麦又说："王永明，你啊，一点定力都没有，你哪里能同李东国比，李东国比你牛多了。你硬来，香港人怎么说来着？对，叫霸王硬上弓。人家李东国可不像你。我在他面前把衣服都脱了，一丝不挂，可人家李东国无动于衷……"

李东国对穆小麦说："你喝醉了。"

穆小麦此刻目光锐利，像要看穿两人的五脏六腑，她说："我没醉。王永明，现在你知道了吧？我喜欢李东国，读大学时，我倒追他，他到哪儿，我跟到哪儿，可他就是不要我。王永明，说出来你都不信，李东国不喜欢我，他喜欢同卫成待在一起。你明白吗？王永明……"

王永明不明白。穆小麦说的这番话完全出乎他的意料，他一时有些难以接受。他以为穆小麦会针对他，结果她针对的却是李东国。他没有想到穆小麦和李东国有这么一出。李东国从没讲起过。他同李东国讲了那么多穆小麦的事，李东国竟然对他守口如瓶。李东国的城府真深啊。

气氛变得越来越怪异。李东国黑着脸，没看任何人。

穆小麦不肯停住话头，她完全失控了。她说："当然李东国也没有错，要说对不起，还是我对不起李东国……是我把他和卫成拆散的。王永明，你明白了吗？我和卫成结婚，就是为了让李东国难受。谁叫他让我痛苦的。李东国你知道吗？你伤害我，你知道吗？"

穆小麦号啕大哭。王永明对穆小麦说出的话感到震惊。李东国脸色苍白。他站起来说："我去买单。"穆小麦说："李东国，你不要跑。"

穆小麦开始骂人。她问："李东国走了吗？你把他叫回来，我话还没说完呢，你把他叫回来。"王永明说："他会回来的。"穆小麦说："他想跑，你把他叫回来。"王永明没办法，起身来到大厅。李东国站在那里。王永明有点不敢靠近李东国，好像李东国变成了另外一个人。

"账结了。"李东国说。

"你不喝了？"王永明问。

李东国点头。李东国说："她今天心情不好。"

王永明说："她其实是个好姑娘。"他不知道为什么说这话。这话有点答非所问。王永明很想同李东国说些什么，可觉得很难开口。这会儿他在情感上排斥李东国，甚至还有点恨李东国。

李东国不吭声。

得让李东国知道穆小麦的好。穆小麦是个纯洁的姑娘，是个情感高尚的姑娘，是个女神一样的姑娘。他对李东国说："她确实是个好姑娘，我还以为她什么都不在乎，我错了。我后悔以前同你讲那些话，那些话肮脏之极，简直是对她的污辱。我没想到，她竟然还是一个处女。"

"你说什么？"

"她是处女。我都没有想到。"

李东国听了，一脸惊愕。一会儿，两行泪水夺眶而出，脸上竟露出幸福的笑容。王永明很少在李东国脸上看到这样的笑容。

五

穆小麦晚上睡在王永明的宿舍，和王永明一次一次做爱。王永明甚至有点儿怕穆小麦了。她下午还是处女啊，到了晚上变成了一个荡妇。她太令他吃惊了。此刻她在他身上运动，闭着眼睛，表情狰狞。王永明觉得自己看到了她的目光，她的目光充满了寒冷和绝望。

大约在半夜，王永明又一次被她弄醒。她身子很冷，面孔湿润。王永明心中涌出一股柔情，把她紧紧地搂在怀里，亲吻她的脸。她依旧闭着眼睛，脸上恍然如梦，好像在害怕一旦睁开眼睛美梦就会消失不见。王永明很想她看他一眼，他希望她的眼里是有热情的。

她很快和他融合在一起。不得不说，她很好，她的身体是多么软，快把他融化了。在他少年时代，他就熟悉这身体，后来这令人心醉的身体远离了他，他只能在幻想中感受她。她的身体慰藉了他整个青春期。现在他终于得到了她。他贪婪地吸吮她，心里充满感动。他虽然在她面前玩世不恭，其实他一直爱着她，从没有忘记过她。他很想说一些只有在恋爱中的人才能说得出口的胡话，告诉她，他爱她。他几乎要脱口而出了。就在这时，她喊了起来："李东国……"

王永明停了下来。她没有停下来。她闭着眼睛，在独自运动。他知道她正在高潮中。王永明已经没有欲望，好像同穆小麦结合的不是他，而是一个与他无关的人。刚才涌动的爱意此刻消失无踪。他替自己难受，也替穆小麦难受，内心涌出苍凉感。他很矛盾，既心疼穆小麦，又拒绝穆小麦。他感到无助。

　　穆小麦终于安静下来，她伏在他的怀里，呼吸还有点急促。她意识到他还没结束，又轻轻蠕动起来。王永明拍了拍她的背，示意她停下。她翻身离开了他的怀抱。他感到有些寒冷，把被子盖到自己身上。

　　一会儿，王永明问："你什么时候去南非？"

　　穆小麦终于睁开了眼，冷冷地说："我去南非干什么？要去也得李东国去啊。"

2004 年 12 月 6 日

杀妻记

她躺在那里，脸色苍白。她一直看着我，好像这一辈子还没把我看够。她和善的眼神里有令我辛酸的内容。她的脸肌有点僵硬了，努力想露出笑意，只是那笑很勉强，仿佛只是脸肌抖动了一下。我知道意思，有点复杂，她是在感谢我，同时也在表达歉意："我不能再陪你了，不能照顾你了。"

　　白天她稍稍安静一点。她可以这样安静地呼吸了，目光顿时变得温和。一到晚上，她就整夜咳嗽。她张大嘴巴，就好像四周没有了空气。她的肺部闷声闷气的，仿佛沉在了水底下，偶尔冒上来几个气泡。医生说她的肺已积满了水，她得靠床头的氧气罐来呼吸。黑夜是多么漫长。黑夜变成了无始无终的咳嗽。我有时候觉得，这该死的长夜是由她咳出来的。

　　我轻轻地拍她的背，这样她呼吸可以顺畅一点。她躺在床上太久了，睡得浑身痛。我轻轻拍着她的背时，她会闭上眼睛，然后泪水就会从她眼眶里流出来。有几次她或许是太难受了，会突然抓住我的头发，要我滚蛋。我知道其中的含义。这辈子我对不起她。我看到激动令她喘不过气儿来。奇怪的是她越喘手上的力量越大，有一次她把我一缕头发揪了下来。我担心她会就此喘不过气来。老天保佑，她的呼吸慢慢平缓了。她抱着我的头，仿佛在为她刚才的行为道歉，她替我梳理弄乱了的头发。她对我说："你瘦了，你可从来没有吃过这样的苦。"

白天我坐在病床边的椅子上，迷迷糊糊的。我偶尔听到她在同我说话，我太困了，只是嘀咕一下，我不知道有没有发出声音。这一个月，我没好好睡过觉。

六个月以前，她还很健康。她是个停不下来的人，这辈子总是在埋头干活，她把家里整得窗明几净，就好像她准备做一个家庭卫生样板，随时准备居委会或上级的领导来我家参观。

她的坏脾气是从冬季开始的。她发脾气的时候挺可怕的，只是她很少把这种"可怕"发泄出来。她平时很能忍，把所有的事装在心里面。她的贤惠人尽皆知。冬天以来她不想再忍了，我当时有点不明白。现在我想她那时已有所感觉，那时她特别脆弱，特别任性。本来我们家都是我胡来的。我这辈子胡来惯了。那天我在外面下了一天的象棋，我回来时，看见老伴坐在太阳下，分外孤单。她看到我哭了。我不想见到她哭。我烦女人哭。她这辈子很少哭，可她无缘无故地哭了。我很不耐烦。我说："你干吗，莫名其妙，你好像更年期早已过了的。"

我朝屋里走去。我肚子饿了，想吃点小菜，喝点黄酒。

她没有把饭做好。她可从来没有这样过。即使在早年，我偷偷带女人回家，被她撞见了，她都没这样。她是个忍耐力很强的女人。那一次她装得什么都没发生过一样，只是她的脸色掩饰不了，气色一下子不好了。我倒是愿意她发作，狠狠骂我一顿。她有自己一套，她不说话，她该做什么就做什么。她把饭烧好，把酒热好。这倒让我内疚了。我像一个做错了事等着母亲惩处的孩子，那段日子小心翼翼的。她什么都不说，用这种方法保持着自尊。我很心虚。

她今天是怎么了，要造反了吗？

"你什么意思？嗯，你想把我饿死吗？"

"你去死吧，我盼着你早点去死。"

她从不说这么粗鲁的话。要不是她正泪流满面，我会给她一个耳光。我不是没打过她。过了这么长长的一辈子，不可能不打老婆的。不过很少。她做得太好了，我找不到理由揍她。有时候我在外面受了气，或碰到不开心的事，实在闷得慌，很想找碴发泄一下，她都不给我机会。我只好喝闷酒，等着她来劝慰我，我借着酒疯，骂几句娘。她不动气，摸着我的头，让我安静。这样一来，我就软掉了，弄得一把眼泪一把鼻涕向她诉说，很没出息吧。

"你饭都不做了，你想干什么？"

我气得双手颤抖。我看着她决绝的表情，不敢打她。平时她的眼睛看起来多么和善，她的目光让人觉得这世道还是好的，就像歌中唱的，这世界充满爱。她从来不与人为敌。

"你死在外面算了，你这一辈子都在外面浪荡，这里像是你的旅店。"

"你怎么啦？从前你都不这样骂我，现在我改邪归正了，你倒是秋后算账了？"

"我不知道，我就是看着你来气。"

"莫名其妙。"

有一天我和一个人下棋，下到一半突然涌出一种不祥的感觉。我扔下棋子，说，我不下了。这天我一直输棋。对手以为我开玩笑。平常我不是这样的，平常要是输了棋我是不肯放过对手的，一定要赢回来才肯罢休的。

"你犯什么病了？"那人说。

"我今天有事。"

"你一个老头，还有什么狗屁事。"

"就确实有事。"

我心里有事。我担心我老伴。不怕笑话，我觉得我老伴有点反常。从来没这么反常过。我担心老伴给我戴一顶绿帽子。这不是没有可能的。王老头就是这样，他这辈子都怕老婆，对老婆百依百顺，可到头来，他老婆跟一位退休教师跑了。那退休教师瘦得像一只猴子，依我看，还不如老王呢。还是老王太宠女人了，女人被他惯坏了。这世道什么事都会发生。

我回家。我竖起了耳朵。屋里什么声音也没有。我叫了一声："我回来了。"没回音。楼上有人。我听到楼上传来窸窸窣窣的声音。我血往上涌。难道我真的戴绿帽子了？我拿起一根棍子，往楼上走。我故意弄出声响。这么做是因为我虚弱。我希望那个人听到声响，从窗口逃走。我不想杀人，但那个人要是被我抓到，我会杀人。我仿佛已经看见了那令人作呕的一幕。

一切只是我的幻想。我没被戴绿帽子。和她在一起的是个女人。我认识这女人，她是菜市场里卖海货的。她人高马大，像个男人，但确实是个女人，这不容怀疑。我不会用棍子打一个女人，打女人用手掌就够了。这个女人的身上充满了鱼腥味，我老远就闻到了。

她们跪着，念念有词。我开始没搞清楚她们在干什么，我看到墙上挂着十字架，她们是在拜上帝呢。我这才想起来这个卖海货的女人是基督教徒。她是个热心的女人，脸上虽然长满横肉，却是个好心人，哪家如果需要什么帮助，她会倾囊而出。有一次我在菜市场碰到她，同她打了个招呼，她就来劲了，放下手上的生意，同我讲上帝之道，让我进退两难。她讲道时，眼睛亮得惊人，因为过于兴奋，脸上横肉中的几块都泛红了。我轻轻放下棍子，咳嗽了几声。她俩没理我，当我是个不存在的人，继续拜她们的上帝。

我不清楚老伴怎么突然对耶稣感兴趣。妇女们大多信佛，老伴也拜佛的，她进寺院烧香祈佛时拜得有板有眼的。不过老伴不和其他妇女一起念经，对佛还是有点儿淡漠的吧。我不清楚她为什么又拜上帝了。也许是那卖海货的三寸不烂之舌发生了效力。

晚上老伴问我："你说，我死了后能进天堂吗？"

"怎么突然问这个了？你还早着呢。"

"我们都这么大岁数了，谁知道呢？"

"你就是不念经不拜上帝，也能去极乐世界，也能进天堂。你这辈子都没犯过错。"我说。

"这倒是的。"她的眼睛里竟有一些天真的气息。这么老了，真是难得。

"不过，我可能是进不了天堂了，我这辈子坏事干得太多。"

她的脸一下子严肃起来，好像我说出了一个她不愿接受的真相。

"你真的进不了天堂吗？"

"我可能只能下地狱。我这么坏。"

"那怎么办？"

"什么怎么办？"

"如果不能同时进天堂，我们不是碰不到了吗？"

我觉得老伴是越活越天真了。我说："别胡思乱想了，鬼知道有没有天堂。"

老伴突然发火了，说："你一辈子做尽坏事，有报应的。"

"你是不是有病，这段日子你吃了火药了？"

现在我明白一切都是预兆。春节快要到来的时候，她突然病了。她咳嗽，低烧，开始我还以为仅仅是感冒，医生也是当作感冒治的。这样打针吃药过了一个月，她依旧没有好。我才感到不对头。

我重新找了医生，做了一系列化验。当医生告诉我她只能活几个月时，我惊呆了。医生给我看 CT 的底片。那底片中有很多放射状的东西，像菊花怒放。医生说，你瞧，她的肺已经不行了。我都不敢相信这底片就是她的肺，我说医生，有没有搞错。医生摇摇头。我把底片还给医生，医生说，这底片你拿着吧。

我觉得这世界突然改变了，不再是原来的模样了。我坐在医院的台阶上，茫然看着院子。医院里人很多，他们脸上都有一种神经质的不安和严肃，就好像这会儿死神已站在他们的面前。阳光很淡，我感到阳光不是来自天上，而是来自某个阴冷的地方。四周人声嘈杂，但我觉得四周安静极了，就好像所有的声音都被某个神秘的力量吸走了，就好像人也要被吸走。我捧着底片，仿佛捧着她的肺部。我从口袋里掏出打火机，把这底片点着了。底片在收缩变形，渐成灰烬。想起老伴过不了多久就会变成一撮灰，我泪流满面。

我们没有孩子。一直以来孤单的感觉像毒蛇一样吞噬着我。我感到空空荡荡。待在家里，这种感觉更为强烈。她总是把家弄得这么干净，干净得不是人住的地方，而是神仙住的地方，让我感到在这个家里待下去，就会从人间消失。我不能静下来，一静下来，我会觉得恐慌。我喜欢热闹，凡是人多的场合我都喜欢。他们告诉我有什么好玩的，我就去玩。我经常喝得什么也不知道，有几次我醒来的时候发现自己身无分文地躺在马路上。有人说是那些女人把我扔到马路上的。这不可能。女人们都挺喜欢我的，她们主动往我怀里钻，她们才不会这么绝情呢。

有一天，屠夫来到我家，说有人请他来屠宰。他在我家坐了下来。老伴说，我家没有牲畜。屠夫说，没有牲畜一定有畜生。屠夫说，有人睡了我老婆，我要杀了那个人。当时我刚从外面喝酒回来，正醉得不省人事呢。我躺在地板上呼呼大睡。屠夫要弄醒我，可他怎么弄我也不醒过来。他举起刀子，要劈我。最后他的双手还是无力地落下了。我毕竟不是牲畜，他下不了手。屠夫扔下刀子，哭泣喊着回家了。他边哭边喊："我戴了绿帽子啦。我戴了绿帽子啦。"

老伴脸色如灰。她从抽屉里拿了钱，去屠夫家。后来有人告诉我，说我女人真是很有能耐，她把钱给屠夫的时候一脸正气，还教训了屠夫几句。不过有很长一段日子，她没正眼瞧我一下。她给我烧饭洗衣，就是不同我说话，不同我商量事儿，搞得我整天对她谄媚。

我这样做一点也不感到内疚。她没给我生一个孩子。我知道这可能不是她一个人的错，但我认为是她的错。我需要一个借口。我没有孩子，我有权胡作非为。

这都是陈年往事。后来就出了事，她惩罚了我，我再也不能胡作非为啦。不过，那时我也老了，动弹不了啦。胡作非为是要有资本的。我回到她身边。她也老了，不过与别的女人比，她还是蛮端庄的，浑身上下干干净净的吧。我竟有些以她为骄傲。不怕笑话，我老了后很愿意挽着她的手在马路上在公园里闲逛，就好像我们恩爱了一辈子似的。当然这要怎么看待"恩爱"了。老实说，我一直都依赖着她，离不开她，要是没有她，我都不知道怎样生活。我老了后，心里常常会害怕，害怕某天早晨，我起床后，她离家出走了。我总觉得她随时会离开我。

我从来没想过会是这样一种方式。她突然间要在这个世上消失了。

这会儿她躺在医院里，我必须去见她。我看待她的目光彻底改变了。她在我心里一直是强大的，我可以在她面前蛮不讲理、无理取闹。现在，她躺在那里，是如此弱小，如此无助，如此不堪一击。想到她不久后将从这个世界上消失，我心头就发酸。但我不能让她看到我的眼泪。我得像一个男子汉，好好照顾她，善待她。

我几乎寸步不离开她。她没意识到自己危在旦夕。她还以为自己仅仅是得了肺炎。她说，你整天陪着我烦了吧？或者说，你怎么不去打牌啦？我说，算啦，我这段日子手气不好。

又过去了一个星期，她不见好转，目光开始变得敏感起来。她的目光似乎比以前更亮，好像在探寻着什么，有一些疑问，又有一些担忧。她说："你现在怎么待我这么好了？我都不认识你了。"

我心头一阵酸楚，眼圈泛红。我连忙转过身去。

她的病越来越严重了。她已经知道自己快不行了。只是她没有说。她好像变成了另外一个人，变成了从前的我，经常无缘无故对我发脾气。也不是无缘无故，她身体不好。她不时全身疼痛。疼的时候，她会抓住一只药瓶或我的手，头上冒出豆大的汗珠。她的手劲可真大啊，我的手被她抓得红肿。我担心药瓶会被她抓碎。可能实在太疼了，她就开始骂人。

"你去死吧，我不要你在我面前。你去同那些烂女人鬼混吧。为什么屠夫不把你杀死呢。"

有一次她还拿瓶子砸我，我的额头被她砸出一个洞，血流不止。她没看到。她太疼了，一直闭着眼睛。她握紧了拳头，使劲敲打床铺，口中还在辱骂我。她骂得如此粗鲁。这些话她以前可说不出口，她是个内敛的女人，不露声色，就是想骂也在心里骂。

"我有时候真想把你杀了。你是个恶棍，没人性的恶棍。你知道吗，我一直恨你。你在外面花天酒地的时候，想过我的心情吗？"

她告诉我，那天我喝得醉倒在地上，她真希望屠夫一刀把我宰了。她心里真是这么想的。甚至屠夫走了后，她还想亲手杀了我。她把刀子架在我的脖子上面。她说，我睡着的时候，一脸无辜，好像这世上我最纯洁。她就下不了手了。她说她受够了，她去街上，女人们总是对她指指点点，她表面装得没事一样，心里却感到屈辱。她回家后常常大哭一场。这些事她过去可从来没有提起来过。我听了挺吃惊的，我没想到她心里竟然如此不平，更没想到她甚至想我死。我有点不认识她了。

我感到这是对我的审判了。我不相信上帝，也不相信佛，但我知道人生总归有算总账的时候。我没想到是用这种方式，是在她临死的时候由她来审判我。本来若要审判，那也得在我死后，如果有上帝或佛，由他们决定我上天堂或下地狱。可她审判起我来，一桩桩，一件件，让我感到罪孽深重。我有点不认识她了。她一直是和善的，即使偶尔需要发泄一下，对我也是包容的，我没想到所有一切都埋在她心里，她临死前同我算总账了。我听说人之将死其言也善。她一直是和善的，临死前为什么变成了一个愤怒与仇恨的女人呢。

这会儿疼痛减缓了些，她惨白的脸有了点红晕。她睁开了眼睛。她看到了我额头上的血迹，像看一个陌生人那样看着我。她的眼光又恢复了以前的仁慈，她哭了。

"对不起，对不起。"她搂着我的头，"对不起，我很可怕吧。我控制不了，好像有另外一个人钻进了我的身体。你恨我吗？"

"我不恨你，你骂得对，骂得有理。"我说。

来到病房外，我忍不住哭出声来。我呼吸急促，内心被一种复杂的情感裹挟。我感到悲伤。我没想到她心思如此复杂，我一直以为她胸怀宽广，什么都肯原谅。对我来说，外面那些女人不值一提，但从前我被魔鬼附身了，宁可在外面鬼混，也不愿留在她身边陪伴着她。

她的浑身上下全是瘀青。这是她在身体疼痛的时候乱打自己身体造成的。疼痛的时候，她那张脸是多么骇人。那是另一个人，对我来说完全陌生的人，她眼里面全是绝望和敌意。

"我这一生没得罪过人，没做过一件坏事，与人为善，为什么要叫我这么难受，叫我不得好死？"她发泄道，"这不公平！那些做尽坏事、丧尽天良的人却活得比谁都好……"

我的整个身心在体验她的疼痛。在她大叫大骂的时候，我身体跟着疼痛，就好像病毒也进入了我的身体，在我的身体里发作。我满头大汗。她在一个劲地咳嗽。她抓自己的头发，身体不住地痉挛，口中一直说着脏话。她一直很注意自己仪表的，一直很优雅，病痛却把她折磨得像一个泼妇。有时候我甚至想，也许死亡对她来说是一种解脱，在天堂，她一定会像从前那样贤惠善良。我想既然难保一命还不如早点上天堂。我甚至涌出一种掐住她的脖子让她就此解脱的欲望。

她好像看穿了我的心思，突然叫起来："你杀死我吧，你让我早点死吧，求求你。"

我吓了一跳，有一种自己的心思被看穿后的不安。我不由得抬头看了看天，仿佛真有神秘的力量注视着我们。我违心地说："你会活下来的，你不要胡思乱想了。"

"我真的想死，我太难受了，求求你。"

那个菜市场的基督教徒来看她。我得说这人是个善人，她安慰我老伴，给她祈祷。虽然我觉得这对老伴的病起不了半点作用，但只要能安慰老伴什么都行。那教徒还流下了泪，这个像男人一样的妇人对着一个与己无关的人居然也会泪流满面。

那妇人走后，老伴对我说："我想了想，你用佛教的方式办我的后事吧。我认识的人都去了西方，我不想死后太孤单。"

我有些吃惊。我一直以为她已经信耶稣了。她们祈祷时那么虔诚。她交代我时神态坚定，好像她早就是这么打算的，是经过深思熟虑的。

"还早着呢，你会长命百岁的。"

"你别骗我。我知道我快死了。"她笑道，"你说我会进天堂吗？"

"如果你进不了，就没有人可以进了。"

我可从来没想过天堂和地狱。近来我也会想一想。我是真的老了。人老了对死亡反而不踏实起来。年轻时我才不在乎呢，年轻时觉得死了就什么都不知道了，连尸体怎么处置都无所谓。现在我发现，我也不是无所谓的。我说："你放心，万一他们治不好你，我会请最好的道士班来给你诵经。"

她笑了。那笑容既凄惨又有一丝丝满意。她说："你一个人留在世上我不放心。"

我说:"你要是走了,我马上会去找你的。"

"不,你要好好活着。"

我们说这些话的时候,正是午后时分,医院里非常安静。安静令我们的对话显得有点不真实,好像我们此刻正处于天堂之中。我听到不远处的街巷传来麻将声。要是以往,我也许会是他们中的一员。或者我正和某个不服输的人下棋,吵得面红耳赤。至于女人,我老了后很少想起她们来。年轻时她们总是出现在我的睡梦中,如今她们不再光顾我的梦境了。

"我本来不想告诉你我曾想杀了你。"她满怀歉意地看着我,"但那个教友说我应该把什么都说出来,好轻轻松松上天堂。我很自私是不是?"

到了晚上,身体的剧痛就会来折磨她。现在她很少睡着,我睡得更少。很奇怪,我都快有两个月没好好睡觉了,身体居然没有什么大碍。疲劳是肯定的,可没出什么大问题,我本来以为会累得病倒。心里还是有一些变化,最初是身体疲劳,慢慢转变成心理问题,我经常感到沮丧,感到人活着真没意思,没劲透了。我想不通这个问题,人活着究竟是为了什么?别人家可以说,人活着就是为了传宗接代,我们没有小孩,活着又为的是什么?

过了午夜,她痛得高喊起来:"你就杀死我吧。求求你,你杀死我吧。"

听到这话我忍不住流泪。我躺在她的身边,替她全身按摩。这几个月来我都是这样。她抱住了我。她的力气真大啊,我被抱得浑身疼痛。她拉起我的手,把我的手放到她的脖子上,然后强迫我使劲。我不想这么干。她的力气太大,我无法抽回。这时我看到她的脸上露出神秘的笑容，仿佛在鼓励我使劲。这笑容让我迷乱。我的心软了。也许我真的应该满足她的愿望。我感到自己的手增加了力量。我看到她的脸慢慢黑了，脸上的笑容却一直没有散去，仿佛她因此有着无比的快乐。她张开嘴像是要说话，但没发出声音。我从她的口型中猜出她的意思：

"我那样对待你，真是过意不去……但我没办法……只有这样你才不会再乱来……这段日子让你受累了，谢谢……"

我把她杀死了。她安详地躺在那里，眼睛紧闭。四周安静极了，世界仿佛停止了运转。我不知道此刻她是不是上了天堂。我抬头望天。我感到孤单，觉得自己是个被抛弃的孩子，孤立无援。我扑在她的怀里哭了。我觉得这世道不公平，用这么残酷的方式对待我们。

我回忆杀死她的情形，觉得自己很残忍。我当时仿佛失去了理智，就像有另外一个人控制了我。她死去时的细节在回忆里分外清晰。她在死去前突然挣扎起来，浑身在颤抖，好像在表达求生的欲望，好像在求我饶她一命。这些细节让我疑惑，我搞不清是她让我杀死她，还是我真的不想让她活着。我感到很痛苦。

"不管怎么说，死对她来说是解脱。她那么痛苦……"我安慰自己。

现在是凌晨时分，我听到空气中充满了平时听不到的声音。我听到流星逝去的声音，听上去很脆弱，像瓷器被击碎时发出的声音。那是她离去的声音吗？她会回头看看我吗？

窗外传来下雨声。也许不是下雨声，只是她离去的声音。雨水滋润大地的声音听起来仿似孩童时代的歌谣那样遥远，那样清晰，那样不真实。歌谣说：

> 天很老，地很荒，
> 我的日子远去了……

是她在召唤我吗？我嗅到了死亡安静而迷人的气息。是死亡在召唤我吗？是呀，我一个人活在这世上还有什么意思呢，也许我应该随她而去。

我躺在床上。我吃了一瓶安眠药。我在等待死亡的降临。死亡是一堆色彩艳丽的图像，杂乱无章，就像我这一生。我看到无数女人的大腿，她们在我面前晃动。我已经很久没有梦到这景象了。这些景象竟在我死亡的时候重现。我不知道我在奔向天堂还是在坠入地狱。我不知道。我只知道死亡比想象的要简单得多。

我被救活了。我醒来的时候躺在医院的病床上。我生出一种活着的喜悦。我感到自己的身体特别干净，像一个刚出世的婴儿般洁净，就好像在上帝的河流上洗涤过一样。过了一会儿，我就觉得遗憾了。我想起刚才生出的重生的感觉，那其实是死亡的感觉，我只有死了才能让自己变得干净，才能像一个婴儿出世一样满心喜悦。可是他们把我救活了。这是命。

不久警察来了。我一点也不感到惊奇。我从容自若，就好像我一直在等待着他们的到来。

警察告诉我，杀妻事件已成为一则颇为轰动的社会新闻。

法庭是另一个审判我的地方。我不知道上帝将来是不是用这样一种看似公平的形式来审判我。法官高高在上，我坐在被告席。控方在我的左边，我无意请律师，法庭给我指派了一个，在我的右边。我的律师看上去倒是个善良的人，眼神很温和，好像对我满怀同情。我不需要他的同情。

那个起诉我的检察官，看上去像一个花花公子，头发梳得一丝不乱，嘴唇单薄红润，淡漠眼光里隐含力量，他身上有一种把我置于死地的自信。这倒是我乐意的。我已不想活在这个世上了。只要我愿意，我就能看到她，她在天堂等着我。我想告诉她，我马上会死，不过还得经过审判。

杀妻事件已成了一则广泛传播和议论的社会新闻，法庭的审判是公开的，来旁听的民众很多，有的挤不进旁听室，只好在法庭外等候判决结果。

那个检察官列举的罪证让我震惊。他在庭上述说我多年来荒唐的生活，来证明我们的夫妻关系如何地恶劣。他说，我的种种行为对我夫人是一种极大的伤害，她一直忍受着，日积月累，忍受变成了仇恨。终于有一天……他清了清嗓子，继续说："终于有一天，嫌疑人再一次犯下不可原谅的错误，他回家时已喝得不省人事，醉倒在床上。就在那天晚上，他的妻子——那个善良的妇人，拿起剪刀，趁他睡熟的时候，剪掉了他的阴茎……"

庭下的市民显然对此事感到震惊，交头接耳，议论纷纷。我的律师提出抗议，要控方拿出证据。

"如果，他愿意，可以让他把裤子脱下来。"

我反感这个花花公子。我不想有人知道这种事，这是我和她两个人之间的事，只有我们知道这是怎么回事，他却在公众场合把这事抖了出来。不过这是在法庭上，他有权这么做。我平静地承认了。我说："他说的都是事实。"

"那好。"检察官像是捡到了一块金子，他理了理他整齐的头发，说："她把你的命根子废了，你不恨她吗？"

我很想告诉他，我不恨她。我还想告诉他，一直以来我恨我的命根子，我其实不想那样乱来的，可是我的身体和我的思想都受它的支配。我讨厌自己，厌烦自己。我同她说过，我讨厌这玩意儿，她要是愿意，可以把它割除。我不是同她开玩笑，我这样说的时候，像发誓的孩子一样当真。但我说："我恨她。"

"这就对了。"控方说，"我的发言完了。"

轮到我的律师发言了。检方的逻辑是强有力的，我的律师有点底气不足。不过我不指望他，我希望他辩得有气无力。律师说的是事实吗？他的观点是我和夫人恩爱了一辈子，虽然像所有夫妻一样，生活中难免有磕磕碰碰，但总的来说我和妻子是恩爱的。我们这一辈子，相互依靠，相互理解，相濡以沫，有很多人可以证明我们的恩爱。街坊邻居们都在传颂我和她手挽着手在马路上公园里散步的情形。律师说，我们散步的风采还被电视台拍到，作为老年节目的片头播放呢。律师把我们的夫妻生活描述得阳光普照，像人间的童话。我得承认，律师的表现还算出色，庭下的民众都被他感染了，有人甚至唏嘘不已，连我自己都被他描绘的景象感动了。

可是，在检方和律师相互辩驳时，律师的逻辑不堪一击。控方用一种不容置疑的讥讽口吻诘问："你所说的爱是什么？没了阴茎还能有爱吗？"

一切都在预料之中，也是我愿意的，法庭当庭宣布我杀妻罪名成立，被判处死刑。

当法官宣布完毕，她就出现了。我看到她在天花板上飞，目光还是这么善良，只是满怀忧戚。她说，你要好好活着。我说，我讨厌自己活着，我活腻了。她说，你要努力，你要上诉。我摇摇头，说，你在天堂等我吧，我会来找你的。这么说时我其实不无疑虑，我会进天堂吗？很多人大概认为我进不了天堂。她说，我会等着你的，但你要好好活着。

去刑场的路上，她一直跟随着我。她看上去像一个天使。我一点也不紧张，像是去和女人约会。我年轻时的荒唐事一一浮现。我那时是多么强壮，喝酒如斗。女人们身体饱满，充满欲望。后来所有的人都消失了，我只看到她年轻的裸体。我抱住了她，并亲吻她。我却怎么都不行。我哭了。这时我感到胸口一热，然后就什么也不知道了。

2004 年 9 月 10 日

白　蚁

一

一只白蚁爬过屋顶横梁，白色粉末状木屑纷纷飘落下来。它在木头上噬咬起来，随即，木头发出咯咯咯的声音。它显然吓了一跳，警惕地东张西望。它的噬咬犹如炸药的引信被点燃，引来巨大而可怕的声音。听到这声音，隐藏在横梁里面的白蚁纷纷钻了出来，它们跑动的身姿慌乱而无序。一会儿，横梁发出巨大的撕裂声，整个屋顶轰然塌陷了。

横梁下面有很多桌椅及农具，还有一张乡村常见的中式木床，暗红色的油漆衬托着一些精致的雕刻，只是这床太旧了，雕刻的角角落落有不同程度的破损。木床上躺着一个人。整幢房子全毁了。那个人被压在废墟下面。

二

一会儿，村子里的人纷纷围到那幢塌陷的房屋边上。这屋子年久失修，白蚁滋生，村里人都知道迟早会有这一天的。他们讨论着有没有人被压在里面。这屋子是周家的。周家在村里早已没有了人。村子里的人都记得周父、周母相继去世后，他们在县城教书的儿子周密每个假期都要回这老宅居住。现在正是寒假，他们弄不清楚周密是不是在这屋子里。周密看起来很清高，每次回乡，他都独来独往，不喜欢和村里人混在一块。

后来，有人说，他看见周密回村了。前几天，下了一场小雪，他看到一个城里人坐着一辆摩的从村头跳下，然后冒着小雪进了这屋子。他确信这个人就是周密。周密现在就在废墟底下。

雪早已融化了，只是远山还残剩着零星积雪。村子里的人开始小心地挖掘废墟。在冬天稀薄的阳光下，他们的表情看上去显得有些怪异。他们有一种如临大敌的感觉，双目炯炯，相当严肃，好像他们一个闪失，就会失去一条生命。

当他们扒开那道梁的时候，发现梁下面的一张床上躺着一个人。村里人认出他就是周密。周密闭着眼睛一动不动地躺着，脸上没有任何表情。村里人以为他死了。当他们小心地向他伸出手去，周密突然睁开了眼睛。他的眼神空洞而茫然，像是从另一个世界回来。村里人像是见到了鬼，吓了一跳，退了回去。周密自己从床上爬了起来，看得出来他没受伤。村子里的人惊魂未定地看着他那张平时看不出任何表情的脸，试图确认他是不是鬼魂。周密勉强而羞涩地笑了一笑，说了一声谢谢。他们这才确认眼前这人是个大活人。人群发出欢快的惊呼声，是那种亲眼见证了奇迹才有的愉快而幸福的惊呼。他们似乎忘了周密平常多么不易接近，纷纷围过来对他问寒问暖。

周密在众人的包围下，突然涌出眼泪。村里人认为那是重生的泪，都宽厚地拍拍他的肩膀，试图安慰他。

　　他们不知道，此刻周密的内心比他们想象得要复杂得
多，可谓百感交集。重生的喜悦当然也是有的，那只不过是
一刹那的情感，过后他便落入了巨大的沮丧之中。他是想就
此结束自己生命的，他竟然还活着。这无论如何算是一次奇
遇。他把这次奇遇和她联系在了一起。他望了望天，好像天
空挂着一个巨大的启示。他决定去一趟北京，去看看她。他
知道这个假期，她没有回来。

三

　　杨若亚和林博这对恋人又闹别扭了。不是吵架，杨若亚
从来不会吵架。

　　这个假期她和林博没有回家。杨若亚想去青海玩一趟。
她一直想去青海看一看。看看沙漠，看看青海湖。她对那个
地方其实一点也不了解，她喜欢青海这个名字，总觉得那地
方莫名吸引她，好像那地方同她的前世有某种联系。这个愿
望很早就有了。那时候她狂热地崇拜三毛，读了三毛所有的
作品。去青海就是这种崇拜留下的后遗症。

　　本来他们说好放假就走的，林博一直在拖。显然他对去
这么遥远的地方没什么兴趣。他对她的提议的第一反应就是
反对。

　　关于她和他的关系，说起来真的让她伤心欲绝。她为他
堕过两次胎；因为爱他，她断绝了同所有朋友的来往；他家
里不富裕，她经常把自己的生活费省下来给他，好让他不至
于太寒碜；就是在这样寒冷的冬天，她依旧帮他洗换下来的
每一件衣服，包括内裤，而她在家里从来不干这些活的；她

还有点怕他，他脾气大，专横霸道，什么事都是他说了算。

可一开始不是这样的。刚追她的时候，他是多么谦卑啊。那时候她并不是太喜欢他，虽然他高大英俊，一表人才。后来她答应他是因为他当着众人的面跪下来向她表白，还在她的宿舍下面点上蜡烛围成一个"心"字以表达对她的情感。这些事让她深深感动，也让她的虚荣心得到莫大的满足。

现在完全倒过来了。他得到她后好像变了一个人，变得刚愎自用了。他从来没有感谢过她为他做的牺牲，好像一切理所当然。不仅如此，他还和前女友卢天蕙及别的女性保持着密切的联系，还经常当着她的面同卢大蕙聊电话，言语之中不无调情的意味。在他的QQ上，更是女网友无数。她偷偷看过他的聊天记录，挑逗的言语，都让她脸红。她曾要求他不要这样，他根本不听，也不顾及她的感受，她越是反对的事他做得越起劲。这两年来，她的自信和自尊都在慢慢磨损、消退，现在几乎没有了。

可奇怪的是，他越是这样折磨她，她越爱他。她真的很爱他。在理智上，她明白应该摆脱这场糟糕的恋爱，但她摆脱不了。她发现她付出得越多，她越是想从他身上得到回应，反而更听命于他。为什么她总是听命于他呢？为什么她总是渴望他的怜悯呢？

她的身边也不乏追求者。林博的朋友哲浩，一直对她挺好的。哲浩一看就是个善良的男孩，他看她的眼神里有一种令她感动的关心，看着这眼神，她想要哭泣。她知道哲浩一直默默地喜欢着她。但她对别的男孩没有任何兴趣，她只在乎林博，在乎到几近谨小慎微了。

　　后来在她的坚持下，她买了两张火车票。出发那天，她整理好他和自己的行李，在宿舍里等着他。他上午出去后一直没回来过。她想，他不至于忘掉的，他一定会赶回来。眼看着去车站的时间快到了，她着急起来。给他发了一条短信。没回。又打了电话。电话关机了。她着急起来。当她确定已错过了列车出发的时间，泪水已沾满了她的脸颊。

　　她知道他在哪里。学院左边不远处有一条酒吧街。夜晚那里的仿欧路灯就亮起簇簇灯火，就像一只只小鸟栖息在那儿。路灯映照着沿街的昏暗的酒吧，借着酒吧闪烁的霓虹灯，可以看到酒吧门上或墙上要么喷上涂鸦，要么放着一支猎枪，要么放着一只啤酒桶或一只汽车轮胎。酒吧街有一种装模作样的超现实气派。杨若亚知道林博就在其中的一家玩骰子。

　　她怀着绝望去了酒吧街。林博果真和朋友在玩。杨若亚进去的时候一阵热腾腾的哄笑声向她扑面而来，她看到有一个她不认识的女孩笑得花枝乱颤。杨若亚一声不吭地站在一边，像一个突然出现的幽灵。过了好久人们才发现了她。他们看到杨若亚在哭。

　　"你怎么啦？"林博不高兴地问。

　　她没回答。她委屈得说不出话了。他明知她找来的原因，他总是装傻。

　　"老是哭丧个脸，没劲，像个丧门星似的。"林博骂道。

　　"你为什么把手机关了？"杨若亚终于说出一句话。

　　林博从口袋里拿出手机，看了一眼，说："没电了。有事吗？"

　　说完这句话，林博拍了一下自己的脑袋，叫道："啊呀，该死，我忘了。"

他看手表，已是傍晚七点了。他们本来应该在五点钟出发去青海的。该死的青海。有一刻他脸上闪过一丝内疚的神情，他马上控制住了，脸板了起来，好像是她欠了他。他带着她从酒吧出来。她一直在流泪，引得路人侧目。

"你哭什么啊？"他瞪了她一眼。

杨若亚一脸绝望。她没说一句话。她是多么想他认错啊，那样的话，她可以原谅他。她知道他不会。他从来不认错。只有她向他屈服，他从来对她的感受满不在乎。

"你还哭，丢不丢脸？不就是浪费了两张车票嘛，才几块钱呀。"林博站住，开始训斥她。

她却哭得更厉害了。她满腔委屈，就好像一个良民冤屈成了杀人犯。在林博面前，她觉得自己有理也会变得没理，到头来都是她的错。

"你哭吧，我走了。你不怕丢脸，我还怕呢。"

他竟然真的走了。他走的时候，连头也不回，好像她根本就是一钱不值的狗屎。杨若亚的心抽搐起来。她觉得内心的绝望如无边无际的黑暗，把她覆盖住了。

四

在列车快要开动时，周密才匆匆赶到。他的座位上坐着一个中年妇女。中年妇女已摆开架势，一边嗑着瓜子，一边啃着苹果，拿苹果的手还翘着兰花指。女人长相丰满，两只乳房骄傲地耸立着，给人一种压迫感。车厢里，几乎所有男人的目光都投向了她。她显然习惯于这种饥渴目光的抚摸，心安理得地坐在那里，给人一种扎下根并打算永远居留的感觉。那耸立的乳房就像是一篇不容置疑的外交宣言。

"请你让一下，这是我的位置。"

那女人吃惊地抬起头，看了看周密，脸上露出厌恶的表情，好像见到了一只令人讨厌的苍蝇。

"这是我的位置。"那女人冷冷地说，不再理他。

"请出示你的车票。"周密说。

"我凭什么给你看，嗯？"那女人的声音奶声奶气的，与年龄很不相符。

"那我给你看，这是我的车票，你这个位置是我的。"

"我不看，我凭什么看？"

周密突然全身颤抖起来，脸上露出某种不耐烦的狂躁之色。他厌恶这个女人，厌恶这个自以为是的肉弹。愤怒比他预料的来得迅速，几乎没有过渡，他就抱住女人，把她从座位上拉了起来，扔到车厢的走道上。女人差点跌倒，幸亏她抱住了站在走道上一位民工模样的男人。当她回头看周密时，周密已平静地坐在位置上。

"耍流氓啊，有人耍流氓啊。"女人挺起两只乳房尖叫起来，好像叫的不是她的嘴巴，而是乳房。

整个车厢里的人都往这边挤过来。刚才周密抱女人他们都看到了。他们对周密如此大胆抱这个肉弹感到兴奋。他们看着女人，想知道女人下一步如何回击。又看看周密，这会儿周密像个局外人，已安静地在读一本书。其实周密并不平静，他有点儿头晕，他怕晕厥的老毛病发作。

女人不肯罢休，愤然坐到了周密的大腿上，那速度快得像一颗飞弹。

周密的脖子一下子涨得通红。他对这个胡搅蛮缠的女人极度轻蔑。他没吭一声，再次把她抱起来，要把她从车窗塞下去。女人的头已在车窗外，她那染成黄色的头发迎风招展，像一面旗帜。她在惊恐地尖叫。乘警过来了，把周密和女人带走。

没过多久，周密平静地回来了。女人没再出现。周密的座位上又坐了人。是那个民工。民工见到他，迅速地站起来，让给他。周密坐下，没看人一眼。他过来的时候，整个车厢安静得出奇。

他微闭着眼睛。由于车窗外的光线太强烈，他闭上眼睛后依旧可以感受到那随着树林的间隙而明暗闪烁的光线。光线让他进入一种绝望的暖意之中，他觉得光线里有一种未明的事物在诱惑着他。他忆起房屋塌陷下来时的感受，那一瞬间他觉得另一个世界的大门向他敞开了。

在乡下，他睡觉的时候，喜欢点着灯。乡村的电力不是很稳定，灯光时明时亮，给人一种遥远的气息。他想象老屋里的灯光是海上的一座灯塔或是天边的一颗恒星。这种想象让他更觉孤单。

借着灯光，他曾长时间凝视头顶上那根曾经被岁月烤成黑色的横梁，虫子已把它蛀蚀得千疮百孔，他看到带着翅膀的白蚁们在上面爬来爬去。村里人告诉他，住在这屋里有危险。他们是不能理解他的。他渴望这危险。在这危险之中，他看到自己生命里奇怪的欲望——死亡的诱惑。这死亡的念想和绝望的爱情联系在一起。

"爱情起始于某个比喻。"这是谁说的？不管是谁说的，他认为说得很对。他对她的感觉起始于一个比喻。那时候，她还那么小，稚气未脱，她站在阳光下，脸上有一层金黄的茸毛。这让他想起在《动物世界》节目里看到过的一只刚出壳的织巢鸟。金黄色的、天真的、眼睛乌溜溜的雏鸟。他的心里激发出想抚摸她的愿望。他想抚摸她如水的头发，想把他的脸埋在她的发中。如果那头发是水，他愿意窒息而死。一个比喻之上可以诞生无数个比喻，他长时间地想象着她的脸，那些意象纷至沓来：一只远去的飞鸟，一段漂亮的曲线，沙漠上升腾而起的民歌，或某个带露珠的早晨。他觉得他的内心因此充满了某种神奇的感应力。这世间的万事万物都会和她产生联系。好像她就是神，这世上的一切都是她的化身。他最喜欢的还是最初那个比喻——金黄的毛茸茸的雏鸟，这个比喻属于深夜，是他用来打发漫漫长夜的，他感到自己被这茸毛覆盖，那是一种幸福而温暖的感觉。

可是，她是他的学生，她还未成年。作为一个老师，他怀有一种罪过感。但他的身心激发的巨大热情像暴风雨一样裹挟了他，让他不能自拔。他总是在人群中寻觅她的身影。他出现在她会出现的任何场合。他怀着某种甜蜜的情感远远地注视着她的一颦一笑。尽管他内心充满了激动，但他只能装模作样地用一种教师应有的严肃和沉着同她点头。他的严肃和沉着是出了名的，几乎成了他的标准像。他厌恶自己的这个形象。

他用词语塑造着她。可他明白，词语并不可靠，她也许是他所不知道的另一个人。他已感到她对他的冷漠。他的爱情是如此不可靠，没有根基，风一吹就消失无踪。

每次从镜子里看到自己的形象，看到那张麻脸，看到脸上死一样的苍白，他就会绝望，并且对父母亲产生怨恨，还会想到死亡。他知道这张脸永远不配和她在一起。由于深深的绝望，在他这里，死亡和爱情变成了同一回事。死亡同样起源于比喻。修辞使死亡有了诱人的色彩。死亡是黑色的，同时也是光芒和无限，就像爱情，它的光芒灼痛了他的双眼，让他看不清她。死亡的光芒让他愿意投入它的怀抱。

他是怀着这样的心情面对那个突发事故的。当屋顶轰然倒塌时，他没有一丝惊慌，他甚至觉得就此死去倒是件美妙的事。

他从冥想中睁开眼睛。坐在他对面的一个孩子瞪着他看。周密对此并不感到奇怪。这是经常发生的，那些胆大的孩子总是这样怀着一丝丝惊恐，怀着好奇，这样看他。他试图和孩子笑一下，嘴角动了动，马上恢复原状。他觉得自己笑起来不好看。有一次，他对一个孩子笑，结果那孩子反而哭了。这是无数令他沮丧的经验之一。

这个孩子倒是挺大胆的，他指了指周密的脖子，说："叔叔，你身上有一只白蚂蚁。"

周密的脖子痒了。他的手掌啪地打在自己的脖子上。他感觉到白蚁在手掌上蠕动。他的手掌有点儿隐隐作痛。应该是白蚁咬了他一口。这白蚁还真厉害。他摊开手掌，白蚁没死，它在尽力扇动翅膀。他怕它飞走，用左手的拇指甲把白蚁掐死。

五

"我不会再理他了。"杨若亚说。

"这话，你已说了一年了。"赵苇苇嘟囔着，叹了口气。

她实在不想刺激杨若亚，可她再也忍不住了。

她们说这话时正是午后时分，赵苇苇站在窗口，望着窗外。篮球场上有两个人在做投篮练习。因为是寒假，学院里鲜有行人。天气非常寒冷，空气一动不动，像被冻住了似的。它不动声色的模样，就像是有某个阴谋正在远处灰蒙蒙的天空中酝酿。

杨若亚躺在床上。她已躺了两天了。这两天她都在流泪。她觉得自己失恋了。

"这次是真的。"她强调。

是真的吗？她心里明白，就在此时，在同赵苇苇诉苦的时候，她其实还有盼望，盼望林博来找她，或者林博发一个短信给她。短信说什么都不重要，哪怕是一个笑话，她都会理解成和解的表示。那样她就会从痛苦中解脱出来。

"这样的男人，有什么值得你付出的呢？你怎么那么傻啊。"

赵苇苇几乎是在骂她了。她知道自己该骂。她发现自己是多么低贱啊。她越来越不喜欢自己了。

傍晚的时候，门卫阿姨敲开了杨若亚的宿舍门，对杨若亚说，有个男人找她，在楼下等着她。

杨若亚内心一阵狂喜，以为林博终于来找她了。她趴在窗口朝楼下张望，看到的却是另外一个人。她的脸色煞白。

"你怎么啦？"赵苇苇问。

她没回答。

赵苇苇来到窗口朝下望去。他看到一个穿着浅灰色风衣的男子站在宿舍门口。那人站在灰暗的天空下，看上去非常落寞。

"他是谁啊？"

"他是我中学老师，教语文的。"

"老师？那你赶快下去啊，你也许可以同他诉说人生困惑呢。"赵苇苇不自觉地带出一丝讥讽。

她的脸已经涨红了。不是那种羞涩的红晕，而是因厌恶而产生的怒容，好像她这几天的怨恨终于有了发泄的地方。

"我不去。我不想见那个人。"

"那怎么办？让他等着？"

"随他去吧。我怕他。"

杨若亚又躺到了床上。

赵苇苇一直在观察杨若亚。杨若亚的行为让赵苇苇疑惑，她一直认为杨若亚是个以善良著称并且善良得快找不到自我的人，现在她竟然不去看望她的老师。

晚上杨若亚的话题依然在林博身上。赵苇苇对杨若亚和林博的事已经听腻了，杨若亚翻来覆去对她说的那点子事，她都能倒背如流了。赵苇苇悲哀地发现她的所有劝说对杨若亚不起任何作用。她倒是想听听杨若亚和老师的关系。她隐约觉得这里并不简单。

第二天早上，杨若亚起床，发现窗外白皑皑一片。下雪了。她想昨晚她终于睡过去了。她这么痛苦竟然睡着了。赵苇苇还没醒过来，她发出一种没心没肺的轻快的呼吸声，好像她昨晚那些奉劝杨若亚的真诚的话，也是没心没肺的。杨若亚有点后悔这几天同赵苇苇没完没了地述说了。转而又想，如果没有赵苇苇做她的听众，她会崩溃的。

她对着窗玻璃照自己。她习惯于在窗玻璃上看自己，窗玻璃照出的形象不像镜子那么清晰，很柔和，因而可以把缺点都忽略掉。她这几天睡眠不好，眼袋都有了，她不想看见自己憔悴的样子。玻璃窗上自己的形象就像照相馆里拍的所谓写真照，能美化人。就在这时，她看到了他。她没想到他还站在楼下。

宿舍前有一棵银杏树。银杏树的枝叶早已脱落，它原本光秃秃的枝丫，这会儿积了一阵白白的雪。他站在银杏树下面，抬着头，望着眼前这座建筑。他的肩上、头上也盖了一层积雪。他一动不动，仿佛他是另一棵树。

这么说这个人在雪地上站了一夜。她觉得他真是个可怕的人。以她的阅历，她不能理解他。他是多么有恒心和毅力啊。这么多年来，一直像一个影子一样，追踪着她，让她逃无可逃。

对于她来说，他是她中学时代最可怖的记忆。还不止是中学时代，这种恐惧感还延续到如今。他总是神不知鬼不觉地出现在她的身边，出现在她要去的任何一个角落，就好像她的行踪尽在他的掌握之中。她到了学校的小树林，他的脸就会出现在不远处的树丛中。她去河边，他会突然出现在河对面。甚至她上厕所，也能在男厕所那边看到他。每次见到他那张没有表情的麻痹的脸，她全身颤抖。终于毕业了，她以为可以摆脱他了，他却阴魂不散。他打电话到她家。她接听电话，对方总是沉默。她一下子猜测到电话那头就是他。有一次她带着哭腔歇斯底里地说，你是谁啊，快说话呀。他才缓缓地说，我爱你。然后迅速挂了电话。被人爱带给她的不是喜悦，而是无边的惊恐与莫名的屈辱感——如此丑陋的人竟然爱她。为了摆脱这种恐惧和屈辱，她让父母换了电话号码。

到了这所远离故乡的大学，她以为可以完全摆脱他了，却不然。有一天，班主任通知她，系里面有几封她的信。她一看信封上的字迹，马上明白是他寄过来的。那时候，她真的有种大白天撞见鬼的感觉，恐惧极了，好像她真的被一个鬼魂缠住了。她没看那些信，满怀着委屈和莫名的愤恨，边哭泣边把这些信撕碎，扔到了垃圾桶里面。

她自己也感到奇怪，这天早晨，当她看到他的一瞬间，一种莫名的仇恨和怒火从心底里升腾而起。她不知道这仇恨和怒火来自何处，也许是因为恐惧，也许是因为她觉得被他追求本身就是一种耻辱，或者是因为意识到她其实和他一样是情感的失败者，总之她难以忍受，感到憋闷。

她向楼下奔去，空前地坚定。她都没洗一把脸。她眼睛里带着一股仇恨的光芒。她一直是一个内向的女孩儿，善于掩藏自己的情感，现在她显得气急败坏。她来到他的面前，看到他的忧郁的眼里闪过喜悦之光。她反感他的"喜悦"，好像这"喜悦"侮辱了她。她站在那里，歇斯底里地叫道："你为什么缠着我，我怕你，求求你，给我滚！"

她吼出这句话，眼泪止不住地流了下来，好像她这几天受到的伤害都是因为他的缘故。

她看到他脸上的变化，一瞬间那"喜悦"就像一颗火星那样熄灭了，那张刚才还显得温柔的脸顿时露出惊愕和痛苦。他眼睛里闪过一种受伤后的锐利光芒。不过这光芒也很快熄灭了。他缓慢而无力地转过身，迈开脚步，整个人像被噩梦缠绕着，或者说像在完成一次梦游。他梦游似的远去。

她再也支撑不住了，感到从未有过的虚弱，觉得自己就像这雪，阳光一照都要溶化成一摊水了。她感到孤立无援。她清晰地意识到，同赵苇苇的交谈解决不了任何问题。她的

问题只有林博可以解决，也唯有林博可以解救她。她意识到
他又赢了，她又向他低头了。她觉得自己简直没一点自尊。
她自己都看不起自己。可她没有办法。她的脑子里出现了一
个溺水者的形象，那个溺水者已没有了力气，等待有人解救。

　　她来到他的宿舍，敲开了他的门。这个假期，整幢男生
宿舍楼只有林博没有回家。

　　"是你？"

　　这是她进去后，林博的反应。他的表情冷冷的。可她抱
住了他，抱得紧紧的，抱得不顾一切。她的泪水奔突而出。
她说："我离不开你，我离不开你。"

　　林博一直沉默着。他的脸上露出倨傲的神情。不过他没
有再说讥讽的话。他是个尖刻的人，喜欢痛打落水狗。杨若
亚对他的无情已了解得很透彻了，可又有什么办法，即使了
解了他的全部，她还是在乎他。她不明白她在乎他什么了，
他给她的只有痛苦，难道她想要这种受苦的感觉吗？

　　很自然，他们首先要干的事就是上床。只有肉体的结合
才能抚平这几天来她所受的揪心的痛苦。她的身体开始是僵
硬的，显得不情愿的样子，林博像是看透了她，知道她的渴
望，他不顾一切地占领她。对她来说，做这事并不是为了欲
望，而是为了得到一种充实的安全感。当他和她结合在一起
时，她流下了眼泪。她想，他真是她的冤家。

　　肌肤相亲暂时填平了她和林博的鸿沟。她感到和林博
依旧是一个生命的共同体。林博的房间已经很脏了，她从床
上爬起来，开始为他整理。他的脏衣服已堆了一地，她把衣
服装到洗衣盆里，来到盥洗间。冬天的自来水非常寒冷，她
的手浸泡在水中时，感受到一种刺骨的疼痛。她怀着某种自

我感动，也怀着想感动林博的念头，洗涤起来。杨若亚真的感到奇怪，这会儿林博支使她干这干那，她感受到的不是屈辱，而是幸福。

他没有提起去青海的事，她也不再提及，仿佛那已经不再是一件什么要紧的事了。

六

周密失魂落魄地从学院出来。他觉得脚有点使不上劲儿，就好像在冰面上行走，随时会跌倒。他走路的样子因此有点儿跌跌撞撞的。他感到自己的心脏似乎停止了跳动，身上的血又很活跃，整个身体有一种非常疲劳的肿胀感。这种肿胀感让他整个人都处在麻木状态。

他在附近找了一家旅馆住下。昨晚他一夜未睡，这会儿确实有些困了。他连衣服也没脱，就躺倒在床上。一会儿他睡了过去。

这天他不像往日那样睡得踏实。他一直在做梦。他不停地打着某个电话，就是没人接听。后来他站在某幢高楼上，太阳挂在头顶，望过去，一片光晕。光晕笼罩一切，周围的一切都融化了一般。他像一只正在某处栖息的鸟。有人瞄准了他，准备向他开枪。

就在他打算展翅飞入那片光晕时，他听到电话铃声。他收拢了羽毛，去接电话。但他伸不出手，好像他的手被什么束缚住了。他非常着急。这一急，他醒了过来。他听到房间里的电话真的在响。他有点奇怪，怎么会有人给他打电话呢？在这个城市，他没有认识的人。他伸手拿起床头柜上的电话。电话那头传来一个女人的声音，很甜，细细的，让他想起她。那个甜美的声音在电话里问他要不要按摩。她说，很便宜的，先生，放松一下嘛。

他不知如何反应，一直默不作声。他甚至有点儿搞不清自己是醒着还是在做梦。一会儿，他轻轻地搁下了电话。

他站在窗口，看到外面的小街有很多发廊和酒吧。从刚才阳光遍地的梦中醒来（他不清楚算是噩梦还是美梦），回到眼前的黑暗，他有点不能适应。街对面的酒吧，窗子亮着昏暗的光，有一些人影在晃动。他想起不久前见到她的情形，她站在他前面，脸色苍白，她的眼神里面有他不能理解的愤懑和仇恨，好像他的到来给她带来不幸。回忆她的表情，他麻木的心像是被蜜蜂刺了一下，疼痛感迅速传遍全身。

电话又响了。这次他接得很快，好像他一直在等着这个电话。还是那个女孩，不过这会儿女孩正笑着，笑声清脆悦耳，好像她正站在他面前。

"大哥，你好深沉噢，你这样小妹最喜欢了。小妹不喜欢话头多的男人。"

她的笑声和恭维让他感到温暖。他疼痛的心正需要这种温暖的体贴和浸泡。他甚至希望这女孩一直说下去，他可以暂时忘却他的伤痛。他有这种经验。在那些失眠的漫漫长夜，为了抵抗难以排遣的孤单和恐慌，他经常拨通声讯台，尽管他说得很少，电话那端的女孩总是会对他说些体贴入微的话。这让他觉得一切变得可以忍受。

他一直没放下电话。女孩有些气馁，突然不说话了。一会儿，女孩小心翼翼地问："大哥，要不我过来？"

这完全在他的经验之外。声讯台里的女孩是不会这样说的，她们只负责安慰，然后赚你的电话费。他不知是不是应该接受。他还没回答，那边已挂了电话。他长长地松了一口气。他想她应该不会来的。

可是没多久，房间门就被敲响了。是她吗？这么快！就好像她刚才就在门口。他犹豫了一下，打开了门。门外站着一个漂亮女孩。真的很漂亮。她的呢质外套敞开着，可以看到她洁白的脖子。她的眼睛闪闪发亮。当她见到他时，眼中露出了一丝惊恐，虽只是一晃而过，还是被他捕捉到了。她的眼神是一面镜子，他由此看到了自己丑陋的脸。他对她的反应非常反感，在心里排斥她了。

他还是让她进了房间。房间的暖气非常猛，女孩却没有脱外套，好像害怕他会随时攻击她。他突然恼怒了，是她自己到房间里来的，他根本没有答应过她，她只不过是个婊子，在他面前却装得像个纯情少女。他迅速站起来，来到她边上，试图剥去她的外套。

"大哥，你这是干什么？"

他没理她，用一种不容置疑的态度，剥她的衣服。女孩不再坚持，她站起来，自己脱掉。

"大哥，你着什么急啊。"

女孩脱掉了大衣。她里面穿得很单薄，吊带衫配着一条短裙。女孩非常适合这样的穿着，使她看上去健康而明媚，令他不敢接近，好像只要他碰一下她，那种健康和明媚就会迅即失去。

"大哥，你怎么啦？"女孩胆怯地问。

他有些手足无措。他的右手微握成拳头，在左手掌上挤压，发出格格格的关节滑动声。他不知道接下去应该干些什么。他听说过她们是干什么的。他也清楚如果他愿意，他可以在她身上发泄。他没有经验。

"来吧，大哥。"女孩坐在床边，向他伸出手。

他感到自己体内有了力量，好像他突然变成了一匹矫健的马儿，结实、健硕、坚强不屈、无可抵挡。他靠近她。可就在这时，他突然跌倒了，毫无来由地跌倒了。不是毫无来由，跌倒的念头比跌倒本身要提前那么几秒。他无法控制。发生这种状况不是一次两次了。他的头重重地磕在她的脚踝上。这一击非常震撼，就像他的脸颊被一个重量级拳手猛击了一下，他的两眼直冒金星。他的思维是清晰的，他知道此刻已斯文扫地，活像一个小丑。他是多么厌恶自己啊。由于厌恶，他直挺挺地僵硬地蜷缩在地毯上，满怀沮丧，不知道如何做出反应。

女孩被这突如其来的情形吓着了。惊吓让她甜腻腻的热情迅速消失，恢复到一种既冷漠又担心的状态。这个人的死活同她没有关系，现在却要牵连到她。她蹲下来，试图把他扶起来。他真是重啊。他的身体靠在她身上。她感到他碰到她时他的整个身体柔软了下来，她看到他的脸上露出软弱的类似于婴儿般的表情。

他突然紧紧地抱住了她，伏在她的怀里哭了。他的哭泣令她既安心又反感。她想，他没事，看来也没有心脏病，他不会连累她了。但这个人哭泣个什么呢？一个大男人的哭泣令她感到可笑。不过像她这样的人什么没见过呢，各式各样的男人，在床上表现大同小异，但也各具特色，哭的笑的都有。她最不喜欢男人哭泣。

他们这样躺在地毯上。他抱着她，哭得好像刚刚死了爹娘。最初女孩还指望着他快点进入正题，他却像一个白痴一样，只是不停地哭，好像排泄眼泪比排泄精液要快乐得多。某一刻女孩被这哭声弄得心里酸酸的，心酸让女孩再没心思逗留在这儿。女孩慢慢从他的身下抽身而出，她不指望向他要钱，偷偷地溜出房间。她回头望了他一眼。

他还在哭泣。哭得分外伤感，好像世界末日来临了一样。女孩觉得今天真是倒霉，碰到这么一个变态。

七

晚上林博带着杨若亚又去附近的酒吧玩。林博的前女友卢天蕙和哲浩等人已在酒吧。他俩一起加入其中。杨若亚自见到卢天蕙，心里不舒服了，特别是看到林博和卢天蕙有说有笑一副意味深长的样子，白天在林博那里感受到的甜蜜，荡然无存。

七八个人聚在一起，相互开起玩笑。除了开玩笑，他们实在无事可做。林博指着杨若亚，谈起她的"艳遇"："她交桃花运了，有一个情种来看她了。"众人马上来了兴趣。杨若亚感到震惊，他怎么这样，竟然当着卢天蕙这么刻薄地对待她。林博总是不顾及她的面子。

"你得注意了啊，杨若亚可是系花，有人喜欢她并不奇怪。"哲浩开玩笑。

虽是玩笑，杨若亚听了还是有点感动。特别是在卢天蕙面前，哲浩的话让她很受用。她用感激的目光看了哲浩一眼。

"这事杨若亚可不高兴了，杨若亚说她见到鬼了。"林博的笑容既邪恶又灿烂。

杨若亚又听到了内心那种屈辱的尖叫声。她这才意识到，她的问题根本没有解决，他们床上那点事根本拯救不了她，新一轮的痛苦又开始了。她感到自己的心在消融，内心有一种强烈的恐慌感和空虚感。

林博伸手去运动裤口袋取烟。烟壳子里没一根烟了。林博看了看杨若亚，说："杨若亚，给我去街上买包烟。"

杨若亚吃惊地看林博，同样的颐指气使在私下是一回事，在朋友们特别是卢天蕙面前是另一回事。杨若亚受不了，她感到自己被轻视。

"快点呀，没听见吗？"

杨若亚几乎是本能地站了起来。可是就在那一刻，她后悔了。她发现哲浩正怜悯地看着她。哲浩的注视让她的自尊坚韧地萌生了。她无法对这自尊熟视无睹。当她走出酒吧大门，眼泪再也忍不住了，一粒一粒往下掉。她想，她真的是个贱人。他也知道她是个贱人，所以才敢这样不把她当人看。

由于没穿外套，她感到寒冷。她匆匆跑到街对面一家小店，买了一包红塔山。她有点害怕回到酒吧，好像那儿是她的地狱。她想回宿舍算了。但这只是片刻的犹豫，她还是进去了。她回到酒吧，扑面而来的暖气和笑声挤压着她，让她觉得自己像个不受欢迎的闯入者。她想，没有了她，他们这么轻松，这么欢快，她真的像个不祥之物。她甚至怀疑，他们刚才是在取笑她呢。她确实像个笑料。她看到林博几乎靠着卢天蕙。卢天蕙有点得意扬扬。

杨若亚没有再回到林博身边，而是坐在哲浩边上。今晚，她有点依赖哲浩。哲浩温暖的目光让她找到了一种久违的自我形象，一个可爱的女孩子的形象。她坐在他身边，感受到哲浩身上暖洋洋的气息。她甚至有一种靠上去的欲望。

酒吧很热闹。他们这边也很热闹。她不知道他们在谈什么，他们不断地哄堂大笑。她看着对面的林博，他叼着一根烟，脸上有一种瞧不上人的劲头。看着这张脸，杨若亚脑子里生出一个念头，这个人迟早会离她而去。她越来越对他没有把握了。

杨若亚一直在喝酒。她搞不清自己究竟喝了多少酒。没人注意到她，也没人劝她酒。酒就像哲浩的目光，让她放松了些，感觉也跟着好了起来。那个想象中的可爱形象又回来了。她的脸上不自觉露出妩媚的笑来。酒真是个好东西。她觉得在内心的某处，有一些东西正在生长。这种东西让她变得强大了一点。她慢慢地靠到哲浩的身上。

杨若亚觉得哲浩的身子也贴了上来，他的手在她的背部抚摸。这让她感到舒服，可是潜意识告诉她这是不对的。她很想逃离，又舍不得离开。她有一种沉溺下去的欲望。她渴望一种坠落下去的快感。

林博说起一则社会新闻：一个年轻人，发现女朋友和父亲——也就是未来的公公——好上了，一气之下，杀死了女朋友。公公知道后，痛哭失声，失去理智，杀死了儿子。林博说话时，脸上的表情很暧昧，就好像他恨不得是那个父亲。

"这年轻人糊涂了，该杀的是他父亲。"哲浩说。

"不就是一个女人吗？杀来杀去的，这对父子都有病。"林博不以为然。

"女人怎么了？林博，你好像同女人有仇。"哲浩讥讽道。

哲浩和林博为这事争执起来。空气里有了火药味。这是很微妙的，两个男人谁也没有点破，保持着风度，脸上都挂着微笑，但谁都知道他们在较劲。

杨若亚一直听着两个男人的争论。杨若亚站在哲浩这边。她不喜欢林博的态度，林博的话让她感到刺耳，好像她就是林博口中泛指的"女人"，因而是一钱不值的。哲浩和林博的争执让她产生一种快慰感，好像哲浩在代她冒犯林博。此刻她确实有一种冒犯林博的强烈欲望。

"我觉得那个公公不错，肯为一个女人去杀死自己的儿子。"杨若亚突然插嘴。

"对哦。"卢天惠附和道。

"你们俩脑子也有问题。"林博显然有点恼火，他惊异地看着杨若亚，好像不认识她。

"是男人就应该这样。"杨若亚这会儿脸上呈现出平时不易察觉的固执。

形势对林博不利。在八个人中，至少有四个人站在哲浩一边，这让他感到丢脸，同时，更激发了他的斗志。

林博一动不动盯着杨若亚，目光十分空洞，好像在他眼里，杨若亚并不存在，或者杨若亚仅仅是一棵没有思想的树。林博轻蔑地说："你知道你在说什么吗？真是妇人之见，难道你在这个新闻里看到了伟大的爱情不成？"

林博的目光并没有吓倒杨若亚。要是以往杨若亚肯定缩回去了，今夜，感谢酒精，酒精让杨若亚决定斗争到底。她在这交锋中感受到快乐。杨若亚问："不管是不是爱情，一个男人为女人去杀就很了不起。你能为我去杀人吗？"

"为你？"林博的脸阴沉了。一会儿，他的脸上露出某种恶毒的表情，慢悠悠地说："为什么要为你杀人？我为什么要杀人？嗯？你有那么伟大吗？"林博脸色铁青。

杨若亚的眼睛一下子像雾一样涣散了，晶莹了。

"我贱好不好？"杨若亚脸色马上苍白了，她觉得自己还是不堪一击。

她喝酒喝得越发凶了。

"我好像喝醉了耶。"她说。

"说自己醉了，说明没醉。"有人说。

"坏蛋，你是不是想灌醉我？"她用一种撒娇的口气说。

她内心讨厌自己的这种口气，但她控制不住。

"你少喝一点吧？"哲浩说。

"只有你心疼我。"她的身子完全靠在哲浩身上了。哲浩似乎有点窘。

酒吧的门晃了一下，她看到一个人出去了。那个宽大的背部她似曾相识。这会儿她确实喝多了，酒让她的头脑既兴奋又有点昏昏沉沉。她大脑的浅层掠过那人的影子，好像是那个人，可她无法深究下去。刹那间那人已消失了，无声无息。她已不能确定是不是那人。

林博拿出了手机。她意识到他在给什么人发短信。要是以往她心里会泛出一丝醋意。林博喜欢和别的女人发一些暧昧的短信。此刻，她没有介意。她觉得自己突然变得大度了，像是变成了另外一个人。

林博发好短信，古怪地看了她一眼。一会儿，她包里的手机振动起来。她拿起来看，是林博发来的。内容是："我知道你没醉。你别装模作样。"

她拿起手机给哲浩看。她说："林博吃醋了耶。"

她真醉了。她朦胧地看到林博的脸色越来越阴沉，这让她感到一种邪恶的快感。看来林博还是在乎她的。就在这时，林博霍地站了起来，把一只酒杯狠狠摔到地下，头也不回地走了。

酒吧突然安静下来。酒吧里的客人都朝他们这边看。杨若亚也有点醒了。她一时有些搞不明白刚才发生了什么。她茫然地看了看哲浩。她发现自己靠着哲浩，把身子移开了些。

林博又回来了。他拉住杨若亚，把杨若亚拖到酒吧门口。哲浩和卢天蕙等人都跟了出去。林博打了杨若亚一个耳光，吼道："你以为你是谁？你以为老子稀罕你？老子如果再理你就不是人。"

林博怒气冲冲地走了。

杨若亚护住自己的脸。这是林博第一次动手打人，奇怪的是她没有什么感觉，这会儿她的心有点麻木，只感到脸上火辣辣地痛。她抬起头，看了看对面的建筑。那是一家旅馆。她看到三楼的某个窗口，有一个人在朝他们这边张望。

八

第二天一早，周密登上了一辆长途汽车。雪已经停了，路边延伸至远处依旧是白皑皑的一片。汽车晃荡着向北京之北开去。周密也弄不清开往何方。应该到了河北。没错，就是河北，他在公路边上，看到"山海关"的路标。他还看到远处的铁轨被碾磨得十分光滑，在阳光下散发着银色光芒。

他下了长途汽车，向附近的树林子走去。树林子绵延几千米。穿过树林他就看到了铁路。一段废弃的铁轨上停放着一节货物车厢。那车厢像某只动物被砍去了头颅和尾巴，孤零零地剩下一段身躯。

他走到铁轨上了。他专心致志地数着枕木。这样专注地做一件简单的事让他感到放松。他发现铁轨和远处的天幕连接在一起，像一把天梯。远处的天幕非常明亮，明亮得像是要把他整个吸走。

周密喜欢比喻。他写过无数的诗。这些诗以爱情居多。他从来没把这些诗歌示人。他的诗和他这张呆板的脸反差太大，他认为没有人会相信这样一张丑陋的脸还能包裹着一颗如此多情的心。他给她看过。那天他以辅导功课为名，把她叫到宿舍。"我热情的目光，落在紧闭的睫毛上的目光，落在无尽虚空中的目光。目光的尽头，我看到洁白的天使和黑色的死亡……"他看着她的反应，希望她能懂，或能感受到他的爱和绝望。他认定她是善解人意的。每次他和她狭路相逢，她总是对他露出甜美而羞涩的笑容。她从不叫他老师，这就对了，他不喜欢做她的老师。

她显得无动于衷。不是无动于衷，她的脸上布满了一种恐慌的表情，这恐慌之中，还带着可能连她自己也没意识到的轻蔑。这表情让他非常恼怒。他第一次在她的脸上看到这种"轻蔑"。

他问："也许我读得不好。你的声音好听，你能朗诵一下吗？"

她局促不安，没有接住他递过来的纸片，仿佛接住这纸片，她将无处可逃。她不停地看门外，像是在盼望着某个救星把她从危难中解救出来。

"读一下会要了你的命吗？"他对她相当不满，脸上挂上了教师的威严。

她终于哭了。哭泣让他不知如何是好。他清醒了点，他开始后悔自己这样做。也许做得太过分了，他想跪下来向她道歉。他真的跪了下来。这次她真的吓着了，她哭泣着逃离他的宿舍。

这之后，她开始逃避他。她不再来他的宿舍。他叫她，她也不来。看到她在远处和一群女孩子说笑，他试图接近她，她总是在他出现前消失。在教室里，她回避他灼热的目光。

周密在铁轨上躺了下来。四周安静得出奇，好像这个纷繁的尘世此刻静默了下来。他耳朵贴着大地，试图聆听大地深处的声音。他听到大地在振动，知道不远处一列火车正在呼啸而来。

死亡在这一刻好像提前降临到他的身上。他感到自己的灵魂正在远处天空上看着他。灵魂脱离身体的时候，他的身体产生了巨大的快乐，简直让他幸福得想要战栗。他的意识清晰而雪亮，好像他已化成了一束光芒把周遭全部照亮了，好像这世界成为他的一首诗。那是他意识里的最后一首诗。他轻轻默念起来：

> 我拾级而上，亲爱的
> 这是我一生的事业
> 和渴望。接近那光芒，接近你
> 但此刻，我已经听到了远处的轰鸣
> 黑色的家伙正向我碾压而来
> 如一把锋利的刀，一如你

......

九

杨若亚真正有了失恋的感觉。她觉得这一次是真的了。这一次她不像往日那样痛苦。她接受了现实，他和她已走到尽头。

真的不再盼望了吗？真的可以放下了吗？她的理智确实做出了这样的判断，但她发现他的形象依旧占据她的思想，成为她思维里唯一的存在。他在干什么？他的心情如何？他真的不再理我了吗？

不过她下定决心不再去他的宿舍。她知道到了他的宿舍，一切还将从头开始，她的伤害将永无尽头。这几日她一直在校园里游荡。她出没于食堂、图书馆、运动场或教学楼，她希望在这样的公共场所碰到他。她只要远远地看看他就好了。她没碰到他，他好像突然之间消失了。

她甚至去过酒吧，希望在那里能找到他。他不在。倒是见到了哲浩。反而是哲浩问她林博怎么失踪了，他干什么去了？她茫然地摇摇头，说，我怎么知道，他同我有什么关系？哲浩严肃地点点头，然后热情地招呼她和他们一起玩。整个晚上，杨若亚魂不守舍。

三天以后，杨若亚有一种不祥的预感。她隐约感到林博出事了。什么事儿呢？生病了吗？他的身体一直很好，不太可能生重病。难道他独自一人去青海了吗？

杨若亚实在忍受不了自己的牵挂，打算去他的宿舍看看。

林博的宿舍在西院。那是一幢建于上世纪初的木结构西

式建筑。据说这是学院最早的建筑，几位赫赫有名历史人物
曾居住于此。西院墙上攀缘着满壁的爬山虎，让这建筑看起
来像一座绿色的城堡。建筑四周有一片枫杨树，在冬日，枫
杨的叶子已经脱落，它光秃秃地指向天空。在阴郁的天空
下，这些枫杨树的姿态给人一种屈原式的天问的感觉。草地
已经枯黄，显得杂乱无章，草根部还积着薄薄的一层雪。杨
若亚迅速蹿过草地，进入林博宿舍。

　　她敲击林博的宿舍门。没有回音。门虚掩着，她推门进
去。她习惯性地朝林博的床上张望。她是怀着恐惧张望过去
的，结果恐惧真的被验证了。不是他不在，他在那儿，穿着
衣服，躺着，身上盖着一条被子，只是被窝有点凌乱。他一
动也没有动，眼睛睁着，嘴微微张开，好像试图说出什么。
他的样子看起来没有什么异样。可她感到异样。她走近他，
颤抖地伸出手，摸了一下他的脸。他的脸冰凉冰凉的。

　　她想尖叫。她最终没有叫出声来。她竟然非常平静，没
有惊慌失措，好像她早已料到他已经死于非命。她仔细观察
他的脸和他的身体。他的身体显得非常松弛，看不出来是死
于非命的样子，好像他的死亡是一件十分自然的事。他的脸
依旧透着阳光般的邪恶——她曾经那样迷恋这张脸。这时，
她看到，一只白蚁在他脸上爬来爬去。有那么一会儿，白蚁
停下来，似乎在看着她。白蚁的翅膀抖了一抖，一会儿它扇
动翅膀，飞了起来。

　　看着白蚁飞翔而去，她突然感到悲伤，无声地抽泣起来。

2007 年 8 月 18 日

游戏房

一

老徐正在自己的自行车修理铺里敲敲打打，做些诸如蒸架、铅皮桶之类的生活小用具，做完了卖给菜市场的摊贩，换点钱补贴家用。这时，隔壁卖水果的王大爷给他带来坏消息：徐小费把一个戏子打伤了，断了两根肋骨。公安把徐小费抓了起来。老徐开始以为王大爷开玩笑，不相信。

他说："我的儿子这么老实，怎么可能做这种事？"

王大爷一脸严肃，说："信不信由你，是我亲眼看见的，你儿子的手上戴着手铐。"

"你没看错吧？"

"你儿子我看着他长大的，还能看错？我又没老眼昏花！"王大爷不悦了。

看着王大爷严肃的脸，老徐着急起来，大概儿子真的出事了。老徐一打听，儿子果然被抓了。

老徐从前是小镇的民办教师，教书做人都认真。他的学生都记得他教鲁迅的《狂人日记》总是摇头晃脑的样子，很像孔乙己在念"多乎哉，不多也"。特别是老徐读狂人"救救孩子"的呐喊，满口本地土语，相当滑稽。学生们私底下开玩笑：不知道是他在教鲁迅，还是鲁迅在写他。民办总归是民办吧，上面说不让你教书就不教了。他只好回家，在这条偏僻的马路上开了一个自行车修理铺，以维持生计。

要同警察打交道，总得找个熟人。幸好老徐教过书，学生中也有当警察的。老徐平时从来不找人的，现在儿子被抓起来了，也只好舍得这张老脸。

总归是曾经受到老徐的教导，学生见到他非常热情，一口一个徐老师，叫得他怪不好意思的。他已有八年没做教师了，没有当老师的那种感觉了。不过警察——也就是他的学生，很快转入了正题，向老徐说了徐小费所犯的事。

"很严重，"警察说，"他们一伙人挺野的，晚上整天在街头瞎逛，我们盯上他们很久了。"

据警察描述，徐小费一伙与那男戏子无冤无仇，打那个男人纯粹是他们看不惯那戏子娘娘腔。

"这帮小子无法无天了。"警察强调。

老徐觉得警察不像在说徐小费，徐小费不是这个样子的，儿子内向沉默，不喜欢同人交往，怎么会拉帮结派呢？到现在为止，老徐还是不能把徐小费和打人这件事对上号。

警察把男戏子受伤的照片递给老徐。老徐看照片。照片上那戏子像一泡屎一样瘫在地上，脸上血肉模糊，几乎没有一块完整的皮肤。肿块和瘀青令这个英俊男人显得十分丑陋。老徐看了直想呕吐，好像这些伤口在他身上，身体不由得一阵痉挛。

"这是徐小费干的吗？"

"徐小费说都是他干的，他一个人干的。"

老徐还是觉得这里面有差错。儿子怎么会这么凶残呢，不可能的呀，儿子品性一直不错的呀，以前还救过人呢。当时天寒地冻，一个妇女跳河自杀，徐小费水性不错，跳进水中相救。女人的丈夫后来还拿来一面自制的锦旗送到老徐家里。

"王勃你记得吗？"警察突然问。

老徐沉浸在自己的想象里，一时目光呆滞，满脸茫然。

"就是几年前绑架他爹的那个孩子。"警察补充说。他的脸上露出一种既不可思议又正气凛然的表情。

老徐想起来了。三年前，王勃伙同他人绑架了他父亲，把父亲捆绑着藏在小镇水库一个废弃的泵房里，然后让母亲拿四十万元钱来赎，否则撕票。公安听闻介入此案，把王勃抓了起来，要判刑。王勃母亲和父亲都向公安求情，花了不少钱，才让王勃免于起诉。

这件事当年轰动了小镇，也许还轰动了全国。那阵子很多记者来小镇采访这案子。据报道，王勃不想读书，整天在外面游荡，王勃的父亲气不过，狠狠揍了王勃一顿，打掉了王勃的一颗牙齿。王勃因为这事才绑架父亲的。

王勃的父亲是小镇的大老板，是个有头有脸的人物吧。在镇子里，他什么都搞得掂，可就是搞不掂儿子。

"现在王勃比谁都牛，整天带着一帮孩子在街头晃，把谁都不放在眼里。"警察说，"当爹的根本管不了他。不过别看王老板现在人模狗样的，年轻时同他儿子一个德性。"

老徐搞不清王勃和儿子有什么干系。难道儿子现在和王勃混在一起吗？

"你是我老师，我实话实说吧。这事幕后指使者是王勃，徐小费只是小喽啰。问题是，徐小费把这事全揽了下来，说那戏子的肋骨是他一个人打断的，他负责。你儿子可真是个英雄好汉。"

老徐脸红了。他记起来了，学生读书时是个调皮蛋，老徐经常教训他，有时候也用这样的讽刺语："你可真是个英雄好汉。"

徐小费还未成年，加上老徐学生从中通融，终于没有去坐牢。第二天，那个警察狠狠地训斥了徐小费一通，让老徐把徐小费带走了。那戏子的医药费得老徐负担。

刚见到老徐时，徐小费目光是慌乱的，不过慌乱转瞬即逝，眼神里马上浮现不以为然的嘲弄的神气。他没再看老徐一眼。

一路上，徐小费在前面走，老徐在后面跟着。老徐的目光一刻也没离开过儿子。儿子确实长大了，背影看上去完全是个大人了。儿子比老徐长得高，老徐很瘦，儿子也算清秀，衣服脱出来，却是蛮结实的，全是肌肉疙瘩。这会儿儿子在前面晃荡的样子，真的像一个二流子。老徐很想追上去，在儿子的屁股上狠狠踢上一脚。

回到家里，老徐准备同儿子好好谈一谈。儿子一直在回避。老徐刚刚培养了交流气氛，徐小费站了起来，在屋子里东翻西翻，也不知他在找什么。老徐的目光一直追踪着他，很恼怒。

后来徐小费进了自己的房间。这房间曾是老徐夫妇住的，自从老徐的女人跟别的男人跑了后，老徐把这房间让给儿子住了，自己则睡在那间只能容身的四平方米大的楼梯间里。这全是为了儿子能有一个好的学习环境。他这辈子没别的指望了，对儿子还是有盼望的，他希望儿子好好读书，将来有出息。

老徐当然不会放过儿子，他必须同儿子好好谈谈。他闯了进去。他发现徐小费迅速地把一本杂志塞到床底下。儿子站在那里，直愣愣地看着他，眼神带着挑衅和嘲讽。老徐真的想给儿子一个耳刮子。他忍住了。他对自己说，要和风细雨，要讲道理。

"怎么做出这种事情？"老徐本想耐心说教，说出的却是居高临下的质问。

徐小费的脸上瞬间浮现白痴一样的微笑，好像他干的那事让他十分满足。不过他马上控制住了，变得十分严肃。

徐小费的表情刺激了老徐。作为曾经的语文老师，他对"恨铁不成钢"这句俗语从来没像现在这样感同身受。他的怒火随时都要爆发出来了。

"我听警察说，这事不是你干的，是王勃让你去顶替的，是不是？"

徐小费低着头。从老徐的角度看过去，徐小费头颅浑圆，像一块没有思维的石头，坚硬而固执。老徐想，难道他的脑袋坏了吗？这么糊涂的事也干得出来！他很想把这脑袋砸烂，看看他到底在想什么。

"你什么时候同王勃混在一起的？"

老徐尽量让自己温和一些，他靠近徐小费，把手搭在儿子身上。

儿子没回答他。儿子的身体一动不动，就好像老徐根本不存在一样。徐小费往床铺上瞥了一眼，快速把一本一角露在被子边的杂志塞到下面。

老徐修养再好，忍耐是有限度的。徐小费刚才的动作让老徐感到特别别扭。愤怒在他的身体里炸开了，他冲过去，一把掀开被子，动作迅速得让他都感到吃惊。老徐看到一个近乎赤裸的外国女人风骚地展示在一本杂志的封面上，夸张的曲线，有一种呼之欲出的感觉。老徐吃了一惊，儿子竟在看这样的书。他刚想去拿那本书，徐小费动作更快，迅速把书藏在身后。老徐气得发抖，苍白的脸上起了红晕。这红晕也许是受封面女郎刺激造成的。老徐给了徐小费一巴掌。

徐小费第一个反应是惊愕，接着脸上露出一种防御的拒人于千里之外的表情，并且目光里有了凶悍的攻击性。这是老徐第一次在儿子稚气的脸上看到如此凶狠的表情。老徐看了心里发毛。他想起警察给他看的那个戏子的照片，现在他相信了，儿子真的会干出那样的事。看来儿子已经变坏了，你瞧他连这种黄书都拿回家看了。看来他对儿子太放心了。

徐小费的目光让老徐不踏实，他没再打儿子，把撩在半空中的手收了回来。

似乎是老徐的那记耳光把徐小费的气打壮了，徐小费没再看老徐一眼，猛然推开门，大摇大摆地走出屋子。然后他狠狠把门摔上。

老徐清醒地意识到儿子的问题比他想象得要严重得多。

二

徐小费是不会把事实告诉老徐的。他不想和老徐谈任何事。没什么好谈的，谈了他也不懂。他和老徐完全是两个世界的人。

徐小费看穿了，这世道不能像老徐那样混。他可不想做另一个老徐，除了穷酸，什么本事也没有。

小时候，他经常听到母亲骂老徐，母亲的抱怨化为最刻薄的语言，像箭一样射向老徐。老徐总是一脸愁苦，沉默以对。后来，母亲学会了麻将，一天到晚在外面赌钱，很少回家。偶尔回来，她总会给徐小费买来好吃的糕点，这让徐小费感到幸福。可有一天，母亲跟一个男人跑了，再也没有回家。

想起这件事，徐小费觉得老徐真是窝囊透顶。更窝囊的是，母亲不但给老徐留下一顶绿帽子，还留了一屁股的赌债。债主们找不到母亲，就来跟老徐要钱。老徐不知道如何处理这件事，总是愁眉苦脸地面对他们，并告诉他们，家徒四壁，没钱可还。他们不放过他，经常跟着他，不时威胁他。

这世界就是这么不讲道理。八年来，债主们像苍蝇一样跟着老徐，徐小费因此感到自己的生活动荡不安。他对所谓的债主们充满了敌意，对这个世界也充满了不信任。他觉得这世界随时都会把他拍死。

他早已看不起老徐了。老徐哪里都让他看不顺眼。老徐干枯的头发、苦相毕现的皱纹、弓起的背、油迹斑斑的衣服都让徐小费感到气馁。老徐的模样像一面镜子，让徐小费感到自己的猥琐，让他自信不起来。

徐小费觉得出生在这样的家庭真是不幸。在学校里，他从来不提自己的家庭，就好像他的家庭是可耻的，见不得人的。

他们衣着光鲜，经常聚在一起吹牛。他们是多么为自己的父母骄傲。他们喜欢吹嘘自己的父母或某个亲戚，吹嘘他们有多么大的能耐，多么会赚钱，如何会搞关系。有一次，一个同学突然问徐小费："喂，听说你爹是个教师？听说我们校长还是你爹的学生？"

徐小费沉默不语。他不想任何人谈起他的父亲，也不想告诉他们父亲只不过是个修自行车的人。他怀疑他们或许早就知道了，他们只是在嘲笑他。

徐小费的衣着很普通，是地摊上买来的便宜货，穿在身上总是皱巴巴的。一个同学出于好心，要把一件不想穿的运动衣送给徐小费。"是新的。"同学强调。徐小费拒绝了，他不需要任何人可怜他。

即使他们没有恶意，这种事还是让他感到屈辱。他因此对他们怀着说不清道不明的仇恨。他知道这屈辱的来源，都是因为自己有这样一个家庭，这样一位父亲。

徐小费不喜欢待在学校里，他喜欢去游戏房玩。游戏房总是很热闹，到处都是声音：人声、电子音乐声、枪声、棍棒声……声音里有一种歇斯底里的超现实的气息。不知道为什么，热闹让他感到安心，好像这热闹里面有一种令人安心的温暖气息。徐小费喜欢游戏房的另一个原因是游戏世界光芒万丈，自成一体，同现实没有任何联系。现实是令人沮丧的，徐小费一点也不喜欢。

他喜欢四号机。四号机装的是杀人游戏，一局游戏下来，可以杀人无数。当各式各样的人在屏幕上应声倒地或灰飞烟灭时，他心里会生出快感，那种把一切砸烂了的快感。

徐小费把大部分课余时间花在游戏房里。他不想读书了，读书他妈的有什么好，又有什么用，考上大学又怎么样。徐小费的堂哥，大学毕业都有两年了，找不到工作，一直窝在家里。堂哥也是个怪物，整天上网聊天，养得白白胖胖的——他大约有两年都没有出门见过阳光了。徐小费的伯父原是造纸厂职工，几年前下了岗，收入很低，靠省吃俭用供儿子读完四年大学，却培养了一个废物。伯父见儿子这个样子，也骂他，让他出去找事做。堂哥根本不理睬。堂哥理直气壮："谁叫你没本事啊？这年头没关系哪里找到得好工作。"有时候伯父气不过，都动手打人了，堂哥倒是不反抗，到外面转一圈，回来依然故我。伯父十分无奈，同老徐说起儿子，总是摇头叹息。

徐小费看穿了，这世道不能这样混了，读书没他妈的用了。反正徐小费是不想读了，一拿起书，他就感到头昏脑涨，就想睡觉。他想起小时候，他怕蟑螂，害怕蟑螂在睡觉的时候爬到身上来，他在睡服里藏着樟脑丸，才能睡着。后来只要一闻到樟脑丸的气味，脑子就变得昏沉沉的，想睡觉。徐小费觉得教科书有一股子樟脑丸的气味，陈腐不堪，也像隔夜的馊饭，令人作呕。

和王勃混，非常偶然。有天晚上，徐小费从街头回校，看到王勃带着一帮人在校门口揍人。他们打的是门卫。徐小费想，也许门卫太称职了，不让王勃进学校。王勃不是这个学校的，他早已不读书了。徐小费停下来围观。徐小费不喜欢这个门卫，他特别势利，见到那些漂亮女孩或有钱有势人家的孩子，眉开眼笑的，对徐小费从来没有好脸色，有好几次徐小费过晚回校，此人不让他进校门，好像他是一个小偷。

门卫已被打翻在地。王勃把他的头按在草地上，其他人在他的身上乱打乱踢。

徐小费知道王勃的厉害。他在游戏房里碰到过王勃几次。每次王勃来，游戏房就不得安宁，总会惹出事来，他或打人或因为运气不好而砸游戏机。徐小费还注意到王勃经常到他们学校来，不但欺侮男同学，还欺侮女同学。不过徐小费听说有些女同学自愿做了王勃的女朋友。

王勃看见了徐小费，向他招了招手，让他过去。王勃命令道："你来打他。"

不知出于什么原因——也许出于一直以来对门卫的反感，徐小费表现得非常疯狂。他对着门卫的要害部位猛踢，仿佛想置门卫于死地。他的疯狂让别的孩子惊骇。后来王勃制止了他。

"好样的，"王勃拍了拍他的肩，"有什么事，你来找我。"

王勃蹲下来，对躺在地上的门卫说："这事你不能告到学校或派出所。"然后指了指徐小费，"也不能出卖他，否则，取你的狗命。"

听到王勃的话，徐小费心里暖洋洋的，心里莫名涌出幸福感和依靠感来。

徐小费就跟着王勃一伙混了。徐小费平时胆子不大，奇怪的是，和他们在一起他慢慢有了一种天不怕地不怕的气概。他表现得比谁都凶悍，出手狠辣。王勃偶尔会冷静地看他几眼，徐小费认为王勃是欣赏他。王勃的态度让他受宠若惊。同王勃在一起后，徐小费变得自信了。

徐小费尝到了一种可以随意处置别人的权力。他喜欢聚众闹事的感觉，当他的拳脚砸向别人时，他会产生一种世界尽在主宰之中的幻觉。他感到自己身上的血液变得有力起来，仿佛血液正在身体里面沸腾，肌肉在身体里膨胀。这种感觉真好，他觉得自己忽然变得高大起来，有了一种居高临下看待周围的一切的目光，走路的姿势也跟着变了，身子晃动得厉害。他觉得这种晃动里面充满了权力感。

他带着这种感觉进学校。他们在他面前变得小心翼翼起来，他们老远见到他，要么鬼鬼祟祟地躲避，要么站着同他媚笑。他感到全身舒畅。说到底他们只不过是群势利鬼，一群没用的傻逼。

戏子的肋骨是王勃打断的。王勃让他全都承担下来。王勃对他说，我不能被抓，你去顶替吧。王勃说得轻描淡写，口气是在恩赐他，好像顶替他受过是一件无上光荣的事。

徐小费开始有些害怕，不过他无力违抗王勃的意志。他只能往好处想，他这样做，以后王勃会对他更好。他答应了。他颇为哥们义气地叫王勃放心，他不会出卖任何朋友，不管他们怎样对付他。

因为徐小费为王勃做出了如此巨大的牺牲，这会儿他十分想念王勃。他希望王勃见到他时会感激他，会对他表达特殊的友好。

他向小镇西边的铁路走去。王勃喜欢带着孩子们在那里玩。太阳已在西边了，光线刺激得他睁不开眼睛，西边白茫茫一片。他爬上了铁轨，看到王勃骑在一个孩子的背上，拍着孩子的屁股，让孩子像马儿那样奔跑。其他孩子在一边起哄。徐小费走过去，加入其中。不知怎么的，他笑不出来。他勉强干笑几声，好像这种场合他是必须笑的，否则会有危险。

王勃从那孩子身上爬下来，一脸满足。他看了看围着他的孩子们。他并没有注意到徐小费。王勃好像忘记了徐小费被抓这件事，对徐小费的出现，他没有任何表示。徐小费感到失望。徐小费私底下情不自禁地对一个孩子抱怨了几句。

远处传来了火车声。王勃的脸上露出邪恶的笑容。边上的人知道王勃要玩什么游戏，一个个变得面色苍白。王勃指了指徐小费和另一个人，让他们躺在铁轨上。

两个人躺在铁轨上，等待火车的接近。在王勃没下令之前，他们不能从铁轨上滚下来。火车撞击铁轨的声音越来越响，快把徐小费的耳膜都震裂了。他觉得火车就要压在自己的脑袋上了。王勃背对着他们，徐小费担心王勃已忘了他们。徐小费全身都是汗。他都感到火车压过来的阴影了。

三

老徐觉得儿子徐小费像一头牛，任他怎么牵，都不回头。

这段日子，他每天都苦口婆心地同徐小费讲道理，希望他好好读书，不要和王勃混在一块儿。

"你这样下去要吃牢饭的。"他警告儿子。

徐小费根本不理他。

有很多次老徐想揍儿子，看着这个比自己长得高长得结实的儿子，老徐还是忍住了。儿子身上肌肉平时一跳一跳的，好像随时想攻击人。儿子身上像是长满了刺，已经惹不起了。他意识到儿子已经不把自己放在眼里了。

眼看着儿子往险路上走，他却一点办法也没有，感到十分心痛。他实在想不通，什么时候儿子变成这德性了呢，他脑子里究竟在想什么，难道他连什么是对什么是错都不明白了吗？

他想起从前一个同事的女儿跟上了一个流氓，同事很着急，动手打女儿骂女儿，女儿就是要跟着那流氓，非常决绝。他觉得徐小费的情形很像那位找错郎的傻女孩，明明在做傻事，却觉得前程远大。徐小费怎么会这么糊涂呢？

老徐决定去一趟学校。他希望学校出面，做做儿子的思想工作，让儿子改邪归正。

虽说老徐只是一个民办教师，但也算是桃李满天下。学校的校长曾在他这里读过书。老徐决定同他谈谈。

校长竟然不知道徐小费是谁。老徐很奇怪，徐小费都被公安抓起来过，出了这么大事，校长居然不知道。老徐对校长很失望。

校长脸上不免有些挂不住，他说："我把徐小费的班主任叫来，你同他谈谈。"

班主任还未到前，校长为了掩饰尴尬，发起了牢骚："徐老师，现在的学生不像我们读书那会儿了，难管啊，都是独生子女，几代人宠着。每天傍晚，校门口接孩子的汽车排成长龙。学生们都虚荣得要命，相互攀比，一个个派头都大得很，好像他们是中东石油大亨的子女。"

校长自顾自哈哈大笑起来，好像他在为自己说出这样一个比喻而扬扬得意。

老徐没有笑，他没心思关心这种事。

"这些都是不良风气，我们也没办法啊……经常有人通过关系要来我们学校上学，有些学生素质很差，没办法，上面打了招呼，根本挡不住。这些孩子特别难管，轻不得重不得啊。"

老徐想，有什么管不得的。他教书的时候，就是镇长的儿子，照样管，管得服服帖帖的。

"现在的学生脆弱，重不得轻不得，你一批评他一下，他给你寻死觅活。有次，我在大会上批评了某个学生，结果他回家就吃了安眠药……"校长长长地叹了一口气。

校长正说上劲儿，徐小费的班主任来了。班主任见到校长就低头哈腰，让老徐十分反感。在他当老师的时候，对任何人都不卑不亢的，哪里像眼前这个教师，看上去简直像奴才。这样的奴才怎么能教得好孩子呢。这世道越来越不像样子了。

班主任是认识老徐的，他警惕地看了看老徐，仿佛在担心老徐在校长面前讲了他坏话。

"出了这样的事，真是没想到。"班主任说，"徐小费平时表现还好的啊，是个挺老实的孩子，不太吭气，只是也不太合群，对同学的态度也不冷不热的。"

老徐听了非常失望。老徐想，他们对徐小费不会比自己了解得更多。这要么是徐小费藏得太深，要么是这些做教师的不称职。他故意问道："徐小费是不是交了坏朋友了？"

"没发现。"班主任的神情一下子变得坚定，"我们学校的风气还是蛮好的，校长抓校风一向抓得很紧。"

老徐"噢"了一声，脸上露出嘲弄的神情。他断定班主任的心思根本不在学生身上，而是把心思全花在拍马屁上了。这种人是不能指望他的，他做思想工作水平不会比自己高明。不过老徐还是把自己来的目的讲了，学校毕竟也是一个组织，有些话他们讲比自己管用，儿子或许能听他们的。

校长满口答应。班主任表态："一定找徐小费好好谈谈。"

老徐对他们不抱希望，不过再多说也没意思了。老徐起身告辞。

老徐出学校大门时，有人叫住了他。没叫名字，只是粗暴地喊了一声"喂"。老徐有些慌张。这年头能管他的人太多了，他经常这样被人吆喝来吆喝去的。他回头一看，是门卫。他一脸疑问地站在那里。门卫向他招招手。

他迟疑了一会儿，还是走进了传达室。门卫的目光里有一种债主般的神情。这神情他太熟悉，八年来这种表情一直跟随着他。

"你是徐小费的爹？"

老徐点点头。

门卫关上门，撩起自己的衣服，露出一个白晃晃的肚子，上面有一些伤痕。

"你看见了吧？你儿子的杰作，他不学好，已成了小流氓。"

老徐这才明白门卫叫他的原因。老徐没表态，只是听着。

"你儿子完了。我原来以为他是个老实人。他过去从不惹是生非，现在已变成了坏人。"

门卫开始列举徐小费种种劣迹，老徐听得心惊肉跳。老徐想，儿子再不回头，这辈子也许真的完了。也许他应该同那个叫王勃的流氓好好谈谈，让他放过徐小费。

老徐从门卫出来，不由得加快脚步。他必须采取行动，不能再等了。

四

王勃新搞了一辆本田摩托车，有一只 500 CC 的汽缸，发动后那低沉的声音像一只怒吼的狮子，摄人心魄。徐小费很想坐在上面驾驶一次。他们都驾驶过，他们开车的时候，头发和衣服都向后面吹起，看上去像是一只蹲在半空中的鸡。徐小费也想做这样一只鸡。王勃不让他动摩托车，有一次他伸手摸一下，王勃无情地大骂："他妈的，你别碰我摩托车。"

这几天王勃对徐小费很不客气。徐小费感到非常失落。

他知道其中的原因，父亲找王勃谈过话了。他不清楚父亲同王勃谈了什么，他听说父亲跪在王勃面前，一把鼻涕一把眼泪要求王勃放过徐小费。想起父亲这种傻逼样，徐小费心底涌出一种近乎自虐的情感。父亲把他的脸丢尽了。不知怎么的，他的心里产生了对不起王勃的愧疚感，同时涌出的是无尽的空虚感。

有一个孩子把他那天在铁轨上对王勃的抱怨告到王勃那儿。王勃独断专横，不能容忍别人对他有意见。

徐小费来到铁路线，他们正围着王勃在七嘴八舌。王勃的摩托车停在一边。摩托车的铁皮被砸烂了，前轮以及后座的油漆剥落。王勃的摩托车被人砸了吗？徐小费断定他们在议论这件事，猜测究竟是谁同王勃过不去。

徐小费来到摩托车边，用自己的衣服袖子去擦摩托车被砸伤的部位。王勃突然尖叫起来："你他妈的想干什么？"

他撩开围着他的那些人，冲了过来，他推了徐小费一把，说："你他妈的整天跟着我干什么，给老子滚远一点。"

徐小费脸色煞白。王勃现在真的不把他当朋友了。他非常沮丧。再待下去就没有意思了。他转身走了。他的背影看上去非常孤单。

这天徐小费一直在街头闲逛，漫无目的。天很热，是夏季了，走在街头，头上渗出豆大的汗珠子。他眼神茫然，他的耳朵却总是关注着身后的一切。近来，他老是觉得背后有人跟踪着，每次回头，看到的只是空荡荡的马路。徐小费觉得自己有些疑神疑鬼了。

中午，徐小费来到了游戏房，径直走向四号机。有一个小学生模样的孩子正在四号机玩，见到徐小费，马上中断游戏，让给了他。自从徐小费和王勃混在一起后，小孩们都怕他了。他面无表情，打起杀人游戏。屏幕的光影投射在徐小费专注的脸上，让他看起来犹如一个冷血杀手。他感到全身放松了。杀人他妈的就是爽。他喜欢这种感觉。

他喜欢游戏世界里的逻辑。游戏世界的逻辑总是十分简单，看不顺眼的一切你都可以去摧毁，看不顺眼的人你可以杀掉——只要你有能力把对方杀掉。在游戏世界里，徐小费有的是胆量和智慧。

现实的逻辑要复杂得多，复杂得让你无法理解。现实里他总感到自己被捆绑着，要实现自己的心愿是多么难。有时候他真想站在东门口，把过往人群杀个片甲不留。他知道这一切只能在游戏中实现。

杀人游戏正进入关键时刻。西方武士装备先进，有红外线夜视仪，可以躲藏在黑暗中，是个非常厉害的狙击手。每当他出现，徐小费整个身心被调动起来。杀掉这个人带给他莫大的成就感。他操纵游戏杆，潜入黑夜。他的双眼炯炯有神。

四号游戏台边上出现一个暗影。有人站在边上一动不动。游戏太吸引人了，他无暇他顾。他是游戏高手，经常有人立在一边观摩的。他在游戏里和西方武士周旋。

他终于瞄准那家伙了。要瞄准那个家伙的机会很少，而且转瞬即逝，但他抓住了这个瞬间。这全凭直觉。血液准备在他身体里欢畅地流动了，就等着杀死那人的时刻。他想这种快感大约和足球运动员进球的感觉类似。他扣动扳机。

一只苍老的手按住了按钮，屏幕上的一切瞬间消失了。他全身的血液有一种被抽离的感觉，好像此刻他正悬置于上不着天下不着地的空间里。他胸中盛满了怒火。

他抬头见到一张悲哀而绝望的脸。他这才知道站在四号机边上的是老徐。

他一点也不惊慌，相反他似乎在老徐这里找到了发泄口。他在王勃那里受到那么大的委屈，他需要发泄。而这委屈就是老徐带给他的。委屈转化成了对老徐的怨恨。

"为什么不去读书？"

"没劲。"

"你究竟想干什么？"

他瞪了老徐一眼，眼里全是不耐烦。他从口袋里摸出筹码，准备再玩一局。他打开开关，屏幕上立马跳出一个武士。徐小费脸上露出白痴一样的笑容，好像这会儿他见到了日思夜想的亲人。

"再这样下去你以后怎么办？"

刀光剑影在屏幕上闪耀。徐小费操纵着游戏里的人物，好像老徐已不在这世上。徐小费双手修长，显得既有点神经质又十分灵巧。在老徐看来，儿子灵巧的双手像是对他的绝妙讽刺。

老徐全身颤抖起来。他感到肚子里灌满了无处排遣的悲愤和绝望。他拿起一把椅子，向徐小费砸去。徐小费太过投入，没有躲避。椅子砸到他的头上，椅腿当即断裂。老徐被自己突兀的行为搞蒙了。

最初徐小费以为自己是被游戏中的敌手击中了。经常这样，当敌手击中了他，他的身体会出现真实的疼痛。他迷恋游戏同这种感受不无关系。他马上发现真正的打击来自老徐，他愤怒了。他像游戏中的英雄一样，一头撞向老徐的胸腔。老徐应声倒地，头重重砸在三号游戏机上。三号机被撞开了半米。

　　行为有它的惯性，一个行为会带出另一个更激烈的行为。徐小费多年来对老徐的怨恨全爆发了。徐小费已失控，觉得眼前这男人就是他仇人。这个男人已躺在地上，手抚着头。徐小费还没放过他，用脚在踢他的腰。玩游戏的孩子围了上来。游戏机全停了，四周一下子安静了下来。

　　徐小费清醒过来。不过他的情感一时比较麻木，他还不清楚自己干了什么。他看到老徐从地上爬起来，脸色异常平静，仿佛什么也没有发生过。可恰恰是这平静让徐小费害怕，好像这平静中深藏着某个可怕的灾难。

　　老徐没再看徐小费一眼。他掸了掸身上的尘土，缓步向游戏房外走。一会儿他消失在门口刺眼的光芒之中，就好像老徐是被光芒吞噬了一样。

五

　　天气越来越热了。阳光照在建筑和街道上，照在老徐身上。阳光仿佛有重量似的，让他步履沉重。他觉得阳光像是一个罩子，罩得他透不过气来。有几个老头在树荫下聊天，他们上身穿着背心，胸口挂着汗滴。有人把背心顺着身子上卷，露出一个苍老而饱满的肚子。

　　老徐的神情有点儿恍惚。

　　不过他清楚刚才发生了什么。儿子揍了他。儿子竟然揍老子了。这是什么世道啊。他望了望天，好像天空中有他的依靠，他肚子一酸，眼泪哗哗哗地流了下来。

　　"老天啊，我为什么这么苦命呢？"他在心里喊道。他是个无神论者，不相信算命之类的玩意儿，但这会儿他真的感到冥冥之中有力量在同他作对。他接二连三地受到打击：先是不让他再当教师——他多么热爱教育事业啊；接着老婆同别的男人跑了，老婆跑了还不算，还给他带来一帮债主，整天跟在他的屁股后面；现在儿子成流氓了。

有很多事老徐搞不懂。儿子对王勃怎么这么死心眼呢？王勃对他寡情薄义，他却讨好那个流氓，简直如奴才一般，徐家怎么出了个奴才呢？老徐了解过了，王勃没有人性，他不把跟着他的孩子们当人，但是这些孩子把王勃对他们的折磨当成荣耀。老徐搞不懂。

老徐到了他的自行车修理铺。

生意一向不是太好。主要是地段不好，太偏了，来的都是老顾客。老徐手艺好，胎补得结实，就是高温天气，补过的地方也不会熔化。

身子有点儿疼痛。刚才没感觉到，这会儿倒是隐隐发作了。

坐在修车铺里，老徐的情绪稳定了下来。下一步应该怎么办？怎样才能让儿子改邪归正呢？他实在想不出来。儿子现在连老子都敢打了，还有什么事不敢做的呢。他实在想不出法子。也许唯一可做的是把儿子杀死。他真想把儿子杀了。这样的人活在世上还有什么用。

可转眼一想，儿子实在也是个可怜虫。这几天老徐偷偷地跟踪着儿子。儿子其实是孤单的，很多时候他都是独处。可是独处的儿子更可怕。他一个人在街头晃悠，只要没有人注意他，他就想破坏些什么。他扎停在路边的汽车或摩托车的轮胎。他似乎喜欢听到气从胎里冒出来的声音，总是要等车胎里瘪了，才缓步离开。干坏事时，儿子脸上挂着古怪的笑容。有时候对面过来一个漂亮姑娘，老徐担心儿子会做出格的事，倒是没有，姑娘过来时，儿子特安静，安静得像个乖孩子。不过谁知道他心里怎么想的呢。

有人进了修车铺。老徐脸上挤出艰难的笑容。他实在笑不出来。

"日子到了。"那人说。

老徐茫然地看着那个人。那人身子结实，脸倒是很清秀，戴着一副金边眼睛。他是开压路机的。有一次同一个民工吵架，他操作压路机，用压路机的抓斗横扫民工，差点把民工撕成两半。看着这张清秀的脸你根本不会想到他有那么一股子狠劲。

"你看我干什么？钱呢？"那人突然提高了声调，声音里面充满了厌烦，好像他已经受够老徐了。

"我没欠你钱。"老徐说。

那人狠狠地推了老徐一把，老徐倒在一堆零件上，双手硌出了血。

"碰到像你这样的人真是倒霉。"那人一边吼叫，一边踢老徐。老徐的身子蜷缩成一团。

那人抓住老徐的衣襟，把老徐拉起来，然后对着老徐的脸，狠狠给了老徐一拳。老徐的一颗牙齿从嘴巴里飞出来，砸到一块钢板上，发出清脆的撞击声。

六

徐小费打了老徐后，心里很不安。他一直偷偷跟着老徐，毕竟这个男人是他的爹。

徐小费看到那人揍老徐，一路上的不安马上被愤怒所取代。他很想冲出去，教训那人，他却迈不开步子。他知道打不过那人，他和老徐两个人也打不过他。徐小费害怕了。

他对心中涌出的害怕感到奇怪。王勃让他打人时，即便打不过对方，他也从不害怕，而是相当勇敢。现在他却不敢主动跳出还击，难道他也只有趁着人多势众逞能而已？

王勃让他打人时他真的不害怕吗？细想想其实也是害怕的。只是他不想让王勃看不起，这个念头超过了他的胆怯。人真是很奇怪，打架时他其实用不着那么凶狠的，可不知道为什么——也许是想掩饰恐惧，他总是出手狠毒，比任何人下手都重。

"我和老徐一样的，是个孬种。"他躲在暗处，狠狠地打了自己一嘴巴。

那人对着老徐吐了一口痰，走了。老徐艰难地站了起来。看着老徐乱草般的头发，看着他步履蹒跚的身姿，徐小费感到无以言说的伤感。

看到那人远去，徐小费跟了上去。他不清楚自己究竟为何跟着那人。这一天发生的事情都太突然了，都让他有些糊涂了。某刻他觉得自己正在游戏房里，操纵着游戏杆，而那人已被锁定，无处可逃。

他跟着那人穿过一条长长的小巷。中途那人还回过头来用警惕的眼神看着他，一会儿看到那人进了屋子。

从那人屋子里出来，徐小费不再平静，他身子发软，有点迈不开步子。他分明是在移动的，只是他感到移动的不是他，而是路面本身。他的脑子恍惚，朝铁轨那儿走去。站在铁轨上，可以看见那个女人。那个女人喜欢站在窗口。她穿得很少。

他们在铁路上展开双手，兴致勃勃地在轨道上行走。铁路在一个高坡上面，从这里望去，他们像是融入了天空。天空非常蓝，蓝得晃眼，使他们看上去像在演一出皮影戏。王勃走在最前面，他摇摇晃晃的样子，就像皮影戏里的踉踉跄跄的老妪。

他们看见了他，都安静下来，站在铁路上，居高临下地看着他。由于是背光，他看不清他们的脸。

"有事吗？"是王勃的声音。那声音也是居高临下的。

徐小费不知怎么回答。他知道自己闯了大祸了。此刻他非常软弱，他在心理上对王勃充满了依赖，他觉得王勃是无所不能的，他希望王勃了解这件事，能想出办法来救他，或者把他藏起来。他感到自己要瘫成一堆泥了。

"你有事吗？"还是王勃在问。他的声音里面充斥着一种懒洋洋的厌烦情绪，带着一股瞧不上人的劲儿。

"我杀人了。"说出这句话，徐小费自己都吓了一跳。同时他长长松了一口气。他终于说出了这句话。这句话早已在他的舌尖上挣扎，想从他的嘴巴里蹿出来。

他们安静了好一会儿，然后王勃突然大笑起来，他们也跟着嘎嘎嘎地笑出声来。他们越笑越欢，仿佛徐小费刚才讲了一则笑话。他们捂着肚子，表情夸张。

徐小费觉得自己快站不稳了，他要哭出来了。他怕王勃看到他的眼泪而看不起他，转身离去。

天空明亮得让人心惊。正午的阳光从天幕倾泻下来，笼罩一切。徐小费走在大街上，建筑、汽车、树木、行人都放着光芒，好像这天地间没有一丝暗影。他无比虚弱，觉得自己就要在这阳光中消失了。他在街沿上坐了下来。他不知向何处去。此刻他觉得自己是天底下最孤单的孩子。

徐小费回家了。门锁着。有好几天没回家住了，他找不到钥匙，不知道丢到哪里了。他不清楚父亲是不是在家，他敲了敲门，里面没有声响。他不知道父亲这会儿在哪里。他望了望天。他感到口渴，咽了一口唾沫。

门开了。他转过身。父亲站在门口。父亲平静地看着他，眼神里有一种遥远的寒冷和悲哀。一直以来父亲同他说话时总是躲避他的眼神，这会儿父亲直愣愣地看着他，目光绝望。

徐小费无法正视父亲。他几乎想哭出声来。像是为自己壮胆，他冷冷地说："你可以放心了，那人不会再来找你麻烦了。"

他再也忍受不住了，哭出声来。他掩着脸，跑进了自己的房间。

父亲抬起头，满脸吃惊地看着徐小费。

徐小费爬到床上。他感到很累，想好好睡一觉。他知道他再也睡不着了。

七

第二天，老徐的身子骨很痛，没起床，也没吃东西。他没有饥饿感。他不知道徐小费是不是在屋子里。他一直迷迷糊糊地睡着，直到听到有人敲门，才醒过来。

他不知道谁在敲门。他起床，看到床头放着四只包子。包子冒着微弱的热气。老徐心头一热，差点没掉下眼泪。徐小费从来没这样孝顺过。见到包子，他差不多已经原谅儿子了。

敲门的是王大爷。王大爷神色慌张，站在门口说，昨天打他的那个家伙被杀了，在他自己家里面，现在警察已到了他家里。王大爷一边说，一边观察老徐的脸色，目光像探照灯般发亮。老徐出了一身冷汗，脸色也顿时变了。

老徐一直有一种不祥的预感。昨天儿子回家时哭着说出这样的话，让他吃惊。他猜想儿子可能对那人做了什么事。他想问儿子的，但昨天他心情灰暗而沮丧，对什么都提不起劲，结果没问。没想到那个人被杀死了。是徐小费吗？如果是他，那真是闯大祸了。

"你还好吧？"王大爷问。

"没事。"他艰难地说。

王大爷走后，他关上门，靠在门背上，直喘粗气。他有点晕眩。

儿子换洗下来的衣服堆放在卫生间里。他蹲下来，拿起衣服，对着光线看。他看到衣服上暗红色的斑点，浑身颤抖起来。看来儿子真的闯大祸了。

像是为了不让自己哭出声来，他拿起包子，塞进嘴里面。现在他明白了，儿子闯祸了才想起对他好。他被包子呛住了，拼命地咳嗽。他越咳，眼泪流得越欢畅。由于憋气憋得厉害，他仰天长啸般地呼吸。

他没再去修理铺。这一天真是漫长啊。老徐坐在屋子里，看到窗外树的影子慢慢变长、变大，然后消失。树枝一动不动，没了生命一般。周围的市声在老徐听来显得十分遥远，好像那声音不是这个世界发出来的。老徐有些麻木，脑子仿佛凝固了一样。他希望儿子早些回来，又希望儿子永远不要回来。

徐小费是过了半夜回家的。儿子见到他坐在黑暗中，吓了一跳。一天不见，儿子像变了一个人，头发蓬乱，眼神迷茫，看上去又黑又瘦。他眼圈泛红，好像泪水马上就要掉下来了。徐小费见到老徐，没有打招呼，低着头朝自己房间走。老徐拦住了儿子。

"是你干的吗？"

老徐多么想得到否定的回答啊。当他看到儿子的眼泪倾泻而出，知道答案是肯定的了。他感到胸部像是被重拳击中，有点站不稳。

"是你干的吗？"

徐小费无力地跪了下来。他终于哭出声来。他的哭声听上去有一种与年龄不相称的幼稚。老徐狠狠地踢了他一脚。吼道："杀人偿命，你难道不知道吗？"

徐小费捧住了老徐的腿，他的眼泪沾在老徐的裤腿上，滑滑的，让老徐心痛。老徐心一软，再也动弹不了了。老徐自己也哭出声来："天哪，天哪，天哪，你怎么可以这样……"

"爸，救救我，救救我……"

徐小费哭着哀求老徐。这会儿再也看不到儿子身上的霸道了，他显得非常软弱，也非常可怜。毕竟他还只有十五岁，还是个孩子啊。

老徐抬头望着天花板。屋子里很黑。老徐一直没开灯。他不敢开灯，仿佛灯一亮，一切就藏不住了，一切会真相大白。老徐想让自己平静下来。他得想想办法。可又能想出什么办法来呢。

老徐让儿子先去睡觉，一切明天再说。他没睡，坐在黑暗中。他脑子一片空白。他看了看墙上的钟，已是凌晨三点多了。再过一阵子，天就要亮了。他想，天一亮这个家真的毁掉了，家破人亡了。

他听到徐小费的房间传来均匀的呼吸声。他竟还睡得着。老徐突然感到愤怒。

他来到儿子的床前。熟睡中的儿子面容十分安详，好像发生的事情同他没有任何关系，而他完全是无辜的。他的这副样子像是对老徐焦虑的嘲笑。

老徐又涌出了那个念头，把儿子掐死。这样的人以后怎么生活啊，他这一辈子都毁掉了啊。做了这样的事，他的命运是看得见的，再也没有好日子过了。他屏住呼吸，颤抖着伸出手去……

夜很黑。气象预报说，今夜有雷阵雨。没有一丝风，空气闷得要命。他觉得黑夜犹如一块坚硬的铁板压在他的胸口。他发现泪水早已沾满了他的眼。

晶亮的泪水像一盏灯一样把周围照亮了，屋子里变得亮堂起来。他知道那只是幻觉。从前他们一家三口共享天伦，他是个光荣的人民教师，教书育人，他的人生充实而喜悦。那时徐小费是个虎头虎脑的孩子，天真可爱……

老徐下不了手啊。他几乎是从儿子的房间逃出来的。

他听到远处的惊雷，雷声同他的心脏产生了共鸣，心脏也跟着颤抖起来，这种颤抖让他产生一种身体即将消融的幻觉。他真的想让自己就此消融，他已经活够了。也许让自己消失是最好的解脱。

活着有什么劲呢。他教书的时候，看着天真的孩子们，从他们的眼神里看到美好的未来。可是好日子并没有来。他偶尔会在街头碰到他们，他们让他感到陌生。他不时听到他们的消息，关于他们的如狼似虎般可怕的消息。什么时候这世道变成虎狼了呢？他一直以为自己可以教书育人的，到头来连自己的儿子都教育不好。

他在房间里摸索。家里没有好的家具。电视机是十年前买的，放起来图像都会变形。柜子很小，线脚已经脱落。他从里面拿出一件衬衫放在一边。他又是呆呆坐了一会儿，目光遥远似梦。他想起什么，打开抽屉，抽屉很乱。妻子走后，他没有好好整理过。他把手伸进去。他的手伸了出来，手上多出一支圆珠笔。

他好久不用笔了，那圆珠笔差不多不能走水了，他非常细心地反复在纸上划，划着划着心头就划出许多不平，他越划越用力，结果圆珠笔折断了。他抬头看窗外，雨还没有来临，空气混浊不堪。

圆珠笔的水终于出来了。他沉思了一会儿，在纸上写道："×××是我杀的，我有罪，我自杀谢罪……"

他从屋子里拿出一根麻绳，麻绳有手指那样粗，他紧紧地攥在手里……绳子一下子勒紧了老徐的脖子，老徐觉得自己的身体像一个气球，胀得失去了知觉。慢慢地，他感受不到身体的存在了，他的意识集中到脑袋，他的思维特别清晰，从来没有这么清晰过，好像此刻他终于看清了人生真相。他甚至有点迷恋这种感觉，觉得就此死去不免有点可惜。

八

这天晚上，徐小费一直处在惊恐中。这世界同以前不一样了，到处都是声音。声音把他劫持了。他自己也搞不清楚为什么要杀掉那人。他跟着那人时没有想过。他跟着那人进入屋子，看到那人的家如此富丽堂皇，他突然感到委屈，想也没想就拿出刀子刺向那人。

他一直在等待警察找上门来。他知道这次逃不了啦。也许他这辈子再也见不到老徐了。面对老徐，他心怀愧疚。老徐为他操心了一辈子，他终于还是惹出了大祸。他除了给老徐买几只包子，此生再也不能报答老徐了。

他躺在床上，开始有些辗转反侧，但他毕竟太累了，一会儿就睡着了。他睡得很死，屋子里发生的事他一点也不知道。他做了一个长长的梦。

他梦见自己站在铁路线的高坡上，看着远去的窗口。窗口里面有一个丰腴的女人。他经常到这里偷看女人。现在这个女人进入了他的梦中。在梦里那个女人脱光了衣服。他看见了她的身体。这身体激起的不是他的欲望，而是眼泪，就好像这女人是他的母亲。他想伏在她的怀里痛哭一场。

做梦毫无逻辑可言，一会儿徐小费又进入了第二个梦。他梦见自己在某个游戏世界中，成了一名侠客，在各路高手中所向披靡。游戏的场景一直在变换，最后变成了现实中的东门口。东门口人来人往，熙熙攘攘。他扣动扳机，向他们扫射。他们或应声倒地，或像纸片一样飞向天空。王勃就站在他的身边。王勃十分友好地把手搭在他的肩上，叫他哥们。徐小费感到受宠若惊，充满感情地看着王勃，好像他终于找到了组织，此刻他愿意为王勃而死。

那天晚上处在惊惶中的徐小费做的两个梦，都算是美梦。徐小费感到很幸福。

2006 年 8 月 29 日

诗人之死

一

李凡在美香屋子外学鸡叫。现在是晚上十点钟。如果是子夜，李凡那样子简直像《半夜鸡叫》里的周扒皮。

"这么热的天，你还想那个？"

美香从后门出来，说话的声音听上去鬼鬼祟祟的。

李凡说："他娘的，这月光，照得我心慌。"

美香在李凡的大腿上掐了一把。她说："馋嘴猫。"

"你爹妈呢？"李凡涎着脸嘿嘿笑。

美香白了他一眼，迈开步子往前走。李凡跟在她的身后。她屁股扭得很夸张，热气腾腾的，就好像屁股是两只刚出炉的馒头。

美香爹妈不同意美香嫁给李凡，他们嫌李凡只是一个仓库保管员，地位低。李凡认为美香爹妈是势利眼，害得他谈恋爱像偷情，害得美香不肯在公开场合和他约会。李凡不服气，他们不知道他是一个诗人，虽然管着仓库，但终究是诗人啊。李凡喜欢管仓库，这工作清闲，没人打扰，他可以看书写作。李凡敢肯定他看的书在这公司里无人能懂。《尤利西斯》是一部天书，连李凡都不敢肯定自己有没有看懂，不过他确实一字不漏地读了一遍。据说有人统计过，全世界读完这部书的人不足万人，而李凡就是这一万人中的一个。当然同美香爹妈谈这个等于鸡同鸭讲，其难以理解的程度不会低于《尤利西斯》。

他们来到仓库的后门。美香还没进屋，李凡就扒了她的裤子。

"急什么啊。"

李凡就是急啊。他关上门，把她按倒在地。美香倒是挺安静的，睁着眼看着急吼吼的李凡。每当这个时候她总是很安静，随便李凡动手动脚。美香自己都感到奇怪的，她做爱其实没什么激情。她喜欢到仓库里和李凡约会，更多的是她喜欢仓库里堆放的长筒丝袜和文胸。她对这些东西的兴趣要大过做爱。

李凡渐入佳境，仓库里却突然出现响动。最初李凡以为是耗子在乱窜，撞翻了仓库角落的物品。紧接着李凡听到有人在喘气，喘气声虽比不过李凡，不过比美香要响。李凡这才记起今天白天的事。

白天，公司王总经理和他的手下把一只麻袋放到李凡管着的仓库里。当时李凡看到麻袋在蠕动，猜里面装的是人。李凡不敢问是什么人，想应该是个小偷。王总临走前对李凡说，好好看管麻袋，不要让他跑了。李凡严肃地点点头。

没想到这会儿麻袋里的家伙坏了李凡的好事。李凡很生气，从女友的身上爬起来，来到麻袋边，对着麻袋撒了一泡尿。他警告麻袋，要他安静一点。麻袋里的人没出声，只喘气。李凡想，里面的人嘴巴一定被封住了。

麻袋果然不再出声。美香问李凡，那是什么东西。他把来龙去脉说了一下，继续完成未完成的好事。美香听了李凡所说之事，竟然异乎寻常地激动起来，在下面变得千姿百态。李凡想，一定是那只麻袋让她有了一种表现欲。这倒是同美香喜欢丝袜文胸这类性感的东西一致，本质上并不是为了悦己，而是给旁人看的。她情欲勃发，呻吟得十分夸张，像三级片里的女优。被她带动，李凡也卖力耕耘。李凡不应该在仓库里做这事，公司要是知道了肯定要批评他。不过他料定麻袋里那个家伙肯定不是公司里的，他不会怕让那人知道他的勾当。美香的表现让李凡明白，人他娘的都有表演欲望，有人在旁观看就是不一样，干起这事也比往日花样百出。说得不雅一点，这人吧或多或少有点裸露癖。

这天美香心满意足。她从地上爬起来，穿好裤子，扣好纽扣。他照例爬到仓库货物堆里，去找她喜欢的性感物件。李凡的公司名头是制衣厂，其实是生产情趣用品的。这并没什么不好，作为一个仓库保管员和诗人，他因此也有了资源。外地的诗友到他这里来，他们需要的话，他会送他们一套情趣产品。至于他们怎么用他就不管了。所谓情趣用品，一个人可以用，两个人也可以用，如果有特殊爱好，多人也可用。美香站在那堆东西上面，调皮地举起一个假阳具，不过她还是不好意思的，脸红了。这说明她多少有点纯洁。后来她挑了一条镂空的三角裤。她已从这里拿了无数条三角裤了，李凡从没见她穿过，她到他这里来时总是穿着又土又厚的内裤。李凡问她，为什么不穿那些情趣服饰？她脸一红，说，人家难为情嘛。李凡怀疑她拿走的那些情趣内裤送给别人了。

她把情趣内裤塞进包里就走了。每次都是这样，她总是匆忙回家，好像急着回家试穿情趣内裤似的。李凡一个人无聊的时候，会想象一下她站在镜子前，上身赤裸、下身穿着情趣裤的样子。

李凡送美香回家。走出仓库外面，美香让李凡同她保持距离，她在前面走，李凡必须在十米之外跟着。李凡感到屈辱。他认定美香没下定决心和他谈恋爱，随时准备撤离。她解释，是怕她爹妈，要是爹妈知道的话会打断她的腿。

李凡想到她是冒着失去一条腿的危险同他"偷"情，就不去计较了。

二

李凡走在回仓库的路上，夜已经很深了。街上面已少有行人，子夜的气息让人昏昏欲睡。他准备回到仓库洗漱一下就睡觉。刚才太卖力了，是有点累了。

进入仓库里，他闻到一股混浊的气味，倒是没了睡意，回味了一会儿刚才和美香的肌肤之亲。仓库里很安静，一点声音也没有。他突然想起那只麻袋，这会儿麻袋一动不动，里面的人像死了一样。他的一泡尿把他浇死了吗？他不禁有点好奇，不声不响来到麻袋前，仔细观察起来。麻袋内的家伙突然发出声音，吓了李凡一跳。

"没想到你女友偷仓库里的东西，没想到你是个内贼。"

声音很威严，李凡很熟悉。李凡一时想不起是谁的声音。麻袋怎么就突然说话了呢？难道里面的人把封口的东西搞掉了？李凡一时心虚，觉得自己低了下去，像一个犯罪分子，那只麻袋却高大起来，变成一个审问罪犯的警察。不过他马上打消了这个念头。

"你是谁？"李凡不耐烦地问。

"我是王大有。"麻袋里的声音已经有点恼怒了。

李凡愣了一下。他知道王大有是谁，是公司的董事长。他觉得这不可能，简直是天方夜谭。董事长是总经理的爹，总经理怎么会把爹绑起来塞在麻袋里呢？

李凡习惯性地笑起来："你是王大有？王大有可是我们董事长，难道董事长改行成了仓库保管员？"

麻袋不再发出任何声音。李凡突然觉得麻袋变得威严起来，仿佛里面有一双充满权力的眼睛盯着他，令他想起乔治·奥威尔《1984》里无处不在的老大哥。

"我不信你是我们董事长。"李凡的口气已软多了，"如果你是董事长，王总怎么会把你搁到我这儿呢，他是你儿子啊。"

袋子里的人长长地叹了一口气。这一口气叹得，把他刚才的威严也叹走了，他的口气刹那间变得无比软弱。他说："家门不幸啊，家门不幸啊……"

自称董事长的人抽泣起来。抽泣声在黑暗而安静的环境里产生回声，听上去特别让人愁肠百结。董事长创建这个公司不容易，在公司史迹馆的墙上展览着公司发展的不凡历程，还存列着多位党和国家领导人同董事长的合影以及党和国家领导人为本公司留下的珍贵墨宝。董事长现在却被装在麻袋里哭泣。抚今思昔，怎不令人感叹。如今董事长年岁大了，按计划，他把公司的一部分事务慢慢交给了儿子（也就是王总）打理，可是儿子立住脚跟后在公司培植了大量自己的人马，不听董事长的话了。董事长想废了儿子，没想到儿子先下手为强，把他绑起来装在了麻袋里面。

董事长说的事李凡有所耳闻。其实李凡听到的更有戏剧性。站在诗人的角度看世界，凡有戏剧性的事儿离不了男女关系。董事长和王总父子闹矛盾同样起源于男女关系。董事长虽然年迈，人老心不老，在外面有了小三，并且生出同小蜜结婚的念头。董事长还许诺小三，未来要把公司交给她管理。据说董事长已把部分资产转到小三的名下。

李凡觉得麻袋里的人可能真的是董事长，他不免担心起来。其一，他曾对着麻袋撒了一泡尿，董事长一定很生气。其次，他把美香带到仓库，并且当着董事长的面"偷"情，董事长不会高兴。再次，美香顺手牵羊，拿走公司仓库的情趣用品，董事长会把李凡当作仓库的耗子。公司的人说董事长老奸巨猾，目光洞幽烛微，还特别抠门。如上三点让李凡异常心虚。李凡觉得作为仓库保管员，他确实不够检点，全国各地的诗友来看他，他经常给他们情趣用品。

"你快放我出来，我会报答你的。"麻袋里的人说。

李凡没吭声。他想，先看看那人的脸，确认不是董事长再说。他回宿舍拿了一把手电筒和一张刀片。他对着那人的脸，在麻袋上划开一道口子。他扒开口子，用手电筒往里照。他看到一张扭曲的脸，因为手电的照射，那人闭着眼睛。不过李凡马上认出来了，是董事长。

"你真是董事长啊。"

"快放我出来。"

在手电筒光线下，董事长露出一脸祈求。李凡从没见过董事长这种对人谄媚的表情。这表情让他想起马路乞讨者。

李凡这时突然意识到前面那三点担忧还是比较表面的，

还有更深层的局面需要他来面对和抉择。李凡的思考过程
如下：

董事长和总经理是公司的头头，都得罪不起。不放董事
长，就要得罪董事长；放了董事长，总经理会生气。这是两
难选择啊。得罪谁损失更小呢？这个问题有点难以判断。从
总经理把董事长装进麻袋这事看来，显然总经理得势，公司
的大权在总经理这儿。不过再怎么说董事长是总经理的爹，
爹说一句话，总经理难道就不办了李凡？李凡还尿过董事
长呢。

董事长几乎在麻袋里哀求了。李凡不知道如何取舍。他
关了手电，仓库一片黑暗，他蹲在麻袋边，懊恼地想，刚才
要是洗洗睡了就好了，干吗要去关心一只麻袋呢，这不进退
两难了不是，简直是自取其辱啊。

三

李凡觉得这事得找个人商量一下。想来想去还是美香最
合适。于是他又去了一趟美香家。他学了一声鸡叫。美香听
到鸡叫急着出来了，头发乱成一团。

"你什么事啊，怎么又想要了，你太贪了，要把身体搞
坏的。"她不停地朝里屋瞧，大概怕她爹妈发现。"最近，他
们总是问我怎么屋外老有鸡叫。"

李凡说，他不是因这个找她，而是有事同她商量。"这事
只能同你商量，除了你我还能找谁呢？"他说得颇煽情。果
然美香一下子激动起来。

"什么事，你慌慌张张的，好像出了什么大事情。"

确实是大事情。李凡就把大事情同美香说了，问美香怎么办。美香站在路灯下沉思。路灯的光线打在她的右脸上，她看上去显得相当严峻，好像党和国家领导人正在决策共和国的未来。

零星有行人走过，对他们侧目而视。美香因为在思考问题，不怕有人发现他们谈恋爱了。不过他俩表情这么严肃确实不像是谈恋爱，倒像在吵架。

经过缜密的思考，最后美香做出了一个决定。

"这件事情我是这么想的，如果你不放董事长，王总不会觉得你有功，你只是做了分内的事情。但如果你放了董事长，你就是董事长的大恩人，要是董事长掌了权一定会回报你。"

美香的声音在寂静的夜晚显得很突兀，李凡觉得她的声音像风一样在街头乱窜，让他不安。

"如果我放了董事长，他又斗不过王总，成了无权无势一糟老头，他不但保护不了我，到头来还会被算账。"

"你他妈的一管破仓库的，他有什么账可算的？大不了不干就是了。你不觉得这事值得你押宝？要是押中了呢？你可就升官发财了，我爹妈就会同意把我嫁给你。"她晓之以理，动之以情。

李凡觉得她说得不无道理，有点儿被说服了。美香继续采取了柔情策略，对他好相劝。他最终下了决心，打算回仓库把董事长放了。美香叮嘱："一定要先同董事长谈好条件。"

李凡回到仓库，轻手轻脚来到麻袋前。已是子夜时分，整个世界都安静下来，麻袋也没动静。也许里面的人睡着了。站在董事长面前，他却不知道怎么和董事长谈条件。他感到很难说出口，也许得来个迂回曲折。迂回曲折这套把戏不是李凡的风格，作为一个诗人，他厌恶一切虚伪。

"董事长，我决定放了你。"李凡开口道，"但董事长，你清楚，我放你是有风险的，我会被王总开除。"

麻袋震动了一下，大概里面的人听了这话很激动。不过那人反应很快，马上说："我还是董事长呢，还是这个公司的法人代表呢，他敢。"

董事长停顿了一下，又说："只要你放了我，我出去后让你做公司副总。我说话算话。"

副总经理这个词在黑暗中亮了一下，马上就熄灭了。李凡对这个许诺无感，不是嫌低，而是太高了，他这辈子从来没想过副总这个位置，那不符合他对自己身份的想象，他只想当个诗人。不过这样对董事长说，董事长理解不了。这世上没多少人能理解一个诗人的情怀。

"怎么样？你还不满意吗？"董事长有点急了。

李凡支吾道："董事长，我其实不要做官……你可能不知道，我是一个诗人。你没想到吧，你的情趣公司里竟藏着一个诗人。作为诗人，我不屑做官，我只想写我的诗歌……"

"你不想做官，那你想要什么。"董事长显得有点不耐烦，他没心情听他谈诗人和诗歌，他打断了李凡，"你想要什么，我都给。"

他想要钱。但他一时说不出口。他对自己不会直截了当表达欲求很不满。他想这主要是诗人可悲的清高观念在起作用。

"董事长，你可能不知道现在出版界的情况。怎么说呢？简直不好意思同你讲起，都见钱眼开啊，现在出版社出的都是什么书啊，不瞒你说，全是一钱不值的垃圾，真正有价值的东西却无人问津……"

"什么是有价值的，你说说看。"董事长言简意赅。

虽然那只麻袋在李凡的眼皮底下，可他几乎像是在仰视它。这都是因为他去了一趟美香那儿有了欲望的缘故。他想，人只要有欲望，就不从容了。他竟然对着一只麻袋低三下四。他得调整心态。于是李凡也用不耐烦的口吻说："没什么可说的，说了你也不会懂。商人只知道赚钱。"

李凡骤然改变语调，麻袋里的人显然感觉到了。麻袋再没发出声音。李凡想，董事长毕竟有求于他。董事长是个敏感并且会审时度势的人。

好长一段时间麻袋一直沉默不语。李凡就有点心虚了。他觉得自己也许要说几句话。这时麻袋开口了，声音冷静而缓慢，不带任何感情色彩。

"我听明白了，你需要的是钱。那么你报个价，要多少？"

董事长说得这么直白，李凡倒忸怩起来。他嘿嘿嘿地干笑。他不知道该报多少。十万或是五十万？他怕报价太高，麻袋不答应。李凡知道他的脾气，平时很节约，每分钱都算得很清楚，是个守财奴。公司的职工休想从他身上得到一分钱。不过在慈善方面倒是挺大方的，捐过不少钱，但李凡认为那可能是因为捐钱能上电视。董事长对上电视和报纸的兴趣很大。

见李凡沉默，麻袋里面那人终于报出一个价："两百万怎么样？你放了我，我给你两百万。"

听到这个价格，李凡惊呆了。这是他想象不到的大价钱。他不得不重新估量董事长。两百万啊。他竟然一开口就出那么大数目，一点也看不出他是个小气鬼嘛。诗人的想象一下子生动了，眼前出现了堆得如小山一般的人民币，一阵风吹过，人民币吹得哗哗作响。他忍不住傻笑起来。他克制住不发出声音，他不能像范进中举一样控制不住兴奋之情。

"还不够吗？我可以再加。"见李凡没有回话，董事长又说话了。

"够了够了。董事长，我放你其实也不是为了钱。"李凡的口气简直在讨好了，"董事长，你一定不知道，这年头做一个诗人不容易，如果我有钱，我就可以埋头写作，出版诗集……董事长，说来惭愧，我女友的爹娘，大大的坏，不肯让他们的女儿嫁给我，他们只认钱啊，我要是有钱，他们会求我去娶。我要是有钱的话，再也用不着看管这狗娘养的仓库了。"

李凡有点语无伦次了。他觉得骂狗娘养的仓库等于骂公司，也就等于骂董事长。他讪笑道："董事长，我这不是骂你。"

董事长的声音又变得高亢而严肃起来，他说："如果你同意，你快点放我出来。"

李凡连忙说好。他试图把系在麻袋口上的绳子打开。他怎么也弄不开。他双手发抖，好像自己正在干着一件不道德的事。有一刻他想象自己正在打开所罗门的瓶子，魔鬼马上就要出来了。是的，他觉得一时难以面对董事长，感到颇有压力，他感觉空气都变得有点敏感。终于把绳子解开了。董事长挣扎着从麻袋里出来，由于太过急切，不小心绊着麻袋口子，整个儿跌倒在地，还打了几个滚。看到董事长这么狼狈，李凡觉得那种不道德感更为强烈了。李凡想，连出来都这么难，可见王总把董事长装进麻袋有麻烦，一定费了不少周折。

董事长毕竟是董事长。刚出来时他像个失魂落魄的糟老头子，没一会儿就变回李凡在录像里见到的形象了，高大威严，让李凡自觉矮了三分。董事长装在麻袋里时，李凡几乎把他当成患难与共的哥们了。这会儿他马上感到等级分明了。

董事长说："你做得很好，你什么时候结婚？"

李凡想起在董事长面前"偷"情之事，心很虚，嘿嘿干笑了两声。

"你结婚一定要给我吃喜糖。"

听了这话，李凡竟有些感动。这说明董事长把他当成自己人了。李凡的心里竟涌出一种士为知己者死的冲动。董事长就是有人格魅力，他这么嘘寒问暖一下，李凡就想为他卖命了。作为一个诗人，李凡知道人间是有那么一种魅力存在的。

董事长没急着跑，而是在一边坐了下来。他问李凡有没有烟。李凡赶紧把一支烟递给他，并给他点上火。董事长深深地抽了一口，陷入深思。半支烟的工夫，董事长一直沉默不语。董事长不说话，李凡也不好说什么。

董事长终于从漫长的深思中醒过来，回到现实中。董事长说："还得让你配合一下。"

"怎么配合？"

"是这样，你听我说。我虽是董事长，但我的印章被那小子霸占了，我出去得先向有关部门报告，把这些东西要回来。这需要时间。如果他发现我跑了，他会买通有关部门。他现在手上有钱。"

李凡没明白董事长的用心，不过他一直点头附和。

"所以还得辛苦你，配合一下，你可不可以钻到麻袋里，这样那逆子就不会发现我逃跑了。"

李凡没想到董事长提出这个要求。他不知该拒绝还是该答应。现在他们应该是命运共同体了，为了那两百万似乎应该钻。可他是个诗人啊，诗人是有尊严的，他这么做等于钻狗洞啊。他内心很挣扎，又一次涌出无力感。他成为诗人以来这种无力感一直伴着他，让他感到分外之轻。出于自我安慰，他把诗歌看成是无能的力量。现在他不得不承认，无能就是无能，面对权力和金钱，所谓的"无能"根本就没有力量。他很想再同美香商量一下。不过他几乎可以确定美香的意见："钻。"

窗外投来一束光线，照在董事长的脸上，他脸上有一种不容置疑的神情。李凡有点不安，他仿佛要董事长做主似的，问："那我钻？"

见李凡这个态度，董事长拍了拍他的肩表示赞赏。他拿起麻袋让李凡钻入。钻入麻袋的过程是艰难的，李凡感到自己正在缩小，缩得像尘埃一般渺小。在他阅读那些思索存在意义的书籍时，他经常感到自己正在膨胀，仿佛是这个时代的巨人，感到一种"众人皆醉我独醒"的陶醉感。事实证明，这种感觉是不可靠的、脆弱的。当人感受到自尊时说明自尊他娘的正在受损。他有点后悔做出这个选择了。

董事长终于封住了麻袋口。他围着麻袋转了一圈，像是在欣赏一件杰作。一会儿，他对着麻袋狠狠地踢了一脚。

李凡很吃惊，一时没有反应过来，他几乎本能地喊叫："董事长，你为什么踢我？"

董事长又踢了一脚。

"董事长，你怎么可以这样，我哪里做错了？我救了你，你怎么恩将仇报？"

"你嚷嚷个什么？安静一点。"

一股温暖的水落到李凡的头上。透过麻袋的缝隙，李凡看到董事长正对着麻袋撒尿。见此情境，李凡突然清醒了。董事长一泡温暖的尿浇醒了他，同时也熄灭了他的希望。他想，完了，完了，还是祖先的寓言揭示得对，他用温暖的胸怀焐热了一条垂死的蛇，这条蛇却反过来咬了他一口。他不由得哭了起来。

"董事长，你反悔了吗，董事长？"

"你他妈的安静点，我一诺千金，你什么时候见过我不守信用的，嗯？"

"没有，董事长。"

"所以，你放心吧，你应得的都会得的。"

这句话让李凡又生出希望。

后来当李凡再次回忆起董事长的这句话，觉得此话简直是一句谶语。

四

美香半夜来到仓库，不见李凡，于是就像周扒皮一样学鸡叫。麻袋里的李凡也学鸡叫。她吃了一惊，对着袋子问：

"李凡，是你吗？为什么你躲在麻袋里？"李凡同她说了过程，最后告诉她，董事长答应给他两百万。听到可以得到两百万，美香高兴坏了，说："真的啊，真的啊。"他说："他是这么承诺的。"美香抱住麻袋，拼命吻。李凡隔着麻袋都感到双唇的热度。李凡满怀的委屈像是突然找到了出口和依靠似的，有点想哭。

李凡想出来，他对美香说："董事长走的时候踢了我一脚，我觉得他的承诺不可靠。"李凡没提董事长对他尿尿一事，这事太丢脸了。

美香说："董事长是个最重承诺的人，他要是答应你，一定是会给你的。你还是耐心一点，在麻袋里待到他掌控公司大局。"

李凡不吭声了。一会儿，他说："可我总觉得这事不靠谱。"

美香哪里肯失去这样的好机会，她想熬一熬就发财了呀，她和李凡从此以后就可以过上幸福的生活了呀。美香为了安慰李凡，说："李凡，你想不想我？"

李凡说："想，你刚才在麻袋上吻我，我都有反应了。"

美香说："要不，我们来一次？"

李凡高兴坏了，说："会不会有人来啊？"

美香说："都这么晚了，谁还来仓库。"

李凡说："那你马上把我放出来。"

美香说："可是你要答应我，来完后还得钻到麻袋里，否则我再不理你。"

李凡答应了。

美香就把李凡从麻袋里放了出来。他一出来，她就抱住他，亲他。美香兴奋极了，一边亲一边说："亲爱的，你真能干，亲爱的，我们发财了。"她简直胡言乱语了。

李凡被她的热情感染了。他积极回应。这次美香的热情是前所未见的，好像她吃了春药。作为诗人，他了解女人的结构，女人作为一种社会动物，最好的春药莫过于权力和金钱。当然在以前对女人来说最好的春药是诗歌，现在诗歌早被权力和金钱杀死了。

和美香云雨完后，李凡真的不想再钻到麻袋里。美香正充满崇拜地看着麻袋，好像麻袋才是真正的英雄。见美香这么盼望他钻入麻袋，他有点于心不忍，决定违心遵守诺言，再次钻进麻袋里。美香把麻袋系得又紧又牢。她说："你是我的，我以后就要这样把你系牢，让你永远逃不了。"

美香走后，李凡内心那种悲凉感又上来了，不过他太累了，又睡着了。他睡得很死，一点知觉都没有。

后来他是被来人叫醒的。来人叫他的名字，他醒了过来。天已亮了。他刚想应答出声，想起他现在在麻袋里，身份是董事长，就憋了回去。他看到进来的是王总和他的手下——他忠诚的保镖们。

王总喜欢把自己打扮得像黑社会老大。即便在这样的大热天，他也穿笔挺的西装，戴着墨镜。他的跟班也是一样的打扮。王总戴墨镜的另一个原因是他生了一双斗鸡眼，戴墨镜可以遮丑。母亲曾告诉李凡，长着斗鸡眼的人比较好斗，也比较冷酷。母亲虽是个文盲，说出的话像先哲。王总以前不戴墨镜，也不想让人看到他斗鸡眼，他走路抬头朝天，一副飞扬跋扈的样子，让人觉得他没把人放在眼里。公司的人倒是并不怕董事长，见到王总都像耗子遇见猫。

王总进入仓库时，骂了一句娘。没见到仓库保管员他感到不快。他习惯于各部门像迎接党和国家领导人一样迎候他。他站在袋子前面，手一挥，手下的人进来，把麻袋扛了起来，扛上一辆货车。他们扔得很重，李凡的骨头差点敲断。一会儿车开了，李凡不知道他们要把他搞到哪里去。他并不担心，在王总心里，麻袋里装的是他爹嘛。"也就是说，现在我是他爹。"李凡想。

在麻袋里睡觉可不好受。李凡醒来时，浑身发麻。现在货车一颠簸，他倒是舒坦了点，就好像有人正在给他按摩。

他们把麻袋运到一个工地。透过麻袋的缝隙，李凡认出这个地方是一个工地，将建造一座大楼。那将是这个城市最高的建筑，是他们公司开发的。公司现在已涉足房地产项目。这是总经理的决策。董事长反对，董事长认为，只要把情趣用品搞好就行了，这才是公司的命脉，搞其他项目都是歪门邪道。工地上满是标语。李凡看到这一阵仗，猜想今天是工地的奠基仪式。

周围十分嘈杂。工地上的机械设备都开动了，挖掘机、吊车、打桩机等全部发动，发出震天动地的声音，仿佛天地间除了这些声音，再没有别的声音存在了。桌子上放了全鸡、全鸭、全羊以及全鱼。大鱼大肉前香火烧得正旺。李凡听说王总很迷信，不过王总搞得这么夸张倒是没想到。他想，王总才喜欢搞得这么有排场，董事长可是节俭惯了的。

一辆挖掘机的大爪子向货车伸过来，那爪子张开血盆大口把麻袋夹住提了起来，提到半空中。李凡不知道这是什么意思。他的肉身被这冰冷的铁家伙夹得痛了，忍不住大声叫出来。他听不到自己的声音。他以为成了哑巴了，失声了。后来才明白是周围机械声太响，他发出的声音同周围隆隆的机械声比相当于一只苍蝇嗡嗡叫。他感到恐慌。从高空往下看，王总正领着一队人，各就各位。他只看到他们的头颅，蚂蚁般聚在一起。有人头顶秃了，秃头反射着阳光。

挖掘机的爪子突然张开了，李凡从高空跌落，落入奠基坑之中。那是重重的一击，李凡几乎被击昏过去。因为恐惧，李凡已感觉不到疼痛。他想起古时候人们用活人祭祀河神。李凡觉得自己这会儿就是一个祭品。他拼命地高叫起来。明知他们听不到，他依旧高叫。现在只有喊叫才能稍稍抵抗恐惧。

王总率众人跪了下来。王总的口中念念有词，不过谁都听不清楚。李凡心已凉了半截，这次他恐怕难逃一劫。他突然意识到王总不是想他死，王总是想他爹死。是自己投了罗网，来做一个替死鬼。

李凡想到这里，已确定自己必死无疑了。恐惧让他嘶吼起来："我是李凡啊，我不是董事长、不是王大有啊……"

不会有人注意这只麻袋。他们正对着李凡行磕头大礼呢。李凡这才知道王总不是在搞奠基仪式，而是在祭祖，在祭祀他的爹啊。他想，王总谋杀亲爹应该是蓄谋已久了。他让这些机械发出巨大的轰鸣声，就是怕麻袋里他爹喊爹叫娘啊。人心是多么叵测。他虽然是一个诗人，对人性也算有洞察力，还没有做到如鲁迅先生这般，不惮以最坏的恶意猜度他人。

李凡一边叫喊，一边像粪坑里的蛆一样在蠕动。叫喊和蠕动都很花力气，一会儿他就气喘吁吁，精疲力竭了。外面依旧是声音的世界。

李凡头上出现了暗影。他抬起头，看到四辆挖掘机的爪子盛满了塘渣，高悬在空中，随时准备着把爪子打开，让塘渣覆盖一切。看到这个景象，他原先残存的侥幸也荡然无存了。

李凡是多么不甘心啊。他还那么年轻，本来还有长长的未来等着他，还有无数的诗歌等着他写出来，还有无尽的锦绣文章等着他去描绘，他却就要死了。他深切地感到一种壮志未酬的哀恸。

他真的就此消失了吗？没人知道他是怎么死的，甚至也不会有人知道他埋在何处。美香也只知道他曾装在一只袋子里，美香做梦也想不到他被活埋了。她现在在干吗呢？正在做发财的美梦吗？她会把他的失踪看成忘恩负义的行为吗？一定的，她肯定认为他拿着那两百万逃走了，独自享乐去了。"亲爱的，你永远想不到，为了这不存在的财富我把小命搭上了。"他双手搂紧自己的身子，瑟瑟发抖。他摸到了口袋里的手机。他一阵狂喜，看到了一线生机。他可以打电话给美香，也许他还来得及。美香没手机，他拨她家的电话。是她母亲接的。她一听是李凡就猛然搁掉电话。他又拨了几次，她连接都不接。这该死的臭婆娘。他拨打110，那个警察刚听了个开头就骂了一句神经病，他把电话搁在一边，不再理他了。他喂喂叫了半天，对方毫无反应。

他们已经完成了仪式。王总站在那里，神色凝重地看着麻袋。他依旧戴着墨镜，不清楚他此刻是什么眼神。会有不安吗？李凡明白，只要他的手一比画，头上的塘渣就会像陨石一样落下，把他掩埋。

李凡又想起一个人，是李凡的朋友，一个诗人——当然是三流诗人，下海做了书商。他曾来这个城市玩过，李凡接待了他。朋友要求李凡和他一起去夜总会，他说，听说你们这里姑娘很漂亮，名声在外啊。李凡陪他去了。几天下来李凡和他勾肩搭背，亲热得要死。李凡记起来了，他还送朋友一套情趣用品，其中有刑具，朋友说他好这一口。在一起洗脚的时候，朋友同李凡谈起他的出版事业。他说，现在出诗集难啊，出一本亏一本，他基本不出诗集了。李凡听了觉得很刺耳。李凡想，我又没有让他出诗集，他敏感个啥呢。当然这几天李凡也不是没想过让朋友给他出一本诗集，只是出于诗人的自尊，开不了这个口。现在李凡想起朋友的另一些话。朋友说，这年头一个诗人要成就伟业，就得寻死，死得越奇特越好。"李凡，如果你早死，我一定把你炒作成这个时代最伟大的诗人。"朋友开玩笑道。

这个念头如灵感般从天而降，就像伟大的缪斯女神来到他身边。他想如果注定要死，那他得利用这次死亡。

他的死亡是如此奇特。他将成为这座大楼的奠基石。或者说他会像一块奠基石那样埋在地底下。古今中外，没有哪个诗人是这么死的。这比海子和顾城死得都要牛逼。他的死足以隐喻这个时代。他得抓住这个机会。他像一个赌徒，双手颤抖，拨通了朋友的号码。手机里传来令人沮丧的声音："对不起，您拨打的用户已关机。"

李凡非常着急，又拨了几次，还是同样的声音。李凡急中生智，打算编一则短信，把自己的死亡方式告诉朋友。

李凡不知道短信有没有发出，当他按下发送键时，天空一片黑暗，从天而降的石块和塘渣砸向了他。他试图避开这些石块，哪里躲避得了呢。只见光线迅速逃逸，他沉入无尽的黑暗之中。他希望短信已经发出。他无法把握。很多事情就是这样，无法把握。他不知死后世界会怎样演变。这是一个不可捉摸的世界，总是让人死不瞑目。

他就要死了，得把事情想得好一点。他幻想他死后，人们在谈论一个诗人奇特的死，媒体连篇累牍地报道，文化名流纷纷表态。他被这个景象迷住了，他的脸上露出满足的笑容。

2005 年 2 月 18 日

迷　幻

小罗就是感到他好。他们躺在公园的草地上。太阳很暖和，小罗觉得他比阳光更暖和。他在小罗的左边，他们之间保持着一点距离。小罗的感官向他敞开着，暖意从他身上源源不断地传到小罗心里。小罗很想靠近他。

　　"小越，你猜他们在干什么？"小罗问。

　　"他们还能干什么，那帮傻逼，除了会给女生写情诗，还能干什么。"

　　"嗯。不过，他们写了情诗也不敢送出去。"

　　小越突然神经质地笑了，一边笑，一边踢了小罗一脚。小罗也回踢了他一脚。他们躺着，用两只脚相互对踢。后来他们滚在一起。

　　夏天以来，小罗感到身体里面像是注满了水，肌肤总是胀胀的，全身发痒，他甚至有一种毁坏自己的欲望。

　　一天父亲要小罗买烟。小罗假装没听见。父亲一个耳光打过来。那是货真价实的耳光，小罗的脸灼伤似的痛。那天小罗火气特别大，用脚狠狠地踢了地上的一只破面盆，破面盆差点砸中父亲。父亲是挖路机司机，结实粗壮，年轻时在街头混过。父亲不能容忍小罗的态度，拿起一把小凳子，砸向小罗。小罗的额头被砸中。小罗摸了一把伤口，血从指缝里流了出来。

当血液从身体里出来的那一刹，小罗没感到痛苦，反而感到幸福。小罗感到饱胀的身体产生释放的快感。父亲见小罗流血，脸上有一些愧疚。他瞥了小罗一眼，自己出门买烟去了。一路上他骂骂咧咧的，不知在骂小罗，还是在安慰自己。

这是奇特的体验。小罗有点儿疑惑。这会儿他躺在小越的边上，草地被太阳照射得暖烘烘的。他感到体内血流奔腾，整个身体有窒息之感。他幻想着血液从身体里喷涌出来，冲向这遍地的阳光。这一想象令他全身发颤。

"你怎么啦？"小越问。

"没事。"小罗说，"天太热了。"

小越看了看天空，阳光确实有点大。他说："我们走吧。"

午后的大街非常安静。水果摊贩正打着瞌睡。小越顺手拿一根香蕉，吃了一半就往身后扔。路过另一家水果摊，小罗伸手拿了一串葡萄。他的眼神和摊主藏在眼皮缝隙的目光相遇。摊主醒着。小罗伸出中指。他希望这个人有种，同他打一架。那人迅速闭上了眼睛。

小罗觉得自己的身体像一个血球，危险地在街头滚动。他渴望被一支箭射中，这个幻想一直折磨着他，让他有打一架的冲动。到了傍晚，一切平安。学校门口，李前平拿着他们的书包等着。小越问他有没有点名。李前平严肃地摇了摇头。小罗想，他才不会点名呢，他恨不得我们从地球上消失，永远不要出现在这间教室里。班主任是个健硕的男人，声音却很娘娘腔，他进教室时习惯性会看一眼小罗和小越的座位，见到他们不在，会大大松一口气。

晚上，天气开始变凉，小罗依然感到血液涌动，身体膨胀，血液有着喷涌而出的欲望。他躺在床上，四周安静，父亲打着笨重的呼噜，就好像他在睡梦中还在操作挖掘机。父亲的呼噜声令他浑身烦躁，他生出一个念头，走过去掐住父亲的脖子，好让他永远不要发出这种垃圾声音。他默念着"安静、安静"，做着深呼吸，窒息感似乎更重了。他咬住自己的手臂。有点儿痛。他慢慢加重牙齿的力量。他尝到了一股咸咸的味道。他知道他流血了。快感和幸福感再一次降临，他呼吸急促。一会儿他感到身心的平静，变成一个安详的孩子。手臂上的血已止住，血流的痕迹缠绕在手臂上，有一部分落在了床单上。他担心父亲明天发现床上的血。父亲会用鬼鬼祟祟的目光观察他，问他怎么回事。他能同他说什么呢？

小罗醒来的时候天刚刚亮。昨晚他睡得安详沉着。想起昨晚的情形他感到极不真实，做梦一般。但都是真的，伤疤就在他的手臂上，已经黏结在一起，看不出牙印，像刀子切割过一样。他竟然又涌出昨晚的欲望。他被一种梦幻般瑰丽的气氛吸引，呼吸变得急促起来。他开始明白不是因为身体发胀才有这个欲望，而是先有破坏的欲望身体才发胀的。他幻想在另外一只手臂上同样留下疤痕。这次他没有用牙，而是用刀。他的抽屉里藏着三把刀子。

刀锋进入肌肤的感觉冰冷而柔软，痒痒的，像是温柔的抚摸。血仿佛有自己的愿望，它迅速把刀子包围了，那一瞬间，像火吞噬易燃物，热情奔放。他感到身体是那么渴望刀子，对刀子有一种无法遏制的亲近感。那是锋利的一吻，然后他的感官和刀子融为一体，或者说刀子成了他身体的一部分。血液以欢呼的方式迎接刀子的光临。一会儿他的身体变得宁静如水。

父亲突然坐了起来，目光锐利地观察四周，然后又闭上眼睛，重重地倒在床上。他肥胖的身体压得床不停地颤动。一会儿他又发出尖啸的鼾声。

小越长得很英俊，有一张阳光般的脸，不过笑起来有一丝邪恶。小罗喜欢看他走在胡同里的情形，阳光斜斜地照过来，投射在左脸或右脸上，他脸上会同时出现天真和邪恶混合在一起的表情。

"小越，我们今天干什么？"

"我不知道。"

小越是没有主意的，他只是贪玩，玩到哪里算哪里。这反倒有些可怕。

一个女孩喜欢上了小越，缠着要和小越好。她是隔壁班的，听李前平说，她和不少人睡过。小罗注意到这个女孩，她在学校里也穿吊带背心，裸露在吊带背心外的肌肤被阳光晒成了金黄色，充满韧劲，屁股很翘，头发像礼花一样向天空绽放，眼神里有一股满不在乎的劲儿。她说不上有多漂亮，却是惹眼的。小罗时常涌出在她屁股上踢上一脚的愿望。

有一天，小越把她带到一个防空洞。这个地方是他们不久前发现的。他们听人说有人在防空洞开了一家夜总会。他们到处打听在哪里。他们没有找到夜总会，倒是找到这个好玩的地方。

到了防空洞，小越就要她把衣服脱去。女孩很听话，开始脱衣服。小越这么做，小罗是有点紧张的。小越要女孩把脱了的衣服扔给他。女孩就听话地扔给了他。女孩脱衣服时倒是一点也不风骚了，看上去挺紧张的。女孩的衣服完全脱光了，赤裸地站在他们面前。小越捧着女孩的衣服，闭上眼睛，吸吮了一下衣服的气味，脸上露出坏坏的笑容。他向小罗挥手，捧着女孩的衣服，跑出防空洞。

他们跑出一段路，回望防空洞。小越笑得上气不接下气。他说："她她她这下子回不去了，她不能光着身子回家吧？"

"小越，你不觉得她身材不错的？"

"你爱上她了？要不你回去操她一把？"小越笑得很神经。

小罗踢了小越一脚。小越回踢了一脚。

后来他们躺在草地上，看着太阳一寸一寸在天上爬。

"喂，你在想什么？"小越问。

"在想你啊。"小罗开玩笑。

"哈。"小越的笑声很响亮。他根本不信。

"小越，你真要喜欢上一个女孩，我们就不能天天在一起玩了。"

"我他娘的才不要女人。"

小越很严肃。小罗又踢了小越一脚。小越闭着眼睛，一动不动。那个女孩的衣服枕在他的头上。小罗站起身，去不远处的一棵树旁撒尿。小越也跑了过来，站在一起撒尿。他们没作声。听着小便落在地上的哗哗哗声，小罗感到一种充实的友情。小罗觉得这行为有亲昵的意思。他愿意这泡尿可以永远撒下去，没有完结。远处的河水里，有两只不知什么名的鸟在相互嬉戏。有时候它们仿佛在打架，其中一只把对方的羽毛都啄下来了。羽毛在水中漂来漂去。鸟儿不时发出既痛苦又欢悦的叫声。

小罗看到李前平向他们跑了过来。李前平是逃课出来的。他见到女孩的衣裙和内裤，羡慕得不得了。他问，是哪里弄来的，可不可以送他一件。小越眼睛放光，问："你喜欢？"

李前平脸红了，他有点不好意思。

"送给你可以，但你要穿上它们。"

李前平以为小越开玩笑，傻笑起来。小罗看到小越眼里的邪气，知道小越是认真的。小越已在为自己的想法激动了，他一定觉得这很好玩，比让那个女孩脱光衣服还要好玩。小越躺在那里，命令道："把你的衣服脱了，把它们统统给我穿上。"

李前平不笑了，脸上露出惊恐之色。他观察小越和小罗的脸。小罗说："你看什么，快点办吧。"小罗踢了他一脚。

李前平说："你们开玩笑的是不是？"

小越说："开什么玩笑，快办。"

小越从口袋里拿出刀子，削一根树枝。皮削去后，树上有白色的浆液流出来，浆液很浓，比血液还浓。浆液积聚得越来越多，圆形的表面像是在慢慢膨胀，有一些云层一样的东西在里面滚动。小罗的血脉突然胀得难受，他多么希望小越的刀子在他的身体上划出这么一道口子。

李前平显然不想让刀子落在他的身上，开始脱衣服。他脱得只留下一条短裤，正犹豫是不是也要脱下来，小越不容置疑地说，把这也脱了。他脱了内裤。他的鸡巴上竟长满了浓黑的毛。小罗说，李前平，看不出来呀，这里还挺茂盛的。李前平看着小罗，试图弄清楚小罗是在夸他还是在讥讽他。小越把女孩的短裤扔给他，说，快穿上。

李前平极为扭捏不安，他还是艰难地穿上了女孩的内裤。他的眼圈红了，不过他在控制自己，尽可能排除屈辱感。当他戴上女孩的胸罩时，做出了一系列滑稽而夸张的动作。小罗忍不住笑了。小越还是板着脸，看不出他在想什么。李前平已穿上裙子，模仿模特儿走起台步。小越也笑了，骂道："他奶奶的，你真像一个人妖。"

两个成年人向他们走来。他们三十岁不到吧，一个一脸胡子，一个是金鱼眼。他们目光不怀好意。他们在草地上停了下来，打量草地上这三人。小越很冷静，目光一直盯着他们。

"你看什么？"金鱼眼大喝了一声。

金鱼眼从李前平身上扯下胸罩，问："哪里偷来的，你们是变态吗？"

"你他娘的才变态。"

是小越的声音。他已把刀子藏起来了。小罗知道刀子在小越手上并不危险，藏起来才危险。他想和他们干一架？小罗想，他们斗不过这两个人。但小罗一想到打架的情形，竟热血沸腾起来。

"你们偷这东西干什么？"金鱼眼一脸下流，好像这会儿他已看见了两只乳房。

两个成年人确认他们是变态。小罗知道人们对待变态者的态度。人们瞧不上变态者，认为变态者没血性，像娘们一样，只会干阴暗的事。人们喜欢使用暴力对待变态者。这不是说他们有多高尚，他们一样阴暗，他们的发泄正好证明他们的阴暗。

金鱼眼踢了小越一脚，说："你还嘴犟，干了下流事还嘴犟！"

小越那张平时生动的脸，这会儿显得特别呆滞。小罗熟悉小越，小越越是这样，表明越不平静。小罗注意到小越闭着眼睛，脖子上那根筋在跳动。一会儿小越懒洋洋睁开眼，看了小罗一眼。小罗知道这是什么意思。小罗想，虽然前面两人人高马大，只要小越想打架，小罗是不会退却的。他俩几乎是同时向那两人发起进攻，一头扎向他们的腹部。小越对付金鱼眼，小罗对付那胡子。没一会儿，那两人控制住了局面。那个金鱼眼下手重，小越脸被打得血流不止，手腕处擦破了皮。小罗倒是没流血，不过那个胡子专打要害部位。小罗昏了过去。

小罗醒来的时候，两个成年人已经走了。李前平也不在了。女孩的衣服凌乱地堆在一边。

小罗看到小越身上的血，肚子里涌出一股暖流，身上的细胞仿佛在不停地分裂。他想象小越流血一定是极度快乐的。他们躺在草地上，望着天空，不看彼此，却能感受到对方的存在。

"你还好吧？"小罗问。

"我没事。你呢？"

"应该没事吧。"

"我头有点痛。他奶奶的，金鱼眼用手上的戒指对付我。"

天很蓝，白云很高很轻，附近有几只气球一动不动固定在半空中，气球下有一条飘带，上面写着字，是某个商品的广告吧。小罗觉得自己变成了气球，在天空飘荡。那只是幻觉。也许当刀刃在身体划过，他才真的可以成为一只气球，快乐地在天上飘来飘去。

"她还在防空洞吗？"

"谁？"小罗一时没弄懂，一会儿才意识到小越在说那女孩。"不知道，应该在，她不能光着身子大白天里出来啊。"

"我们把衣服送还给她吧。她一个人待在那地方，也许吓坏了。"

他们好不容易才从地上爬起来。小罗捧起女孩的衣服，向防空洞走去。防空洞很黑，小越弄亮了打火机。小越说你在吗？没有回音。小越骂了一句娘，说，她可能走了，她怎么回去的，难道光屁股走的吗？小罗说，我不知道。小罗把她的衣服扔在地上。小越的打火机熄了。防空洞顿时漆黑一片。他们找了个地方坐下来。

黑暗的洞穴潮湿而闷热。小罗靠在洞壁上，洞壁粗糙，一些尖锐的石块抵着小罗的身体，背部传来轻微的疼痛。

"小越，可以看一下你的伤口吗，你的血还在流。"

"没事。"

"痛吗？"

"没有感觉。"

"是吗？"

沉默了一会儿，小罗又说："小越，我可能得了怪病。"

"什么？你说什么？"

"说出来你不要吓坏。"

"你说吧。你怎么可能有病,你身体好得很,能活一百岁。"

"小越,我真的有病,身体经常发胀,血脉胀,全身发痒,我把手臂割破,流出血来才能平静。"

黑暗中,小越抬头看了小罗一眼,没吭声。

"你怎么不说话?你觉得我怪吗?"

"你说的是真的?"

"是的,已有一段日子了,我经常切割自己的身体。我看到你流血,我的肌肤又胀了,我很难受,很痛苦。"

"真的吗?不过,有时候我身体也发胀,我没这样干过。"

"小越,你可不可以帮帮我。"

"帮什么?"

"用你的刀子帮我。"

小罗靠近了小越,伸出手臂,让小越用刀子划他的手臂。小越有些犹豫。小罗说没事的,尽管划。他已被某种欲望控制,几乎喘不过气来。小越的刀子划过他的肌肤。他张大了嘴巴。那真是令人迷醉的时刻,来自身体深处的宁静迅速覆盖了全身,小罗感到自己真的变成了蓝色天空下飘荡的气球。

"很快乐吗?"

"难以形容。"

"我好像也有点胀得难受。"

"你想试试吗?"

小越把刀子递给了小罗。小罗在他的手臂上划了一刀。血喷射而出,小罗的脸都染红了。

洞穴里顿时充满了垂死的气息。小罗没有想到垂死的气息如此神圣。他觉得整个身体像浸泡在温水中,也浸泡在幸福中。小罗问小越，感觉如何。小越不好意思地点点头。

　　小罗把血液滴在刀子上面。小越也凑过来，把血液滴在刀子上。他们的血在刀子中融合。两滴血结合的速度比想象得要快，它们相互吸引，然后变成了一滴。小罗多么希望和小越合二为一，变成一个人。

　　那个黑暗的防空洞成了他们的乐园。

　　他们点了油灯，把彼此的血滴入瓶子里，分成两份，然后把血喝了下去。喝完血，他们就躺在地上。小罗的想象无比瑰丽。小罗感到自己的灵魂已升到半空，在微风中飘荡。有时候他觉得自己变成了一只鸟，或成了风本身。有时候他想象自己是水中的植物，或是水中滋生的青苔，或是柔软的热带鱼。小罗觉得自己就是那水，小越是水中之物。他们是共生之物，融为一体。

　　李前平进入洞来。这段日子李前平一直跟着他们，成了他们的见证人。李前平的脸上布满了决绝的神情。他拿了小越的刀子，在自己的手上划了一道口子，然后躺在他们身边。小罗问他怎么样，爽吗？李前平点点头。

　　小罗一直看着小越。小越抬起头来，两人对视着。他们的眼睛在黑暗中分外明亮，像一对透明的晶体。有一刻小罗感受到死亡的气息，不过并不可怕，相反他从中感受到诱惑，他觉得死亡的气息既幽暗又明亮。小罗的肉身在他的想象里欢快地跳跃，飞舞，无比地轻逸。小越的脸虽有些苍白，却显得更为清丽，他的嘴唇鲜红，显现出一种柔性的生动。小罗闭上眼睛，看到了不存在的事物，它们光芒四射，如时间之河上的标记，如夜空中的星星。

小罗不知道李前平在班上是怎样渲染的，他俩偶尔回校，他们用复杂的眼光看着他俩。他们好像也被感染了，陷入对血的迷幻之中。一天李前平带了五个伙伴来到防空洞，也要加入其中。李前平带来一只很大的碗，他们把自己的肌肤切割后，让血滴入碗中。

集体的自戕带来浓烈的死亡的气息，好像整个洞穴变成了天堂或者地狱。他们脸上布满了圣洁之光，用崇拜的眼神看着小越和小罗。小罗有一种身处圣坛之上的幻觉，他把目光投向他们，感到自己带着居高临下的冷酷和威严。他感到另一个自己的灵魂在四周快活地飞舞。他觉得自己的身体是多余之物，想把自己的身体剔除干净，让身体和灵魂彻底分开。他又在自己的肚子上划了一道口子。快乐和痛苦同时延续，痛苦有多强烈，快乐就有多强烈。

从防空洞出来，小罗独自走在阳光下，想起防空洞里的一幕，令他产生恐怖之感。他考虑是不是停止这危险的行当。但他感到身体需要的时候，他就什么都不顾了。

他们的身心被安静的死亡气息笼罩时，小罗的眼前会出现那女孩的裸体。那是他见过的第一个女性裸体。当小越命令她把衣服脱去，小罗的心跳加速，目光再也离不开她。她的肌肤是多么细腻，小小的胸脯结实饱满，身体小巧精致，洞中的黑暗使她显得更加妖惑。他想起雨后滴在树叶上的露珠，觉得她的身体有着露珠般的晶莹，细狭处浑然天成，阴暗处柔顺灵敏，她呼吸时轻微的起伏里蕴藏他不知道的谜底。他记得当他看着她时，她转过头来，向他微笑。他的心震动了一下。

　　那天她是怎么回家的？这个问题困扰着小罗。难道她真的是光着屁股回去的吗？这段日子，小罗的目光一直在捕捉女孩的身影。有一天他独自走过冷饮店时，她站在那儿。他放肆地看了她几眼，好像这会儿她身上什么也没穿。他想上去问她这个问题，想了想放弃了。他装模作样、目不斜视地走过去。她叫住了他，说："你过来。"他就过去。"你看我干吗，对我好奇？"他说："我想问问你，那天是怎么回家的？"她说："嗨，想知道？晚上你来防空洞找我吧，我告诉你。"说完她就走了，浑圆的小屁股扭得十分风骚。

　　小罗愣在那里。他不知道她什么意思，是不是当真。他情不自禁有了想象，暧昧的想象。那天下午他有点心不在焉。小越问，有心事？出了什么事吗？他说，没事。小越奇怪地看了他一眼。小越似乎有点不高兴。那天下午，小越破坏欲爆棚，见什么就砸什么。小越一共砸了三十八盏路灯和三辆自行车。整个下午小罗都在想晚上是否让小越一起去。后来他决定独自前往。

　　小罗对父亲是越来越难以忍受了。他一心想着晚上和女孩约会的事，父亲却要他去喊他的朋友打麻将。父亲说，他打电话没打通，不知道他们在干什么坏事。他又说，就是在床上搞女人，你也把他们叫来。小罗冷冷地看着父亲，说，你等着吧。他走出家门。

　　天色已晚，街头已是灯火辉煌。父亲早些年在这样的街头捞世界，他的恶名曾让人闻之丧胆。几年前，他被人修理了，一条腿被打成了骨折，在家静养了三个月。小罗以为父亲会复仇，没有，他变了，变成一个只会对小罗撒气的混蛋，好像他骨折全是小罗的缘故。小罗对自己说："我才不会给他办事呢，让他等着吧。"他向防空洞奔去。

从防空洞出来，已是午夜。小罗觉得浑身是劲。他不知道父亲是不是还在等着他。他一定气坏了。小罗此刻一点也不怕他。小罗感到自己突然有了蔑视一切的气概。小罗对自己说："如果他想教训我，我会给他颜色看的。"他走进房间，父亲睡得像猪一样，发出的鼾声比猪还难听。睡着的父亲看上去像一个白痴。小罗涌出一个恶念。他掏出家伙，把尿撒到这张令人厌恶的脸上。他想在今晚和父亲有一个解决。尿撒在父亲的脸上，溅起水花。父亲没有醒，相反他好像在品尝美酒似的，伸出舌头舔了舔。他没醒。小罗挑衅无效。

父亲一早醒了。他似乎闻到了自己身上的尿骚味，用鼻子凑近手臂，嗅了嗅。他用多疑而尖锐的目光看着小罗。

小罗和那个女孩约会后，碰到小越，感到很内疚，好像自己因此背叛了小越似的。这种感觉很别扭。平常他说话时喜欢直视小越。小越的目光很清澈，亮晶晶的那种清澈。他曾嘲笑小越，他的眼睛亮得像一个白痴。现在小罗不看小越，总是低着头和小越说话。

在防空洞里，小罗更疯狂地自戕，好像唯此才能缓解心中的愧疚。血液在流淌。最初血流如注，一会儿变得缓慢多了。他生出一种无力感，仿佛自己正在消失，或就此死去。他感到自己是多么自由。这时候他才敢直视小越的眼睛。小越正神秘地微笑着，目光既明亮又散淡，他好像是看着小罗，又好像是在同一个不存在的人交流。

只要小罗闭上眼睛，就会出现女孩的裸体。她是多么炽热，身体可以熔化一切。她像缠绕不断的藤蔓那样妖娆，浑身潮湿，犹若仙境。一缕光线从防空洞外投射进来，照在她起伏的身体上，她的肌肤像一匹丝绸那样当空飘舞。小罗的手一直离不开她的臀部，最初那里是光滑而冰凉的，一会儿会渗出珍珠般细密的汗水。他从她身上嗅到熟悉的气息，他奇怪怎么会熟悉她的气味呢。后来他意识到那是一种和死亡相似的气味。他的刀子划向自己的身体时，也是这种气息。有那么一刻，他真以为自己要死了。后来他们平静了下来。小罗像是死而复生了一般，重生的喜悦充斥着他整个身心。荷叶上水珠的形象再次进入小罗的脑子，不过这次是两颗水珠，一会儿重合，一会儿分离。她说，小越是坏蛋，小越虽然欺负她，实际上喜欢她。小罗想，小越这方面还没有开窍呢。小罗不乐意她喜欢小越。但她肯定是喜欢小越的。小越确实很好。

小罗觉得他和小越身上似乎存在一种震慑力。他们走进教室，教室马上就安静下来。更多的人加入他们的队伍。小罗担心起来，事情正在滑向失控的边缘。小越却变得越来越迷恋此道。他对那些自戕的人非常好，对那些不想这么干的人很不满意。他们因此成了他的死对头。有人开始强迫另一部分人自戕。小越对此很满意。小越的行为让小罗迷惑。小罗不明白小越为什么如此专断，是因为他由此尝到权力的滋味吗？还是头脑过于简单而纯粹图个乐子？

他们好像在比赛似的，日益疯狂。在洞穴里他们炫耀着身上的伤痕，好像伤痕是他们人生的精华所在。这么做确实可以给人自信。当刀子在某人的身体上划过，某人顷刻体验到一种蔑视一切的气概。

他们赤裸着上半身。防空洞里闪耀着年轻肉体的光辉。黑暗中的肉体看上去显得富有韧性。小罗虽然感受到一种危险气息正在迫近，不过他此刻什么都不愿想，就想就此沉溺下去。沉溺下去。小罗想，血液真是奇怪的东西，让人发昏。

小罗发现王其舟没有加入这个游戏。不过王其舟也不像一个男人，他脸比女人还白，眼睛是丹凤眼，比大多数女人好看。他喜欢和女同学混在一块。小罗想，他见到刀子，可能会像娘们那样尖叫，同女人混的人都这样，近朱者赤吧。王其舟有时候会不自觉模仿女人说话的模样，表情也跟着变得妩媚起来。小越有一次问小罗，王其舟是不是一个同性恋。小罗说，可能是。李前平却说，王其舟他娘的流氓得很，至少睡过三个女生，那些同他好的女孩还争风吃醋呢。小罗不以为然，不可能吧，除非天下的男人都死光了，她们怎么可能为他吃醋。李前平说，骗你是狗，不信算了。

李前平说女人的时候，小罗脑袋里又出现那女孩的裸体。

"小越，还记得她吗？"

"谁？"

"就是脱光衣服的女孩。"

"是她啊，你怎么想起她来了？"

"你说她那天是怎么回家的？"

"我不知道。"

"你喜欢她吗？"

"我操。"

　　黑暗中，她是多么炽热，她的身体可以熔化一切。她像缠绕不断的藤蔓那样妖娆，浑身潮湿，犹若仙境。她满嘴胡言乱语。她喜欢这样。小罗默不作声。他觉得自己仿佛超越自身，正在观察自己。他看到黑暗中有人一闪而过。他觉得那人非常熟悉。他推开她，追了出去。防空洞外面一无人影。他迅速跑到转弯处，只看到一条空荡荡的林荫道。女孩在叫他，骂他发什么神经。他没理睬她。他已没有一点兴趣。他觉得那个一闪而过的人是小越。

　　"小越，小越。"小罗大叫了两声。

　　没有回音。

　　第二天，他找到小越。小越没有表情，只是眼圈有点泛红。小罗一直在观察他。小越没看小罗一眼。小越的眼神仿佛碎裂了似的，目光散乱，脸上有一种暴躁而残酷的暗影。

　　他们又聚集在防空洞里面。他们点上了油灯。磷火一样的油灯给人一种影影绰绰的鬼魅般的气息。有人开始流血了。血液顷刻带领他们进入奇异的幻境之中，就好像在这黑暗里开出了盛大无比的莲花。小罗也沉陷其中。他们的身体流着血，脸被疯狂扭曲，他们双眼坚定，好像在完成一项伟大使命。

　　小罗不知道小越是什么感觉。小越没看小罗一眼。虽然小越就在旁边，但此刻小罗感到他和小越之间相距遥远。

　　小越突然开口说话了。他说，把那个同性恋给我找来。防空洞里一下子安静下来，他们都屏住了呼吸，眼睛闪亮，仿佛这个神圣的仪式缺少一个祭品。李前平自告奋勇，带着一个人出去了。油灯在跳跃，防空洞墙体斑驳，布满污迹，仿佛他们身处一支巨大的油管里。小越闭上眼睛，没看他们。

　　一会儿，王其舟被带到防空洞。王其舟见到防空洞里的情形，吓得说不出话。他浑身颤抖，说我不想，我不想。小越冷笑道，那你想什么？他的刀子在他的脸上拍了一下，说，大家都可以，你为什么不可以？

王其舟胆子小，平时见到小越和小罗，就会躲避他们。有一次，他远远地看到他俩，实在没处藏身，只好躲在垃圾堆边。小越对他很蔑视，走过去把他拉出来，问他，你有见到鬼吗？我是鬼吗？你躲什么躲？可就是这个娘娘腔整天往女生堆里钻，喜欢在女人身上捞油水。李前平说，很多女生其实不喜欢他，不过女人是很奇怪的动物，只要同她们混熟了，她们就愿意同你玩。

小越把刀子扔给王其舟，要他在自己身上划一道口子。王其舟拿着刀子，双手颤抖，哭了起来。

小越突然发怒了。他说，你哭什么？不就是划一刀吗？老子先做给你看。他就拿起刀子，把自己小拇指放到一块石头上，要往下砍。小罗意识到小越想干什么，冲了过去，抱住小越，说，小越，你不要这样，会残疾的。小越没理他，试图摆脱小罗。小罗去夺小越的刀子。小罗和小越扭成一团。小罗说，对不起，对不起。小罗感到委屈，他哭了。小越还是拿起了刀子，对着自己的小拇指一刀砍下去。小拇指滚落在地。小越的手一下子被鲜血所浸染。他们都惊呆了。小罗感到心痛，好像砍掉的是他的小拇指。小罗好像为了证明什么，从小越手中夺过刀子，决绝地向自己的小拇指砍去。小拇指瞬间和他的手分离。小越的脸上没有表情，只是冷冷地看了他一眼。

开始没有感觉，一会儿传来轻微的痛感，显得十分遥远，好像小拇指在地平线的尽头。后来疼痛越来越近，越来越巨大，疼痛钻入了身体的深处，小罗觉得整个身子像陶瓷那样碎裂了。疼痛是灼热的，就好像身体的某处有一个火山口正在喷出火焰，山崩地裂一般。

防空洞里十分安静。他们都没有料到会发生这样的事。他们呆呆地看着小罗和小越，不知道事情将怎样收场。王其舟脸色惨白，吓得哭了。小越好像并没有感到疼痛，黑着脸，说，你他娘的哭什么？他把断掉的小拇指给王其舟看。小拇指还在滴血。又说，你瞧，我连小拇指头都砍了，你划一条口子就会死？当心我把你的小拇指也砍了。

小越站在王其舟面前，眼里充满了冷漠和蔑视。他们表情复杂，有对即将到来的暴力场景的恐惧，也有对王其舟的蔑视。王其舟把袖子卷起来。只能这样了。他举起刀子，向自己的身体划去。他突然倒了下去，口中吐出白沫。

"他怎么啦？"

"好像昏过去了。"

"真他妈的没用。"

"会不会死？"

"他嘴里好像没气了。"

他们感到大事不妙，都跑了。他们怕警察一会儿就会过来。小罗和小越也离开了防空洞。小越不紧不慢地走着，小罗紧随其后。他没看小罗一眼，好像小罗并不存在。

到了附近的公园，小越在一块石头上坐下来。小罗也在附近找了一个地方坐下。小罗有点担心王其舟，不知道他会不会死掉。

小越坐在那里，神色已经平静了，原本泛红的眼圈也恢复了正常，眼神里带着厌倦和冷漠。他正在用餐巾纸专心擦弄着伤口。那半截小拇指看上去像一枚没头的泥鳅。

疯狂退去后，小越的脸已变得纯真无邪。

"你伤口还好吗？"小罗问。

"还好。"小越冷冷地答道。

"是不是到医院里包扎一下？"

小越没回应。气氛有点微妙。

一会儿，小越站了起来。从小罗坐着的角度看小越，他真是高大而英俊啊，他好像身处天空之上。小罗期望小越叫他一道走。小越没有。小越拍了拍屁股的灰尘，看了看远方，然后不声不响地走了。他远去的背影显得有些落寞。小罗想叫住他，嗓子却发不出声音。他知道他和小越的友谊完结了。

生活就是这么回事。小罗生出一种欢宴结束后的疲惫和伤感。他回想和小越之间的事情，心头虚空，不觉泪流满面。一会儿就到家了，看到自家冰冷的墙门，他收住了泪眼。生活中眼泪和软弱没任何作用。

父亲觉察出他的异样，问他怎么了，他没回答。父亲不需要答案，也就是这么一问而已。父亲正在看晚报。他看了一则新闻，有点震惊。他说，竟有这样的事情。他像一个小学生一样一字一句、结结巴巴地读了起来：

> 〈本报讯〉本市某职业学校两名男生，迷恋上切割自己的身体。班上的孩子疯狂地崇拜他们的行为，竞相模仿。有些孩子不愿意加入，竟遭受蔑视，他们强迫这些孩子自戕。有一个孩子因为过分恐惧而休克……

小罗听了，不以为然地笑了笑。

"你笑什么？"父亲问。

他冷冷地看了看父亲，心里突然涌出一个恶毒的念头。他慢慢地把衣服撩了起来，向父亲展示布满了刀痕的腹部。他看到父亲脸上露出惊愕的表情。

2004 年 5 月 27 日

到处都是我们的人

我们单位早在几年之前已经解散了，同事们被分配到我们城市的各个角落，都已走上了新的工作岗位。有时候我在大街上会碰到旧同事，大家说起老单位的事情来，还会感慨万千。

　　我们这个城市地处沿海，改革开放后经济蓬勃发展，人们的生活大大改善。俗话说，人往高处走，水往低处流，生活好了，大家的要求就更高了。本来，我们这个城市除了少部分家庭还在使用煤球炉以外，大部分居民家都用上了罐装液化气，但罐装气自有不便之处，就是每月要换煤气。家住一楼二楼还好，要是住在七楼八楼搬上搬下的实在麻烦。大家都盼望煤气像自来水一样接到各家各户。这不是说大家没力气搬煤气，实际上，这几年生活改善，吃的是大排海鲜，我们体内有的是能量，搬个煤气罐是不在话下的。但即使体内有能量也不能浪费在这种原始劳动上面。我们现在常常挂在口中的词是生活质量，显然搬煤气罐属于生活质量低下的标志。就在这个时候，我们这个城市的东郊传出喜讯：某地质勘探队在东郊勘出了天然气。老百姓奔走相告，都觉得更高的生活质量近在眼前。当时，我们这个城市的市长刚刚上任，听到这个消息也很振奋。按惯例，市长上任要提出施政目标，即所谓十件实事。市长正愁凑不齐十件，听到东郊有天然气，于是就决定把开发天然气列入十件实事之一。他当即指示：建立班子，天然气工程马上上马。

我们就是在这样的背景下被抽调到一起的。我们单位的牌子是天然气工程办公室。我们为了共同的目标来到一起，又同自己的切身利益有关，工作就特别卖力。我们在上级的领导下，按部就班，买设备，购钢材，铺管道，建贮罐，工作进展得十分顺利。

我们正干得热火朝天，突然传来一个消息：天然气工程暂时停工。我们都不知道什么地方出了问题，也没多去想它，只觉得休息一段日子也好。大家想，这么冷的天可以不去野外施工了，可以坐在办公室过温暖日子了，便觉得占了便宜。于是大家坐在一起喝茶聊天晒太阳，谈谈巩俐和张艺谋，谈谈国际形势和前南战局，日子过得十分惬意。

老汪是我们计划科的科长。虽是科长，却不管事，当然不是他不想管事，是因为他同殷主任政见相左，殷主任不让他管事。老汪不但年纪大，脾气也很大，曾为此同殷主任吵过几次。当然这种吵是一点用也没有的。老汪因此对殷主任意见很大。去年殷主任为职工搞福利，不怎么合法，老汪就写匿名信告了他，为此殷主任向市政府写了一万字的检查报告。殷主任对老汪就更不客气了。老汪没办法，要求调走，可殷主任就是不放。殷主任说，我们要用你。

那天大家对停工一事基本上没什么反应，但老汪的反应却很快。他兴高采烈（或许是幸灾乐祸）地来到殷主任的办公室，在殷主任对面的沙发上坐了下来。他拔出一根烟，自个儿点上，然后美美地吸了一口，又缓缓地吐出。他没发烟给殷主任。殷主任没看他一眼，也拔出一根烟点上。

殷主任没睬老汪，老汪憋不住，就从口袋里掏出早已写好了的请调报告，再次要求调走。老汪说，好了，现在单位完蛋了，买来的设备成废物了，你们也玩完了，春梦一场啊！我可不想再同你们做梦了，我还是趁早走，这回你总该放了我吧？殷主任白了老汪一眼，冷冷地说，拿回去。老汪就跳了起来，说，你还讲不讲理啊？

老汪的声音大，我们都听见了，大家不知出了什么事，都围到殷主任的办公室，发现老汪又在和殷主任吵。老汪说，上次我要调走，你说什么工程搞得如火如荼（老汪把荼字读成了茶字），不让走，现在单位玩完了，你总得放我走了吧？要讲道理是不是？

殷主任热爱群众，只要有群众在，他就有办法对付老汪。殷主任笑着问我们，老汪说我们玩完了，我们完了吗？大家笑笑。殷主任又说，老汪说我们春梦一场，我看他自己倒是像在做梦，他至少没有把停工同下马这两个概念搞清楚。所以，老汪，你应该把这两个概念搞明白了再来找我。你吵有什么用？

围观的群众就哄然大笑。老汪恼羞成怒，说，你不放我，我就天天同你吵。

殷主任冷笑了一声，说，如果你要吵，我奉陪，反正工程停了，我有的是时间。

老汪气得直骂殷主任卑鄙。

我和老汪还算谈得来。老汪因为不得志需要倾吐对象，需要发发牢骚，讲讲他的人生经验，所以同我特别友好。他的经验毫无疑问让我受益匪浅。老汪是有点好为人师的。不过，在我看来老汪实在不坏，虽说脾气火暴点，但思想是很活跃的。他对我说，我就喜欢和你们年轻人打交道，交流思想。确实老汪这个人心态很年轻，平时西装革履，头发梳得一丝不乱，还喜欢流行歌曲和电影明星，当然容易和年轻人打成一片。

老汪同殷主任吵的这一架让他差点气得吐血。吃中饭时老汪还没缓过劲来，见到我就大骂殷主任。他骂殷主任时我心情紧张，我怕有人听到而告到殷主任那里。幸好老汪骂了一通后顺过气来，就不再骂了。

老汪走后，我回到大伙中间，大家笑问我刚才老汪说些什么。我说，发发牢骚罢了。我知道大家对老汪的看法，自从老汪因为单位搞福利向市里告了一状，我们单位的福利就大不如前，领导们都不肯挑担子啦，因此我们对老汪是很有意见的。我们还认为老汪这个人太笨，他用这种方法是死也调不出去的，他和殷主任斗简直就像是蚍蜉撼大树。

群众的眼光大致没错。老汪在那天吵了一架以后也没采取更激烈更有效的措施，而是沉下心来，作持久战的打算。我们发现老汪近来老是去胡沛的办公室。

胡沛是个表面外向内心细腻的女人，年近四十，没结过婚，大家背地里刻薄地叫她老处女。当然是不是处女只有天知道。别看她平时嘻嘻哈哈有点疯，但见到男的对她热情脸还是要红的。许多人说她疯疯癫癫是想掩饰内心的羞怯。从这个意义上说她不失为一个可爱的女人。我们还发现每次老汪去胡沛的办公室，胡沛都会脸红。

你知道，一个人一时没事做是可以的，但长时间没事做就很难受，不好打发时间。总不能老说巩俐吧，好战的南斯拉夫人的政治游戏与我们又有什么相干？我们都感到很无聊。人一无聊就免不了干些无聊的事。

比如有一天，大家正无聊着，五楼小王跑到大伙中间，气喘吁吁地说，他的寝室有老鼠，请大家一起捉老鼠。小王是外地人，因此住集体宿舍。宿舍就在五楼，是办公室改的，内外二间，里间卧室，外间吃饭。我们反正没事干，就来到宿舍捉老鼠。我发现我们单位的陈琪也在小王的房间里。见到陈琪，我的心即刻发酸。老实说我已经喜欢上她了。她是个无所顾虑的女子，一头卷曲长发，脸蛋丰满，肌肤细白，眼神常常流露出一种高傲的倦怠感。当然我没同她说过我喜欢她，我只是多情地默默关注着她。现在我看到陈琪在小王的房间里，因此联想就丰富起来，心中发酸也是难免的。但处在我这种状态中的男人一般都喜欢往好的方面想，或者对显而易见的事实拒绝承认。我马上否定了自己的联想，认为陈琪只不过是偶尔来小王这里玩的。这时，小王说，老鼠在书柜底下，大家准备好，我把它捅出来。但小王用棍子捅了好一会儿，老鼠没有动静。小王没办法，提议把房间里的家具搬到客厅里。但就在我们将要搬最后一件家具，老鼠将要暴露在光天化日之下时，老鼠一溜烟蹿到了客厅的家具堆里。见到老鼠，陈琪尖叫起来，她的叫声隐藏着女性的娇柔媚态，我听了心不由得颤抖起来。我一厢情愿地把这声叫视为对我们之中的一员的撒娇（但愿是对我的）。大家发誓今天一定要把老鼠抓到。小王来到客厅赶老鼠。这回老鼠不怎么沉得住气，很快从家具堆里出来跑进了房间。

这次，我们把房间的门、窗都关上了。老鼠无处可逃，竟沿壁往上爬，像壁虎那样灵巧轻盈。最后老鼠爬到天花板上，两只眼睛血红，害怕而警觉地看着我们。大家都看呆了，并且有些害怕。我不想在陈琪面前露怯，于是就用棍子去捅老鼠。谁知老鼠猛地往下跳，跳到陈琪的胸口上。陈琪芳容失色，惊声尖叫。我一棍击中老鼠，老鼠顿时在地上一跳一跳的，不能再跑了。这时陈琪已回过神来，因为意外的刺激，她显得十分兴奋。她叫得更欢了。我想很多人都会有我这样的经验，面对一个自己喜欢的女性的欢叫，会干得更卖力。一会儿老鼠一命呜呼。大家则都出了一身汗，感到很痛快。我则更加兴奋，因为在陈琪面前表演了我的勇敢。中午吃饭时大家胃口特别好，彼此也显得很亲热——集体活动总能使大家更团结。老汪见我们这边热闹，也端着饭碗走了过来，问我们上午在干什么。我们说在响应上级的号召，除四害。老汪显然没反应过来，说，什么？我说，我们在替小王捉老鼠。老汪说，你们看来是太无聊了。有人说，我们搞卫生怎么可以说无聊，我们不能一点事都不做啊。我见老汪说我们无聊，笑个不停。陈琪说，你笑什么啊？我对老汪说，我们没女人陪当然无聊。小王说，老汪你要注意，当心人家胡沛爱上你。老汪说，这玩笑开不得。我们都放肆地笑出声来。老汪也笑，说，你们这些小流氓。

我们都很无聊，但有一个人总有办法打发时间。这个人就是老李。

我们计划科老汪不管事，实际管事的是老李。关于老李这人说起来也是很有意思。老李今年五十五。看上去比实际年龄要老一些。他个子矮小，喜欢穿一件藏青色中山装，中山装衣领处常常有星星点点的头皮屑，头发却不多，稀稀拉拉的就这么几根，还灰黑夹杂，看上去整个儿糟老头子一个。老李年纪大，却十分好动，喜欢在人家办公室门口东张西望，窥探别人的隐私，还拿别人的信在阳光下照，因此单位的群众有点烦他。但老李是我们的实际领导，我们科的人即使有意见也不表露，比如有一次，我们工会搞来福利鸡，我们听天由命，抓阄对号，一人一只。老李抓了5号，但5号的鸡太小，他就把6号那只大的拿走了。老李就是有点贪小。

老李对付无聊的办法就是去殷主任的办公室聊天和听指示。刚开始老李整天坐在殷主任办公室。老李知道殷主任自从去了日本以后，喜欢讲日本，虽然老李已听了好几遍，但为了殷主任高兴，他还是旧话重提，主动问起日本的事。

殷主任说，小日本，弄得那叫干净，你穿着皮鞋在街上逛一整天，皮鞋还是一尘不染。他们的天然气厂比我们的公园还像公园。

这时，小王进来了，小王也是个有事没事往殷主任办公室跑的人。殷主任没睬小王，继续讲他的日本见闻。

殷主任说，日本女人不难看，原以为日本女人都是丑婆，其实不然，日本女人还是很有味道的。

老李知道殷主任喜欢说那"有料""无料"的典故，就讨好地问，殷主任，日本人的饭店里都放些什么录像啊？

殷主任说，小日本表面上一本正经，背地里干的事情可那个了。日本的宾馆里有两个按钮，一个叫"有料"，一个叫"无料"，那"无料"当中的节目同我们的电视节目是一样的，但那个"有料"频道，看了吓死你。

小王开玩笑说，殷主任你看了没有啊。

殷主任哈哈笑笑，没有正面回答，他说，小王，那个东西你们年轻人看不得，一看准出事。

老李对殷主任是很服的。殷主任私下总是很随和，但在场面上说话就很有分寸，政策水平是很强的。比如殷主任对老汪掌握得很有政策，殷主任牢牢地把老汪捏在了手心，老汪一点办法也没有。老汪也只能在一些场合狗急跳墙地来几招。老李打心底里佩服殷主任。

老李不能整天坐在殷主任的办公室里。出了殷主任的办公室就没什么人理他了，但他也有办法使自己的日子过得充实。他想办法弄了本全本《金瓶梅》来。他从殷主任的办公室出来，就坐在自己的办公桌前，戴上老花镜，津津有味地看起来。去年，老李去深圳时买过一套港版《金瓶梅》，封面上写着全本，回来一看连呼上当，里面非常卫生，白白冤枉了一百二十八元人民币。这回老李看的是小楷手抄体版本。老李看了啧啧称奇。老李见到我在办公室，就把我叫到身边。

老李带着沉醉的表情，对我说，小艾啊，像这种书你们年轻人看不得，连我老头子看了也刺激。说完叭地在食指上吐了一口唾液，利索地翻了一页。

你们知道我看过不少杂书，并且也是喜欢充充内行的。我咽了一口口水，说，这个版本是毛主席他老人家在世时亲定出版的，就一千套。

老李点点头，意犹未尽地说，你知道我是怎样弄到这本书的吗？这可是很大的面子啊，我出去别人都是给我面子的，连市长到我们天然气办视察，都要主动走过来同我握手呢。

自从市长同老李握手过后，老李不管讲什么都会条条道路通罗马，讲到这件事。我听了忍不住说，是市长借给你的吗？

老李哈哈笑笑，就不说下去了。

老李读《金瓶梅》读得渐入佳境，也不怎么去殷主任的办公室了。但殷主任传来了话，让老李去他的办公室。老李只得去。

老李进去时，殷主任绷着脸，也没叫他坐。老李只得站着。老李不知道殷主任为什么这么严肃，开始在心里检讨起自己哪些地方做得不对。

殷主任说，有人向我告状，说你在看什么黄书。

老李摸不透殷主任啥意思，心里不觉咯噔了一下，他本能地说，没有啊。

殷主任见老李那样儿，就笑出声来，说，快去拿来，给我看看。

听到这话老李轻松多了。他的心中竟生出一丝感动来，殷主任看得起我，他不把我当外人。于是他就撒起娇来。他说，我急着要还的，别人催得很急。

殷主任说，你少废话，快去拿来。

老李愉快地回来拿他的《金瓶梅》了。看到那些不愿睬他的人们时，他就显得有点趾高气扬。他想，殷主任要看那还有什么话说呢，我宁可自己不看也要让他先看。

你可能不知道，老李最反感的是老汪。事情可能是老汪首先看不惯老李引起的。老汪看不惯老李当然有理由：其一，老李把本应属于老汪的权力给占有了；其二，两人的性格合不到一块。老汪看不惯老李，不但看不惯简直是看不起。老汪觉得像老李这样的人简直是人渣，什么东西都要较真，比如有一次，开会的时候老汪的位置靠得跟殷主任更近，老李就不舒服了，会开好后就在科里说，有的人规矩也不懂，我不知是真不懂还是假不懂，自个儿坐什么位置应该知道的嘛。老汪听了，才知自己触犯了他，但也没同他计较。可问题是有时候，虽然事情很小，你不同他计较也难做到，很多时候，老汪同老李为了一丁点的事吵了以后，老汪会十分后悔。在老李眼里，老汪给他的观感也不佳。这个老汪，年纪都一大把了，可就是为老不尊，成天游手好闲，嘴里还哼什么谭咏麟的歌曲，唱什么"这陷阱这陷阱给我遇上"，穿得也花哨，头发梳得锃亮，也不知抹了多少油。他总是把自己装扮得像一个小流氓，一副人老心不老的样子。更严重的是这个人花心，专门同女同志搞出事情来，这方面他可是有前科的。老李觉得这个老汪简直是个小丑。殷主任也很烦他。这个人开会是总是同殷主任过不去，一副冷嘲热讽的嘴脸。他总是坐在一把沙发上，双手横着搭在沙发架上，跷着二郎腿。有时候他伸出手去不远处的烟灰盒弹烟灰。往往还没抽完他就把烟蒂撅灭。那烟蒂昂然立着，让老李看了十分气愤。老李看到那烟蒂就会想起老汪胯中那物儿，一股子无名火会即刻上涌。

自从老李看了《金瓶梅》后，他对男女之事更加敏感了。老李开始把注意力放到老汪身上。老李的嗅觉也真是敏锐，我们怀疑老李的嗅觉是在阶级斗争中锤炼出来的，总之我们单位的桃色事件就是老李给揭发出来的。

我已经说过了，老汪决定打持久战后同胡沛搞得很热。你如果来我们单位找老汪，你只要去胡沛的办公室准能找到。我们不知道老汪和胡沛在说些什么，我们只看到他们整天说个没完。我们并不奇怪，因为老汪本来就是个能说会道的家伙。

我们单位的四楼有一间活动室，里面不但可以跳舞，还可以打乒乓球。在打乒乓球这一项，胡沛是有过专业训练的，因此我们男同胞同她打往往也只能是败下阵来。可想而知，胡沛是喜欢打乒乓的。但自从老汪和胡沛谈得投机以来，我们就很少见到胡沛上四楼了。我们有时候自觉球技长进，就想到胡沛，想和她过过招，试试自个儿的功力。胡沛不上四楼，我们就去请她。当然老汪和胡沛在一起聊天。胡沛红着脸，推托起来。我们就起哄说，胡小姐你再不锻炼身体，当心嫁不出去噢。胡沛虽没结过婚，但对婚嫁的玩笑却并不忌讳。还是老汪站出来说话了，老汪说，去吧去吧，你是得锻炼锻炼。胡沛说，难道我那么胖啊。我们说，没自知之明，自个儿胖都认识不到。然后胡沛就同我们去打球了。

你知道，我们对老汪写匿名信一事很有意见。我想胡沛也知道大家对老汪的看法。所以当我们来到四楼，对胡沛说，胡沛，老汪可是个大染缸，你这么纯洁的人当心被他同化。不料胡沛说，你们有点误解老汪，老汪其实是个挺善良的人，他还是蛮有正义感的。我们听了都嘎嘎嘎笑出声来，笑得意味深长。胡沛见我们笑个不停，脸突然红了，她骂道，你们笑什么啊，神经病。

我们或许有点神经过敏，但我们也就是这么开开玩笑，当然我们中的一部分人还是愿意单位来点事，好给日益枯燥的日子注入点儿活力，但我敢打赌，除了老李我们中没有一个人愿意鲁莽地撞入胡沛他们的私人生活。老李不怎么想，老李猜想，单位人去楼空的时候，老汪和胡沛一定在醉生梦死。老李觉得他有义务让他们遵守必要的道德，让他们以后汲取深刻的教训。

老李为了教育他们真是挖空心思。怎样才能知道他们那个了呢？这是首先要解决的问题。这难不倒老李。老李和老汪办公的电话是正副机，老李想，如果把电话搁起，老汪那边的声音能不能传过来呢？老李这样试了，但他很失望，他听到的只是长音，根本无法传导。这也难不倒老李。老李想，他们没干那事他是杀了头也不相信的。他决定冒一次有把握的险。

那是周末，老李下班时见到老汪与胡沛没走，就知道他们准有好事。老李就在楼下耐心等待。其时虽值暮春，天气尚寒冷，老李衣衫单薄，立在寒风中瑟瑟发抖，但内心深处燃烧的熊熊的正义之火使他并没感到寒冷。他把那破旧的老式公文包挂在臂弯处，手插在中山装袖子里，来回踱步，那样子像个随时上战场的斗士。过了四十分钟，老李琢磨他们已进入了实质性阶段，就摸上楼去。他出其不意地推开老汪的办公室，脸上挂着我们熟悉的高深莫测的笑容。其时，老汪正捧着胡沛的大奶子不亦乐乎。老汪被老李的突然袭击搞得有点措手不及，愣在那里不知说什么。胡沛满脸通红整着衣衫。老李见状，内心复杂，表面上却装作什么也没看到。老李说，老汪，我打个电话。

星期一我们都知道老汪捧胡沛奶子的事了。

老汪星期一到单位有点晚。在爬楼前，老汪照例用手梳了梳油光可鉴的头发，又掸了掸西装上并不存在的灰尘。他哼着曲子上楼，发现我们的眼光有点躲躲闪闪并且意味深长，角角落落还有人在窃窃私语，他知道老李把事情宣扬出去了。老汪年纪虽大，血气却很旺，他奔到老李的办公室，抓住老李的衣襟就往外拖。拖到走道上，老汪就把老李的头夹在胯间。老汪恶狠狠地说，看你再下流，看你再下流。

大家都围了过去。我说过大家对老李和老汪都没什么好感，因此也没人去劝。闹了很久才有人把老汪拉开。我们发现老李从老汪的胯间出来时，眼中有泪光闪烁。

我们一般说来都有幸灾乐祸的毛病，老汪和老李闹过后，我们知道他俩也就那样了，翻不出什么花样了，于是我们都把好奇的目光投向胡沛。我们再也不会叫胡沛打球了。我们都站得远远的，看她会有什么表现，我们期望看到胡沛更精彩的全情演出。胡沛的表演很让我们失望。

开始我们怀疑胡沛也许以为我们不知道她那档子事，总之在我们眼里胡沛同以往没有不同。我说过胡沛是很活跃的，一点老姑娘的脾气也没有，这很难得。更难得的是胡沛在出事之后的态度，可以用处变不惊来形容。我们不叫她打乒乓了，她却来到了球室，她说，好多天没打了，我来测试一下你们有没有长进。有些人尽量装得没事一样，实际效果是他越装得没事就越让人感到有事。有些人很有正义感，在一旁撇嘴。有些人更残忍些，他们看到胡沛傻傻的样子，就希望她聪明点，让她明白我们已经知道她那些事了。小王就属于第三种人，他说，胡沛，你这几天气色不错，是不是有什么好消息。胡沛傻笑道，你说有什么好消息啊。小王说，你总不会交桃花运吧。胡沛说，没错，我马上要结婚了。我们都哈哈傻笑起来。

我们都以为胡沛说她要结婚是同我们开玩笑。事实上我们都错了，胡沛真的结婚去了。那是在半个月之后，我们每个人收到了胡沛的结婚请帖。她在每张请帖中都写上了适合每个人的热情洋溢的文字，她邀请我们务必出席她的婚礼。我们对这个突然降临的婚礼感到不能适应，因为我们从来没有想过胡沛也会结婚，我们一时不能接受她变成一个新娘的事实。当然，我们最终还是去参加了她的婚礼。你也知道新郎当然不可能是老汪（老汪还没来得及同他太太离婚），新郎是个十分英俊的小伙子，我们都记起来了，这个人曾来我们单位打过乒乓，球技也是一流。现实总是超出我们的想象，胡沛找到这么漂亮的男人谁能想得到呢。我们开始起哄。小王说，胡沛，老实交代，你们是怎么认识的。胡沛说，你们问他吧。于是我们问小伙子。小伙子很害羞，只是笑，就是不回答我们，弄得我们心痒痒的，但别人不肯说也是没办法。顺便说一句，胡沛的婚礼有两个人没来，你猜对了，他们就是老汪和老李。

桃色事件到此结束。结果你已经知道了，胡沛结了婚，这是好事；老李和老汪的积怨更深了，这就不怎么好了。

天然气停工的那段无聊日子，还有一些事也是值得一说的，这些事同我还有点瓜葛。

你知道我喜欢那个叫陈琪的女孩。让我伤心的是陈琪看来名花有主了。至少小王这么说，小王在我们中间暗示：他已经把陈琪给搞到手了。因此，我们单位的人都把他们看成一对了。

比如有一次，单位搞舞会，我们年轻人就聚在一块。小王俨然以陈琪的男友自居了，每当舞曲响起，小王就请陈琪跳，其他人就插不进手，当然也不好意思插手。我坐在一旁抽烟，心里发酸也是难免。我没想到的是陈琪和小王跳了几曲后，陈琪来到我前面，对我说，你怎么不请我跳，难道要我请你，我请你的话你可不要给我亮红灯啊。我说，我哪好意思把你们分开，你们是那么那个。陈琪听了显然很高兴，她说，你吃醋啊。我觉得这句话大有深意，听了不由得感动起来。你知道，我这个人有一个致命的弱点，往往还没有把女孩追到手就爱得死去活来啦，就在心里一遍一遍对她倾诉啦，自己爱得很温柔可别人还蒙在鼓里呢。我在追女孩子方面很放不开，有点傻帽。因为感动，我心态就很不正常，就想显示一下自己的强项，于是我站起来，说，请你跳舞吧。我知道陈琪很喜欢同我跳舞，这一点我很有自信，别看我别的地方冒点傻气，可舞跳得不赖，什么国标迪斯科都会一点。陈琪就不止一次对我说过，同我跳舞是一种享受。好吧，就让她享受享受吧。可是你知道的，我这个人有时候还假模假样，虽然心里是很想把陈琪搂得紧紧的，自从小王宣布陈琪是他的了以后，我就有了心理障碍，不敢把陈琪搂得过分紧了。我不敢用力，双手颤抖，满手是汗。因此这一次跳舞陈琪基本上是游离于我之外。有几次在旋转时，陈琪因为无法支撑，差点摔倒。陈琪不解地问，你今天怎么了？跳得这么差，手心还流汗。你在怕什么，担心会吃了你吗？陈琪这么说我更加紧张了，正当我尴尬地向陈琪傻笑时，另一对舞者撞到了我的身上，我于是失去了平衡，一滑就摔倒在地，紧接着陈琪也摔倒在我的身上。我对自己的失态非常恼恨，忙不迭地对着压在我身上的陈琪说，对不起，对不起。我看到陈琪的脸上露出她特有的倦怠表情，她若无其事地爬起来，就往场边走，她的裙子却系绊在我的鞋上，差点又一次摔倒。她只得再一次转过来，用手提了一下她的裙子。我看到她的美腿在裙子里闪了一下。这次陈琪没马上走开，而是伸出手来拉了我一把。她冷漠地说，你没事吧。我顺势爬了起来。这时，小王冲了过来，推了我一下，骂道，你他妈的倒很会占便宜。说完放肆地笑了起来。我知道，小王是吃醋了。小王的玩笑竟然把陈琪的情绪给调动起来了，她突然尖声笑道，小王，你无聊啦。接着就用她的小拳去打小王，小王也不避，嬉笑着任陈琪打。我的心里就很不是滋味，老实说，我一点也不了解这个女子，因为她总是突然兴奋起来，突然变得十分豪放，这之间用不着什么铺垫。我不知道陈琪这是因为爱情还是想掩饰刚才的窘态。我们又回到场边。小王和陈琪坐了下来。这时殷主任走了过来，小王赶紧让座。殷主任说，你们坐，你们坐。小王还是执意让殷主任坐。殷主任说，小王，陈琪啊，什么时候吃你们的喜糖啊？小王说，殷主任啊，吃喜糖是不会忘记你的啦。（瞧，人家都在谈婚论嫁了，我还在自作多情。）小王知道殷主任喜欢跳舞，就对陈琪说，陈琪，领导坐在旁边，你应该主动点请领导跳个舞。陈琪站起来，对殷主任说，殷主任，小王这个人太讨厌，专门发号施令。殷主任说，男人都是这样的。接着他们就下了舞池。我看到殷主任的大肚子抵着陈琪的肚子，他在不停地摇啊摇，样子很沉醉。

　　我这个人不但要冒点傻气，有时候还会冒点酸气。小王和陈琪好，我的心理不平衡，对小王的看法就有些偏颇。我很清楚我们单位年长一些的人对小王评价不低。他们认为小王比较有出息，人勤快，更重要的是尊敬师长。比如老李教育我时，老是以小王为范例。老李说，小艾，你看看人家小王，头子多活络，开会的时候，你看他也不闲着，为领导为大家倒倒茶，布置布置会场，很好嘛。不像你，成天游手好闲，给群众的印象相对就差些。小艾，你们进单位，就像学徒拜了师傅，干些杂事那是应该的，这样你就入行了，我们也都是这么过来的，年轻时什么苦都吃过，老了才有这点地位，小艾啊，这是规矩。（我对这种说法开始不以为然，后来也有点信了。）但我有我的看法。我的看法是小王不勤快，可以说懒惰成性，不信你去他的寝室看看，脏得不堪入目，换下的衣服泡在盆子里可能已有半个月没洗了，正在发臭。我的另一个看法是小王的城府还挺深。小王总是去殷主任的办公室，关于殷主任的事小王老是提起——当然提起来总是充满尊敬与赞叹。小王说，殷主任的威势够足。每次小王去殷主任的办公室，如果办公室没其他人，那殷主任就比较好说话，会马上叫小王坐，并且会主动发烟给小王。如果办公室里有客人，殷主任就很会摆架子，连看也不看小王一眼，让小王干站着，从而给客人威慑力。小王说，殷主任深谙为官之道。我以为小王真的很崇拜殷主任，有一次，我和小王喝酒，小王多喝了几口，醉了。我做梦也没想到小王一醉就骂起了殷主任，骂的还很难听。小王说，姓殷的他娘的是婊子养的，他他娘的不懂得尊重人，他老是在客人面前出我的洋相。小王说得眼泪和鼻涕横流，惨不忍睹。我的第三个看法是小王这人还刚愎自用。你知道我们一伙人总是在一起玩，但是去什么地方玩意见就比较杂，是去卡拉OK呢还是去看电影，我们大多数人往往是随大流，小王的意志就比较强。他喜欢做主，他不征求我们的意见就作决定。有时候，我们也烦他这样子，我们偏不同意他的主意。这时他就说，你们不去算了，我一个人去。你知道大家出来玩，弄得不开心就有点得不偿失，于是我们也就遵从小王的意见。

我这么说人家小王的缺点当然很无聊。谁叫我们不幸成了情敌呢？

根据我对小王的这些看法，我认为陈琪如果和小王谈恋爱就有点不值的。当然这只是我的想法，值不值得只有当事人知道。

你知道，陈琪的气质有点前卫，一般来说，你女孩子如果太前卫，在单位里就有点孤立，群众背后说她的话也就不那么好听了。我就不止一次地听到过一些上了年纪的女人说陈琪的坏话，说陈琪很"开放"。我们这里对女孩最坏的评价就是"开放"。当然我听了很气愤。这是正常的，我正爱着陈琪，陈琪在我心中的地位比较神圣。可别人不这么想。他们认为像陈琪这样的女子哪个男人娶了她就倒霉了，谁也守不住她的，她只会满世界撒野。他们这样说也有他们的道理，他们说，你们瞧，这个女的整天和男孩子轧在一起，还看什么《金瓶梅》。确实有一段日子我看到陈琪也在看《金瓶梅》，问她哪里弄来的，她说是殷主任借她看的。陈琪就是这点不好，这种书当然人人喜欢看，但女孩子应该偷偷地看。陈琪这个人就是不懂得遮掩。更严重的是他们还议论陈琪晚上睡在小王的寝室里。他们说，知道为什么陈琪这几天上班特别早吗？她压根儿没回去过，她每天睡在小王那儿。你知道，我听到这些话比任何人都难过。我只好对自己说，算了吧，你动什么情，你又不是情圣。

也就是说，我对陈琪不再抱希望，可以说绝望了。于是我从温柔的一面走到冷酷的一面。我对陈琪说话开始带刺。

事情大致是这样的，就像一个硬币的两面，爱与恨不可分。
我这个单恋者也开始恨啦。

比如陈琪有时候找我打乒乓球，我就会面带讥讽，说，
你不累吗，你还有劲打乒乓吗？你得留点体力给晚上啊。陈
琪并不恼，还用手来拉我的衣服，一定要我去。我说，你不
要拉拉扯扯，影响多不好，要是人家吃起醋来我可受不了。
这时陈琪开始有反应了。她把脸沉了下来，说，你在说什么
呀，你有病啊，谁吃醋啊。我说，你算了吧，装得很纯洁的
样子，谁不知道你正爱得死去活来的。陈琪一笑，说，难道
我爱上你了？我说，我可不敢消受。陈琪说，你死样怪气的
样子，你想说什么？我说，你以为自己保密工作做得很好
啊，单位的人谁不知道你们的事啊。陈琪说，我们？我们是
谁啊？我说，你这人没劲，搞得神秘兮兮的，我替你说出来
算了，你们指的是你和小王。陈琪突然笑出声来，说，你说
什么呀，没有的事。我说，你还不承认，你们的事早已传得
神乎其神了，小王自己也这么说，你还抵赖什么。陈琪神色
大变，她说，小王说我和他在谈恋爱？我说，他还说你晚上
在他那里呢。陈琪说，无聊。说完她再没心思打乒乓啦。我
听到走廊上的脚步声怒气冲冲。

我开始明白这里面的问题了。我想我做了件蠢事，看来
我可能挑起了一场纠纷。

当天晚上，陈琪打电话给我，说要同我谈谈。她在电
话里怒气还没消。我当然愿意同她谈谈，反正我也没什么
事。陈琪说，她晚上在梦娇咖啡屋等我。老实说我不习惯于
去这种比较暧昧的地方，像陈琪这样的女孩子似乎天生有点
咖啡馆情结，即使谈没有诗意的事情也想到要去那种地方，

当然像陈琪这样的女子还有一种本事就是能把很没诗意的事情谈出诗意来。我不习惯也得去。我进去时，服务小组就把我带到某节类似火车车厢的座位上，陈琪已坐在那里啜饮咖啡。她白了我一眼，说，来啦。我就坐了下来。我思索咖啡馆为什么要搞得像一节火车车厢，我猜想是不是因为这样有一种运动感，是一种飞离现实的象征？我有经验，在火车上我老是有一些不着边际的幻想，我本人也变得比较有诗意起来。我坐稳，咖啡也落定在我面前。我喝了一口假装什么也不知道，问，你有什么事啊？陈琪闷闷地说，我找小王谈过了。我说，噢，谈过了。陈琪说，我不可能和小王谈恋爱，我怎么会和小王谈恋爱，亏你们想得出。我没吭声，此时我不便吭声。陈琪继续说，我问小王怎么回事，你猜小王怎么说？我机械地问，小王怎么说？陈琪说，小王说这不是很好吗，还说我和他本就很谈得来啊，再说大家都这么说了，说明我和他很配，说不要辜负了大家成人之美的愿望。陈琪又说，我问小王他自己怎么想，小王说都这样了还有什么办法，当然只有做朋友了，否则太复杂了是不是。说着陈琪就愤愤不平起来，小王凭什么这么说，小王这个人我算是看透他了，太无耻啦。我看到陈琪脸上浮现出受到天大委屈的表情，于是就想逗逗她，说，对呀，你们做朋友不是也称大家的意嘛。陈琪说，无聊，我是不会和小王谈恋爱的，我这样同他说了，但他竟然说大家都以为我们在谈恋爱，再说殷主任也讨过我们的喜糖了，怎么能说不谈就不谈。笑话，照他说来我的婚事还要领导来定。我说，殷主任向你们讨喜糖我也听到了。陈琪说，讨厌，我绝不会爱小王这样的人，他只知道拍殷主任的马屁，殷主任算什么呀，老实说我只要花点心思，殷主任就……不说了，我讨厌拍马屁的人，我不会嫁给这样的人。听了陈琪的话我的心很虚，我检点自己的行为，虽然我没有明显的拍马行为，但离拍马也是很近的，每次我看到领导来到我们中间，我总是不由自主地看着他笑，样子很像一个白痴。陈琪喝了一口咖啡，她似乎沉醉在自己的世界里，脸上隐约有一丝兴奋。这让我觉得她的怒火并不真实，也许她喜欢小王爱她呢，也许她喜欢在平淡的生活中来点事呢，或者，她因为突然陷入这个事件的中心而暗暗地乐呢。当然这些都是我的猜想，陈琪依然露出我能理解的愤怒，她说，老实告诉你，小艾，我觉得这是一个阴谋，是小王一手制造的阴谋，是小王在大家中间传播，使大家相信我和小王真的有事。我说，你不要追究啦，大家也就是在单位里爱爱，单位里的爱情总是这样的，就像单位里的权术免不了有点阴谋。陈琪听了我的话，突然陌生地看了看我，说，看不出啊小艾，你这话还挺有哲理的啊。

我的缺点很多，但也有优点，我善于做异性的忠实听众。自从那次和陈琪在咖啡馆一泡，陈琪看来同我泡出感觉来了，总之，这之后她总是找我倾谈。原因当然是小王缠着陈琪，让陈琪有一些苦水要倒。

从陈琪口中说出来的小王很没风度——这当然是我想要听到的。陈琪说，小王每天晚上待在她家门口，她都不敢出去了，她一出去小王就迎上来，要和她谈谈。陈琪说都谈清楚了，有什么好谈的。小王说，他的名誉受到了损失，陈琪要负责。陈琪说，你损失什么了？小王说，连殷主任都向我们讨喜糖吃了，你现在说吹就吹，我怎么向殷主任交代。陈琪说，吹什么呀，根本没谈嘛，有殷主任什么事。小王就急了，说，那你为什么老是来我的寝室？告诉你，你不要把我搞得这么惨，这对你没什么好处。陈琪同我说到这儿，脸上布满了恐惧，陈琪对我说，当时小王的眼光十分骇人，好像想把陈琪吃了似的。我想小王肯定十分痛苦——在这一点上我和小王可以同病相怜。我想起来了，这几天，小王失魂落魄的，头也没梳，全然不像从前那样讲究外表了。有时候，我碰到他同他招呼，他要么不理我要么怨毒地看我一眼。

陈琪总是找我谈，我免不了有点动心。我觉得我对陈琪的爱情似乎有点盼头了。但很多时候我会悲哀地想，如果女人们对我太放心，什么都同我说，女人们八成把我当成不男不女的中性人，她们大都不会爱上我。然而我也想干点傻事，我侥幸地想，我得同陈琪说说我的感受，可能是鸡蛋碰石头，也可能就成了呢。于是我沉浸在幸福中。还是在那家梦娇咖啡馆，还是在那节火车车厢里，我把自己的情绪酝酿得像一架随时发射的火箭，非常坚挺。陈琪刚刚倾诉完别人给她的奢侈的爱，我见缝插针还想让她再奢侈一回。你一会儿就知道了，我刚点燃，火箭还没离地面就不幸坠落了。我看到陈琪脸上的恶笑。我知道爱情的大门向我关闭了。一阵难堪的沉默之后，陈琪开始了她的另一轮烦恼。她说，你们真是无聊，为什么要找单位里的人做女朋友。我说过我对陈琪说出我的想法，有很大一部分出于侥幸，因此对陈琪的反应也不是很意外。我自嘲道，我们是很无聊，我们只不过是单位这口井中的井底之蛙，眼睛只瞪着蝇头小利，不幸的是你是这口井中仅有的几只母蛙，于是你也成了我们的蝇头小利。我这么说一点诗意也没有了，陈琪肯定很失望，幽幽地说，你这个人真是刻毒。

　　你知道爱情这东西，没说出来那是很美好的，一个人晚上可以傻乐，可以倾诉，可以自怜，一旦说出并且毫无结果就全变味了，你马上会进入另一个层面：懊丧、尴尬、失落、虚无。在送陈琪回家的路上，我基本上落入这些情绪之中。其实我是想马上离开陈琪的，我送她只不过出于人们常说的绅士风度，出于维护那最后的自尊的需要。就这样，我带着恶劣的心情送她回家，没想到还有更恶劣的事在不远处等着。

　　不远处，在陈琪家门口，小王红着眼等着我们。他的头发竖着，我已看出某种战斗的姿态。果然，在我欲上前同他打招呼时，他冲了过来，对着我的脸给了我狠狠的一拳。这一拳来得很是时候，要是平时我可能也就算了，原谅这个失恋者了，问题是这天晚上我也是个倒霉蛋，心情恶劣，也想找点事发泄发泄，没想到事情找上门来了。我不甘示弱，奋起还击。于是在陈琪家门口演出了一场拳击赛。两人打得鼻青眼肿不要去说它，更倒霉的是那里刚好住着一个警察，见我们耍流氓，就把我们抓了起来。这事就闹大了。

　　自然而然，我们单位的领导和群众都知道了这事件。于是大家又兴奋了一阵子。事件的结果你也能猜想到：陈琪留下了脚踏两只船、水性杨花的恶名（其实没这件事她差不多也有这样的名声了），小王得到了普遍的同情（大家认为小王同陈琪还是早分开好，迟分开不如早分开），而我成了横刀夺爱的勇士。

　　我们单位的日常生活因为老汪的桃色事件及我和小王的斗殴事件（这个事件被大家包装成了三角恋爱）而变得生动起来，成为我们生活和工作中的亮点。但这些事让殷主任很头痛，他在会上点名批评了我们，并说，他会狠狠地处理老汪、小王和我的问题。老汪看来一点也不担心，照样很轻松，喜欢和我们年轻人吹牛。我和小王却很担心，我们不知道殷主任会怎样狠狠地处理我们。殷主任还没来得及处理我们的事，另外的问题又来了，殷主任只好把我们的事搁下来。

殷主任碰到的问题十分棘手。殷主任接到上级通知，日本人又要来参观我们的天然气工程了，要殷主任做好接待准备。殷主任很着急，嘀咕道，他妈小日本又来了，可是我们有什么可以给人家看的呢，我们停工已有好几个月了呀。

殷主任的着急是有原因的。你一定知道日本原来有一个首相叫中曾根康弘的，他当上首相没多久就来到中国，他的口袋里带了一些钱，是借贷给中国政府的。照日本人的说法，这些钱的利息很低，基本上属于赠予性质。我们这个城市为了开发天然气有幸得到了这笔钱中的一小部分。现在我们已很好地使用了这些钱，我们靠这些钱建设了贮气罐，铺设了管道，购置了设备。但是这笔钱也不是那么好用的，日本人的规矩特别多。用他们的钱要照他们的规矩做，这也是没有办法的事。我们每半年要向日本人汇报工程进展，还要报计划之类的文件，而日本人每年六月都会来实地察看，检查是否按计划实施。日本人来时还要带上一些日本专家给我们上课，讲天然气发展现状。日本人也蛮好为人师的。

殷主任知道，日本人很认真，日本人想看天然气工程你没办法不让他看，但如果给他看，让他知道我们停工了，日本人就要有意见，就要生气。日本人一生气钱就拿不到了。钱拿不到，殷主任没法向市里交代。殷主任一时想不出怎对付日本人。殷主任感到肩上的担子骤然重了。

殷主任决定发动群众，集思广益。他想办法总比困难多，总能想出对付日本人的方法吧。

群众很久没有正事可干了。听到日本鬼子来了，心里既紧张又兴奋。紧张那是当然的，难题明摆着：我们停工了，工厂目前还是一块平地，虽然设备已卖，厂房还没盖好，无法安装，设备烂在仓库里，总不能让日本人看一块空地吧。我们都明白让日本人看到我们的现状国际影响不好，这不是我们这个单位、这个城市的问题了，而是关系到国家的问题了。我们兴奋是因为我们面对这局面时产生了强烈的爱国激情。我们决定为了国家的荣誉，一定要想出对付日本人的办法，让日本人好奇地来，糊里糊涂地回去。

最兴奋的要数陈琪。在殷主任还没有来得及发动群众以前，陈琪已提前进入了接待日本人的状态。我们都知道陈琪在我们单位的价值是和日本人联系在一起的，因为她会说日语。如果说这之前陈琪在我们单位里是个可有可无的边缘人的角色（事实上陈琪也懒得在单位里干正经事），日本人来了，她就自然而然进入了主流。可以说日本人的到来是陈琪一次欢畅的呼吸，是一个真正的节日，是一次货真价实的自我实现的机会。是的，陈琪喜欢那样的感觉，当她同日本人叽里咕噜说话时，大家都会注视着她，眼含艳羡。更美妙的是，当她把日本人的话翻译给殷主任时，她的表情会不自觉流露出某种居高临下的气势，同时她看到殷主任总是谦和地笑着同她说话（事实上当然是对日本人说的）。这时，她觉得殷主任简直不值一提。因此，日本人来了，陈琪觉得很好，再加上爱国情感，她感觉就更好了。

　　陈琪上班的时候，带来一只随身听和一本日语书。她一上班就戴上耳机听日语。当然她是在练听力。那日语书据说是科技方面的。她说日常对话她是没问题的，一些科技词汇还要温习温习。

　　因为我对陈琪的爱情遭到无情拒绝，我不愿意再和陈琪待在一起（我的气量就是不够大）。我见她一边听日语一边看书，搞得这么热闹，很想走过去笑话她几句，一想也没意思，就回到自己的办公室。我没去，陈琪却来了。她还是戴着耳机，嘴上嗑着瓜子。她大摇大摆地坐在我的桌上，对我叽里呱啦说了一通，声音还很响。我当然听不懂日语。她见我很茫然，就笑了。她把一只耳机塞进我耳朵里。我听到随身听正在播放流行歌曲。她见我吃惊的样子便大声地笑了起来。顺便说一句，自从我同她表白了以后，她在动作方面对我亲昵多了。她是不是认为从此有权对我亲昵一点呢？老实说我对她这样自以为是很恼火。这时，殷主任走了进来。陈琪赶忙把耳机收了起来，对殷主任说了一通日语。殷主任说，小陈，用你的时候到了。

　　殷主任刚走，老汪就进来了。我以为老汪大约对日本人来这件事不会很热心。我错了，老汪很热心。老汪一见到陈琪，就向陈琪请教日语中的"你好"怎么说，陈琪也好为人师，不厌其烦地教老汪。但老汪的读音总是走样。我见他们两个掀起了学习高潮，特别是老汪一本正经的，像是要替代陈琪当翻译去似的。我说，老汪，你不是希望天然办倒掉吗，日本人来了有你什么事啊。老汪说，小艾，你这样理解我我是要生气的，我老汪觉悟那么低吗。我告诉你我讨厌日本人。想当年，我爷爷就是被日本人给打死的。说到这里，老汪的眼睛红了。我们不知道老汪的家史，等着老汪痛诉。老汪接着说，冬天，日本人让我爷爷去河里抓鱼，冬天啊，你知道河水都结了冰，我爷爷跳进水里，一根也没抓到，日本人很生气，就给了我爷爷一枪，我爷爷当场死了。听到这儿，我们对日本人就更反感了。我们都了解日本人当年侵略中国时真是无恶不作，我们对日本人一向没有好感。一会儿，老汪又说，因此，我们决不能在日本人那里丢脸，家丑决不能外扬，我们自己关起门来吵是一回事，对付日本人是另外一回事，决不能让日本人小瞧了我们。老汪说到这儿，脸上升起庄严的表情。我没老汪乐观，我说，事情已到了这一步，日本人一定会知道的，日本人又不是傻瓜。老汪诡秘一笑，说，我有办法了。我问，什么办法？老汪笑而不答。

这几日，我们单位有一种大敌当前时的精诚团结，我们的精神也很饱满，特别是殷主任发动群众，做了动员报告后，大家的激情更是澎湃。

动员大会是在四楼会议室召开的，全体群众都准时参加，无一人缺席（噢，对了，胡沛因度蜜月没有参加）。殷主任是很会调动大家的乐观主义情绪的，殷主任说，日本鬼子进村啦！但是，大家不用怕，我们有办法对付他们。办法等会儿再说，我先给大家说一个笑话。

殷主任还没说笑话，群众已经在呵呵呵傻笑了。群众的笑有时候有点像自来水，只要领导需要就能随时提供。有时候，我讨厌自己这么白痴，告诉自己不要这样笑，但过后就忘了，没多少工夫又这样跟着笑。我悲哀地想，我这样笑是出于本能。

殷主任继续说他的笑话。他说，你们已经知道了，来的日本人叫佐田。这个人油，同我们寒暄时一口中国话，在饭店里还老看人家服务小姐，我们陈琪漂亮，他的眼睛就离不开陈琪。我因此还同陈琪交代过，要陈琪当心一点。陈琪，是不是？

我们都机械地掉过头去看陈琪，陈琪的脸上看不出任何表情。但我们能想象陈琪和那个叫佐田的人交谈时兴高采烈的样子。

殷主任接着说，这个人油，这一点很像一个中国人。有一次我带着佐田去另一个城市玩，接待我们的人竟以为他是中国人而把我当成了日本人，他们对我又握手又鞠躬，而对佐田打起了哈哈。我对他们说中国话，他们还夸我中国话说得好。真是岂有此理，堂堂中国人难道连中国话也说不好？

这事我们已听殷主任讲了无数遍了，我们还是笑得很开心。我们相信这事，因为殷主任有点矮，脸上的表情又有点日本式的威严，人家把他当成日本人是很有可能的。

殷主任继续做报告。他说，但是请大家不要掉以轻心，这个日本人大大地狡猾，严肃起来是一点人情都不讲，他只要一讲起正事就他娘的说日本话，人也顿时变得像夹了夹板似的一本正经。

大家知道，殷主任要切入正题了。于是，都静下来，看殷主任做什么样的决断。

果然殷主任的声音陡然提高了八度，让人感到振聋发聩。殷主任说，这次日本人来，说是想看看我们的厂，但我们没有，怎么办？怎么让日本人相信我们正干得热火朝天？带他们去哪里转转？殷主任提了几个问题后，扫视了一下整个会场，说，大敌当前，一致对外，个人的意见日后再说，我这里要表扬老汪，大家都知道老汪和我吵过，但让我高兴的是老汪在大是大非面前不计前嫌，主动献计献策，很让人感动，这说明老汪同志是一个有原则有立场的好同志，我这里要隆重表扬老汪同志的这种精神。最后，殷主任号召我们，要多动脑筋，想出好办法来，总之，要让日本人高兴地来，愉快地走。

殷主任提出的都是棘手的问题，对立得没法统一。大家开始根据殷主任的思路想办法。大家交头接耳，议论纷纷。有骂日本人多管闲事的，有发中国式牢骚的。只有老汪悠然自得，一副成竹在胸的样子。因为殷主任的表扬，老汪在我们的眼里就特别显眼。

见大家都想不出好主意，殷主任亲切地对老汪点点头，说，老汪，你同大家说一说，你有什么办法。

我们停止讲话，都看老汪。老汪一副骄傲的样子，他卖关子似的清了清嗓子，然后又呷了一口茶。我们都耐心等着。脑子是人家好使有什么办法，不服气自己也想一个妙计试试，也可以这样威风。

老汪终于说话了。老汪说，我想你们都已听说了，最近化工厂刚刚竣工。

我们说，是的，是的，报纸已经报道了。

老汪说，我在想，是不是可以把日本人带到化工厂去参观，化工厂的工艺同我们净化厂可以说一模一样，带日本人去那里，日本人不一定能看出来，日本人不见得个个是专家。

老汪说到这儿已是神采飞扬。我们都笑出声来，为老汪的主意喝彩，心里面举起无形的大拇指。我们说，日本人他妈杀了我们那么多人，光南京大屠杀就三十多万，我们蒙他们一回还算仁义的呢。

这时，老汪摸出一根烟，啪的一声点上，然后吐出一口。他的手很小，胖乎乎的，暖烘烘的，手背上还有一些老年斑。

老李见老汪得意成这样，既嫉妒又看不惯。当然老李内心对老汪这么妙的主意是服气的，他很遗憾自己没想出来。老李看不惯老汪的这双手。这双手老让他想起老汪玩过的那些女人。老汪一把年纪了，他的手却如此滋润，甚至能感到他皮下不安稳的血液。老李看了看自己的手，如此干瘪。老李不甘示弱，也想露一手，不过老李只能在老汪的基础上发挥发挥了。

老李说，殷主任，我也来谈点想法。我们去日本，日本人总是带我们去参观他们的机械化工厂，态度很傲慢，好像我们没有机械化似的。因此，是不是可以这样？到安装公司借几辆吊车来，放到管道工地上，吊上几根钢管，让日本人也见识见识我们的机械化操作。

听到这儿我们都开心地笑了。过去安装管道，我们从来没用过吊车，因为吊车还没简易装置效率高。思路是有了，大家就顺着这个思路想细节。有人说，再写几幅欢迎日本人的标语。有人说，再买几个鞭炮（当年我们这个城市还可以燃放鞭炮）。

这次会开得很成功。殷主任根据大家的意见做了总结发言。殷主任根据大家的意愿进行了分工安排。有人负责买鞭炮，有人负责写标语，有人负责借吊车，有人负责运送钢管到工地。殷主任最后说，好，我们就这么定了。

我和小王刚犯过错误，殷主任没给我们安排任务。我们很想有点事干，可以将功补过。小王和我刚打过架，但你知道在爱情方面我们两个都是倒霉蛋，因此，彼此并不把吵架放在心上。爱情有时候很像评先进生产者，大家都评不上，心理就比较平衡。小王找到我，对我说，小艾，这事我们不能靠边站，我们也应该出点力。我说，我当然想出力，可人家不让出力。小王说，我们应该去请战，我们应该做出姿态，至于人家用不用我们，那就是人家的事了。我说，你说怎么办？小王说，我们一起去找殷主任。

我们来到殷主任的办公室。刚开好会，殷主任兴奋劲还没过去。听到我们这样一个态度，他的脸变得十分慈祥。老实说我从来没从他的脸上见到过如此慈祥的笑容。殷主任连声说，好好好，你们来得正好，化工厂的事还没有落实，正需要人去，这事就交给你们了，担子不轻，好好干。我和小王高兴得不知怎么好。

第二天，我和小王就来到刚刚竣工的化工厂。我们揣着介绍信径直找到化工厂的领导。化工厂的领导留一个漂亮的大背头，乍一看有点像中央某位领导。他好像知道我们要来似的，双手紧紧地握住我们的手，他的掌心很暖和，脸上的笑容也让人感到暖和。我们想，这是一位成熟的领导。我们还没来得及开口说明来意，他先说了。他说，你们的困难我听说了，殷主任电话里都同我说了，你们殷主任是我的老领导，他的事我当然要办。我们没想到殷主任已打过电话，见这领导如此热情，我们的感觉也好了起来。我们说，日本人真是多管闲事。那领导说，日本人他娘的过去带枪来中国充大爷，现在拿钱来充大爷，我们国家穷啊，总有一天，我们也借给他娘的日本人钱，到日本列岛上充大爷。我们说，那是，那是。我们骂了一会儿日本人后，谈起接待日本人的一些细节。没一会儿工夫细节就谈完了，那领导早已替我们想周到了。我们就打电话给殷主任。殷主任说，日本人下午到化工厂，要我们等着。

已近中午，我和小王打算去小酒馆吃饭。我们为谁出钱请客争论起来。我说，应当我请客，因为我曾使小王不愉快。小王说，应他付钱，他误解了我，很不应该，他想趁这个机会向我赔罪。我知道小王的意思，在爱情方面我们可是同病相怜。小王显然是个失败者，而我也没有捞到什么油水，我们之间因此就平等了，平等就可以对话，就可以称兄道弟，就可以说说我们爱过的女子的坏话。果然小王在几杯酒下肚后，热泪盈眶地握住我的手。小王说，兄弟，我算是看穿女人啦，女人不能他妈的抬举她们，对她们狠一点她们才舒服。我也很激动，说，那是那是。小王说，你都不知道，我这次算是栽了个大跟斗，上了陈琪这妞一当，我开始对她并没有感觉，可她老是往我宿舍跑，弄得我心里痒痒的，等我对她有了感觉，她他妈的就傲了，我为她做了多少事啊！单位分的东西是我替她驮回去的，她家要灌煤气也是我出马，她居然说对我毫无感觉，她这不是玩我吗？我说，小王你这样说陈琪我可不同意，你把陈琪说得太坏啦，她也就是虚荣一点，可是这也是女孩子的通病啊，简直不算缺点，陈琪这个人还是比较正直的。小王笑着说，小艾你把人家护得这么好，看来你还爱着人家。我说，小王你又胡说了，你是不是喝醉了？小王说，虚伪，都这时候了你还不肯说真话，我可实话实说啊，我虽说陈琪的坏话，可心里还是对她很那个的。我说，看不出来啊，你还挺深情的。小王说，你猜猜我最担心的是什么？我问，什么？小王说，陈琪如果同外单位的人谈恋爱就算了，如果她同我们单位的人谈那我会痛苦死的。我说，这就好比外单位在发几千几万的奖金我们不眼红，但如果小王你比我多得十元奖金，我心理就会不平衡，兄弟你讲了句真心话。小王说，兄弟，为真心话干杯。

这天我们一共喝掉十瓶啤酒，要不是下午还要对付日本人，我们还可以喝十瓶。

在我们来化工厂的时候，殷主任、老汪、老李、陈琪等人开车去宾馆接日本人了。他们先在宾馆会议室举行了一个简短的见面会。殷主任见到的不是佐田，而是另一个长得很瘦很高的日本人。殷主任朝上望了一眼日本人，想，他娘日本人也长得这么高了，没道理。日本人是由市外办的小赵陪同而来，殷主任没见过小赵，小赵给殷主任递名片，殷主任知道小赵身份后，握住小赵的手，连说辛苦。听小赵介绍这日本人叫山本。山本像佐田一样会说中国话，不过比佐田说得口音重一点。你知道，这种场合陈琪是主角，但这次陈琪这个主角很不过瘾。陈琪见到山本，照例用日语来一通问候，但山本不是佐田，竟然对陈琪的美貌无动于衷，山本冷冷地看了陈琪一眼，用日语说了声，你好。然后用中文说，你不用说日语，大家说中文，我正在学中文。陈琪不甘心，还是不依不饶说日语。山本再也没理她。陈琪很扫兴。

去工厂参观的车上，山本突然怜香惜玉起来。当时陈琪因为扫兴，正无精打采地靠在车窗边。山本回过头来，对陈琪笑了笑，说，陈小姐，你的普通话讲得很好啦，你可不可以教教我啊。陈琪一时没有反应过来，茫然地看着山本。山本又笑了笑，继续说，中文是一种美好的语言，自从我学习中文以后，已爱上了这种语言，中文说起来铿锵有力，平仄分明，比我们日本话好听百倍。当然，我们日文不能和中文比，中文博大精深啊，我们日文只不过向中文学了一点皮毛——把汉字写得潦草一点而已，这是常识。殷主任听了这番话，很感动。他当即对陈琪说，小陈，你要好好教教山本先生。陈琪对山本的话很抵触，山本这么说等于在暗示陈琪不用学日文，简直胡说八道。但这个日本人向她学中文她也是很开心的，她又有点进入主流的感觉了。山本接着说，你们知道日本人最喜欢的汉字是哪一个？是爱字。你们中文这个爱字简写后更生动，过去爱要有心，现在爱不用心了。

这个日本人，心思似乎不在考察工厂上面，他更关心文化。他走马观花参观了工厂，就要求见识一下博大精深的中华文明成果。殷主任当即拍板要陈琪陪同参观我们祖先无意留在这个城市的文明碎片。我们都感到殷主任这个决定的暧昧意味。我（可能还有小王）希望陈琪不接受这个任务或者再叫一个人陪同，但陈琪没任何意见，高兴地去了，和山本一同研究所谓的汉语去了。难怪大家对陈琪会有一些不好的说法。

日本人照例在走之前要给我们上课。我们天然气办的人不止一次听日本人讲的课了，对日本人这套也不感到新奇了。大家知道，日本人讲一次课我们付点讲课费就完了，也就走个过场而已。课讲完，日本人走人，本次接待就算完了。当然殷主任会去机场送日本人，顺便送一件古董给山本（古董早就买好了）。所以大家去听课时担子都卸了下来，显得十分轻松。去听课的路上，我和小王还开陈琪的玩笑。小王说，陈琪，山本没对你不轨吧？陈琪生气了，说，你们这些人就是无聊，人家没你们想的那样肮脏。

这次上课，山本没和我们谈当今世界天然气发展现状，而是谈起日本文化和美国文化的差别。山本说，当今世界日本经济如日中天，美国人很眼红，都在研究日本体制，认为日本体制了不起，美国人想学日本的。美国人这几年经济不景气，失业的人很多，美国人就想来日本打工。但美国人自由散漫，不懂规矩，不适应我们那一套。于是我们就发明了一种机器，叫体制培训机。这机器很了不起，那些不懂规矩的人只要在机器里坐上一个小时，出来时就很日本化了，就会鞠躬、说"哈"了。我今天之所以对你们谈这个，就是要向你们推荐这种机器，我这不是为发明这种机器的公司推销产品，主要是我认为这种机器你们肯定也是用得着的。我知道现在中国人思想很复杂，什么想法都有，甚至有提出全盘西化的人，这些人就应该在这种机器里坐一坐，给他灌输点东方文化。

我们听得眼界大开。殷主任亦听得津津有味。殷主任听出了意思，听出了感想，他意味深长地看了看老汪。殷主任想，像老汪这样的人就应该去这种什么机器里坐一坐。

我们都以为这次在对付日本人这事上可以得满分，哪里知道天有不测风云，殷主任忽然收到市里的通知，说又一批日本人来了，要殷主任赶快去外办见日本人。殷主任一时弄不明白怎么又来一批日本人，等见到日本人才知道自己把事情搞砸了，那个叫山本的根本不是他要见的人，也许还根本不是个日本人。殷主任这才知道自己可能被人蒙了一回。

这次来的是佐田。殷主任进去时，佐田并没像往常一样同他打招呼，而是黑着脸，庄严得像日本天皇一样。一会儿，殷主任明白佐田为什么绷着脸。殷主任知道原委后吓得小便差点失禁。殷主任从这个日本人的口中了解到了天然气办的命运已经尘埃落定，注定以悲剧收场。

你知道我们办事情的规矩，我们在一些事情上保密工作做得比较好，对自己人做得更好，对外国人相对做得差一点。因此有关消息常常是出口转内销才得以进入我们的耳朵。这次也是这样，要不是佐田强烈抗议，殷主任还不知道内幕呢。佐田向殷主任出示了一份文件，要殷主任解释怎么回事。殷主任一看傻了眼。那是一份有关我们这个城市东郊天然气的最新勘探报告，报告的结论是：东郊根本没什么天然气。这意味着什么？殷主任的脑子飞快地转动起来。这意味着我们白干了！意味着我们马上得收摊！意味着我们花钱买来的设备成了一堆废品！意味着惊人的浪费！意味着日本人会生气并且把钱讨还！意味着老百姓盼望的提高生活质量的愿望破灭了！意味着市长的实事少了一件！意味着人大会提出很多问题！意味着有人将成为这个决策的替罪羊！殷主任想到这儿早已出了一身冷汗。

于是事情就有点闹大了。殷主任当天就被市长招了去。我们不知道他们在谈些什么，我说过我们在一些事上保密工作做得比较好。总之，那天谈话以后，我们殷主任就有点郁郁寡欢。我们也只好瞎猜猜：殷主任正承受着巨大的压力。

没几天，殷主任生病了。我们开始以为殷主任得的是家常病，我们是在老李悲壮的讲述之后才明白殷主任的肝出了大病，初步的诊断已经出来了，是肝癌。现在，大夫们正

在会诊。我们听到这个消息都惊呆了。我们都知道这世上有
两种病没办法治，一种是艾滋病，一种是癌。得了癌就等
于判了死刑。你一定能体会到我们的情感，我们都不愿相信
这事是真的。我们都不相信平时看起来如此健朗的殷主任会
得什么肝癌，一部分人认为殷主任得的是假病，可能是一种
策略，就像以前政治形势严峻的时候，很多人就这样称病在
家，赋闲休养，韬光养晦的。但我们善良的想法错了，从医
院传来的进一步的结论是：殷主任真的得了肝癌。

　　我们单位因为殷主任生病而显得十分郁闷。我们认为郁
闷正是殷主任得病的根源。你知道，如果老是郁闷，最先出
问题的就是我们的肝。所以为了保护我们的肝，我们有必要
保持身心愉快。这点老汪想到了。老汪说，我们不能老这样
悲伤，我们应该化悲痛为力量，我们应该活跃我们的气氛。
在老汪的提议下，我们开始了一系列群众性体育活动。除了
乒乓、象棋、围棋、桥牌这些传统项目以外，我们还想出了
一些趣味性游戏项目，比如踩气球比赛，单腿独立比赛，瞎
子摸象比赛等等。顺便说一句，自从殷主任生病以来，我
们单位群龙无首，老汪就自动担起了这个责任，把我们组织
起来。

　　老李对老汪的做法不以为然。他认为殷主任躺在病床
上，我们不应该这样穷乐，这是对殷主任最大的不尊重。自
从殷主任生病以来，老李很失落，也不像以前那样好发表个
人意见了。

　　要说对殷主任的感情，老李绝对可以称得上忠贞不渝。
老李年纪比殷主任还大，但他是殷主任的老部下了，一直是
殷主任最得力的干将，殷主任只要一有升迁调动什么的，一

定要把老李带着走。老李见殷主任还没死单位就闹成这个样子，很心寒。老李坚决不参加老汪组织的所谓比赛。

老李在我们比赛的时候去看殷主任了。老李在干部病房找到了殷主任，发现殷主任人也瘦了，眼圈也黑了，忽然心里发酸，眼泪不自觉地落了下来。老李一伤心就想抽烟，病房不能抽，只好咽了一口口水。既流眼泪又咽口水的，老李的形象就不怎么好，让人感到鬼鬼祟祟的。因此当老李声情并茂地叫了一声殷主任后，护士小姐就有点讨厌，她说，你嚷什么呀，这里病房，要嚷，一边去。当时，护士小姐正在给殷主任量血压，脸上的表情很漠然。殷主任一脸无奈的笑，向老李招了招手，说，你来啦。老李这回没吭声，在一旁点头鞠躬。护士小姐走后老李才敢走到殷主任床边，站着。老规矩，殷主任不让坐就不能坐，尤其这个时候就更应守规矩。殷主任对老李比以往客气多了。殷主任说，老李你坐。老李不坐，还是站着。殷主任说，你不坐是不是马上要走？老李赶紧坐下，说，不走不走。殷主任说，你看这身体，说病就病了，老李你要注意身体啊，身体是本钱啊。老李说，殷主任，你是压力太大的缘故啊，你不要再操心了，你好好养病，把病养好了再考虑单位的事吧。殷主任说，老李啊，你得去上面活动活动了，单位肯定是要解散了，你跟了我一辈子，我身体好可以照顾你，现在我又病了，只好你自己想办法了。老李说，殷主任，你不要为我操心，你也不要太悲观，你的病会好的，你病好了市里还会把你调到城建局当局长的（殷主任原是城建局副局长，因市里搞天然气项目而抽调到我们单位挂帅的），到时我还跟你去城建局。殷主任说，这就难说了吧，城建局已经有局长了。老李听了这话又流起泪来。殷主任问，老李，单位现在怎样了？说起单位，老李的眼泪流得更欢畅了。老李说，殷主任啊，单位的事我就不向你汇报了啊，你听到就会生气的，这对你的治疗不好。殷主任绷起面孔，说，你这人怎么吞吞吐吐的，有话就说嘛。老李说，殷主任啊，姓汪的不是东西啊，他趁你不在，在单位里闹啊。殷主任说，他闹什么？老李说，他在单位搞什么群体活动，把单位搞得像个俱乐部。殷主任并没有生气，只是轻轻一笑说，这事我知道，是我叫老汪这么干的，是我叫他把单位的事管起来的。老李见殷主任这么说就不吭声了，他不相信这事是殷主任叫老汪干的。殷主任就是城府深，当然这点老李是很佩服的。

老李猜错了，老汪组织的活动确是殷主任提议的。老汪早在老李之前去医院看过殷主任了。老汪是我们单位最先看望殷主任的人。

老汪在知道殷主任得了绝症的那天晚上怎么也睡不着。你知道老汪对殷主任的意见很大，私底下是常咒殷主任死的，但殷主任真的弥留在世间的时日不多时，老汪的想法有所改变。老汪突然觉得对殷主任的怨气全消了。老汪回想殷主任的一些事，觉得殷主任还是个不错的人，他奇怪以前怎么没发现。比如，殷主任很会替职工着想，冒着风险为职工搞利，这样肯挑担子的领导现在不多了（现在老汪认为自己写匿名信告殷主任为职工搞福利不合法是搬起石头砸自己的脚，他告了以后单位的福利比以前差多了，这对老汪并没有好处。福利差留下的后遗症是老汪常遭他老婆的嘲讽，说老汪的那单位是癞头单位———一根毛也拔不下来）。又比如，殷主任当那么大官却十分朴素，老是穿单位发的那套工作服，他家里陈设十分简陋，房子没装修，墙壁只是用油漆刷了一道，也没什么高档点的电器，电视机还是黑白的。这样清廉的干部哪里去找啊。再比如，殷主任在"文革"中还保护过不少老同志，老汪不止一次听那些老同志说过殷主任是忠厚之人。想起殷主任这些优点，老汪的心就软了。虽说殷主任不重用他十分可恶，不过他现在彻底原谅殷主任了。老汪决定去看望殷主任，和殷主任谈谈心。也许这是最后一次谈心了。

老汪去时买了一束鲜花。老汪知道现在送花比较流行。他这个人就好赶个时尚。老汪来到医院，不知道殷主任在哪个病房。他就去问整天绷着脸比医生还像医生的护士小姐。你已经知道了，老汪对女人有一套，他一逗就把人家护士小姐给逗笑啦。老汪说，这样的花送给像你这样漂亮的姑娘还差不多，送给病人真是可惜了。护士笑着说，你要当心啊，病人听了你的话病准得加重。在护士的指点下，老汪笑着向殷主任病房走去。他听到那个护士在对同伴说，他是个老风流。老汪咧嘴笑了笑。

进了殷主任的病房，老汪的表情已经很沉重了。殷主任躺在床上，疲倦地睡着了。他的样子十分憔悴，十分无助。老汪突然有了一种居高临下的感觉，平时看起来威严的殷主任这会儿在老汪的感觉里变得十分平常了。都是凡夫俗子啊。老汪在床边的一张凳子上坐了下来，轻轻叫道，殷主任，殷主任。

殷主任无力地张开双眼，见到老汪显然很吃惊。一会儿，殷主任那种疑惑中带着警觉的眼神转变成了热情。殷主任想坐起来，老汪忙上去扶住殷主任。殷主任表面很热情，但心里却有很多想法。殷主任想，老汪迫不及待来看我是不怀好意呀，他早就想看到我这个样子了，他送来的不是鲜花，是花圈啊。殷主任不会把这些情绪表面化，他脸上出现一种恰到好处的苦笑，说，你看我这身体，说病就病了，这个时候抛下你们不管真不应该。老汪说，殷主任啊，都这时候了你不要为我们操心了。又说，殷主任，你对我来看你很吃惊吧，你一定认为我来看你心里很阴暗吧。殷主任你不要打断我，让我说下去。不是这样的，殷主任，老实告诉你吧，我听到你生病了后一夜没睡着，我思想这几年你的所作所为，觉得殷主任你也不容易。你为大家做了那么多的好事，即使在最困难的时候你还保护了那么多老干部。说实在的，这几年我很不理解你，没做工作，还给你捅娄子。最近我感觉到了，实际上，我越跳，你在群众中的威望越高，群众就越讨厌我。我感到很不安很内疚，我不知殷主任能不能理解我的感受，殷主任，你要原谅我啊。自从市长和殷主任谈话以来，殷主任已经很久没有听过这么真诚这么理解人的话了。殷主任的情感因此有些把持不住，脸上露出某种撒娇似的不满，他说，可谁记着你的好呀，我住院都三天了，还没人来看过我，你是第一个。老汪说，我第一是应该来看你，其次我这是来请你原谅的。殷主任说，我今天听了你的话，也很受教育，我以前也不理解你，误解了你，认为你意气用事，小孩子一样，现在看来我这个人太官僚主义啦，我也要请你原谅。老汪说，你批评的没错，我自己也意识到了，我这个人就是太情绪化。

我们都听说了殷主任和老汪在病房里相互理解的感人场面。因为老汪的带头，许多人都去看望殷主任。大家说，病床上的殷主任是多么宽厚啊，与平日是多么不同啊，看问题是多么深刻啊，殷主任非常真诚地要求大家给他提意见，大家都不好意思动真格的，只是在一些小事上批评了一下殷主任。大家做的更多的是自我批评。场面非常热烈。可以这么说，殷主任的病让我们的情感像小溪一样欢畅地流淌了一回。

大家都去看望殷主任，我觉得也应去一趟。我对小王说，小王，我们也去看看殷主任吧。小王说，我不去。我说，我们不去人家会说我们没有人性。小王说，什么人性啊，殷主任有吗？我们有吗？没有，我们只不过是一群动物，我们和殷主任的区别在于，殷主任是权力动物而我们是单位里的动物。我说，你这样说太残忍太恶毒了。小王忙笑着说，不该这么说，不该这么说，这几天老看赵忠祥配音的《动物世界》，思路总往那上面靠。我又问，你去不去？小王说，不去。

我正愁找不着伴，胡沛度蜜月回来了。她对我说，我同你一起去吧。胡沛这几天很忙，她的新郎开了一家舞厅，让她做了舞厅的名誉总经理，不怎么来单位。这次来单位是因为我们正在搞文体比赛，她说她是来拿属于她的乒乓球冠军的。她一到单位就给我们发名片。于是我们都知道她成了名誉总经理，都叫她胡总。在去看殷主任的路上，我问，胡总，你打算同殷主任说些什么？胡沛说，我会给他一张名片，然后叫他病好了去我们舞厅玩。我说，殷主任一定十分感动。让我们失望的是，我们来到病房时殷主任不在了，我们不知道殷主任是不是病危了，正在抢救。总之我们没见到殷主任，胡沛也没有办法邀殷主任去她的舞厅。我们决定改天再去。

老汪组织的比赛终于结束了，各项目都有了冠军。结果如下：

胡沛当然是乒乓冠军，我侥幸得了围棋第一，小王则得了个踩气球第一。顺便说一句，小王踩的是陈琪的气球，我们见到小王踩陈琪的气球时真是一鼓作气，并且眼神疯狂，踩得陈琪全身发抖，小王都踩完了，陈琪还可怜而无助地看着我们，呆呆站着一动也不敢动。

就在这个时候，我们的生活中发生了奇迹。你猜是什么？你一定猜不出来。告诉你吧，我们殷主任的病意外地康复了！这个消息是老李告诉我们的。老李说，昨天，医生们对殷主任又进行了一次更为全面的检查，结果，医生们奇怪地发现，肝中原来的癌细胞不见啦。医生们说，这在医疗史上是一个奇迹。殷主任又可以回来主持工作了。

我们单位对殷主任的康复有各种各样的说法。有人说殷主任的康复同最近市里的人事调动有关，据可靠消息，殷主任过去的老部下当选为新一任组织部部长。部长昨天去医院看望过殷主任了，同殷主任进行了长谈。殷主任顿时感到气也顺了，精神也爽了。由此可见精神的力量是无比巨大的。老汪不这么认为。老汪听到殷主任回来了，很不开心。要说老汪想殷主任死，天地良心，没有的事。但殷主任回来了，老汪又很失望。老汪想起自己同殷主任交心的事，感到恼火，觉得自己受到了殷主任的愚弄。老汪跳出来说，无耻，真他妈的无耻，姓殷的他是假病啊，他愚弄了大家的感情啊。

大家听老汪这么一说，也觉得有点道理。

老李宣布后的第二天，殷主任真的来单位上班了。殷主任到单位的第一件事就是传达上级文件。听了文件我们才如梦方醒，原来，我们的单位真的像传说的那样要撤销了！文件说，由殷主任负责分配我们的工作。

这时，大家才紧张起来。大家意识到自己原来是单位里游来游去的小鱼啊，殷主任才是一张大网。我们的未来都落在殷主任的网中。于是大家越发紧张起来。大家都陷入深长的回忆之中，尽力回忆看望殷主任时自己说过的话，看看自己露了哪些马脚。大家都觉得那时给殷主任提意见真是十分愚蠢，想，这下好啦，殷主任是一逮一个准。我也很担心，我第二次去看殷主任时也露了尾巴。我自作聪明地向殷主任提意见，我们向殷主任汇报工作时他老让我们站着，我们很难受。当时殷主任愉快地接受了我的批评，现在我才知道他恐怕是愉快地抓到了我的尾巴。

你知道，我们都是国家的人，我们不怕没工作，工作问题，国家会给我们解决的，但工作好坏就比较难说了，分配的好与坏意味着你今后的生活质量的好与坏。比方说，把你分到银行和分到硫酸厂肯定有本质的区别，照外面流行的话说，在银行工作是白领，但在硫酸厂工作就只能像码头工人一样被称作蓝领。毫无疑问，我们都梦想做白领。这个殷主任说了算，我们自己做不了主。

因为等待分配，大家上班也早了，都希望尽早得到关于自己命运的消息。消息封锁得很严。我们看到除了老李以外，几乎所有的人都惶惶不可终日，像一群囚犯等待着法院的判决书。

老李这几天在看一套范文澜的《中国通史》，看得很有倾诉欲，逮到谁都想讲讲书里面的历史故事。都这个时候了谁愿意听啊，弄得大家哭笑不得，想起老李同殷主任铁，得罪不起，只好忍受。我这几天不敢碰到老李，像老鼠遇见猫一样避开他。可是一不小心还是会让老李逮到，老李见到我就说，来来来，小艾，我同你说，这套书很了不起，你应该好好看看。我是越看越有心得，我给你讲讲明朝武宗皇帝和太监刘瑾的故事吧。我哪有心思听这些鸟事，就说，老李，你饶了我吧，我心烦着呢，我不知道殷主任把我打发到哪里呢。老李愣了片刻，也没生我的气，很同情地看了看我，说，小艾啊，你想去什么单位？我说，这由得了我选择吗？老李一笑说，你别烦，来来来，继续听我的故事，改天我替你同殷主任说一说。我听了这话呆呆地看老李，说，老李你别逗我了。老李温和地拍了拍我的肩。

我们的生活出了问题，这种时候，免不了会想想从前的事。我们想起了过去在我们单位工作的一位诗人小郁。我们想起他的另一个原因是这几天电视台正播放《西游记》，大家心里烦，就谈谈孙悟空。我们都非常喜欢大闹天宫时的孙悟空，认为这时的孙悟空很像一个诗人。于是我们就想起了诗人小郁。这位老兄在单位里时老是捅娄子，不把组织放在眼里。这位老兄还比较好色。这一点同孙悟空不一样。结果，老兄在女人方面出了大问题，以流氓罪判了几年刑。这一点同孙悟空压在五指山下相似。后来，诗人老兄从大墙里出来，成了总经理，后面还常有戴着墨镜的人保驾。这一点和孙悟空一点也不像了。孙悟空从岩石里蹦出来，套了个紧箍咒，专为别人保驾护航，就不怎么可爱了。我们看电视时老为他放不开手脚干着急。

大家说，还是小郁好呀，他算是闯出来了，据说他的资产都几千万了呢。我们干脆到他那里打工去算啦。

我们单位还有一个人对单位解散一事无动于衷，或许还有点开心。这个人是胡沛。胡沛是我们单位里唯一的临时工，过去在单位里，胡沛常说的一句话是，你们都是国家的人，而我是什么人呢？我算是自己的人吧。胡沛对我们很羡慕。现在胡沛嫁了人，成了名誉总经理，就不一样了，再说，现在我们算什么，国家都快把我们忘记了，胡沛因此心情特别舒坦。她见谁就发名片，要我们以后去她的舞厅玩。老实说，我已经得到六张胡沛的名片了。

分配工作正在十分神秘地展开。大家都预感到我们单位进入了极富戏剧性的阶段，大幕已经拉开，高潮就要来了。殷主任又给我们开了一个会，他号召我们要充分估量自己的水平和能力，填好自己的志愿，接受国家的挑选。但殷主任不让我们知道都有哪些单位在挑选我们。

在进入高潮前还有一个小插曲。正当我们在填志愿时，我们又得到一张表格。你肯定猜到了，这张表格是诗人小郁发给我们的。一定是有人告诉小郁关于我们单位的事，否则他怎么会在我们开会时来呢。我们都知道殷主任不喜欢小郁，见小郁来殷主任就走了。走之前，他说，请大家好好填，填好后交给老李。殷主任一走，群众顿时活跃。大家从座位上站起来围到小郁身边。过去大家对小郁是看不惯的，大家背后都说他吊儿郎当，现在人家发了大财，大家就比较服他。人家就是有本事嘛。大家见到小郁像见到亲人，都说，小郁，还是你好啊，你看我们现在多落魄啊。又说，小郁，新华书店有一只书架专门卖你的诗集呀。还说，小郁你富贵了就把我们忘了吧？陈琪站在一边，她在向小郁傻笑。小郁马上从我们这堆人中发现了美人，他说，这是陈琪吧？你一点也没变，还那么漂亮。听了这话，陈琪的声音都变了，尖声说，是吗？我们对小郁喜欢女人的爱好起哄，说，小郁，你的老毛病还是没改。这时，小郁发给了我们一张表格。原来，小郁听到我们待分配，挖人才来了。

接着，小郁做了一个诗意沛然的演讲。小郁说，你们这里是一座富矿／人才济济／才华横溢／正在等待开发的人／我来了／让我们高兴地玩它一把／让大家有点钱／生活变天堂／跟我走吧／填表格吧／我需要你们的才华／月薪不低／一定让你们满意／让我们有点钱吧／自己做老板吧。

我们一时被他讲得很激动。还是小王比较理性。小王说，听着倒是动人，可太虚，小郁那里福利怎样？医药费怎么报销？养老保险怎么解决？他光说给我们高资，让我们做老板，小郁难道不是资本家？大家都觉得小王的见解很精辟，于是被小郁鼓动起来的热情消了大半。没有人填小郁的表格，一些人上厕所时把小郁的表格当擦屁股纸给擦了。

终于，我们等到了分配的那一天。第一幕的主角是老汪。我们都认为殷主任在对待老汪的分配问题上很有水平。你老汪不是喜欢妇女吗？不是老闹出作风问题吗？那好，把你分到计生办去吧，发挥你的特长去吧。我们都认为老汪是咎由自取，罪有应得。我们还认为老汪肯定不愿去那种地方，猜测老汪临走前会大闹一把。我们都错了，老汪没闹，而是高兴地去计生办报到啦。没有热闹看我们很失望。

第二幕是关于老李的。当我们听到殷主任对老李的安排后我们才知道老李这个人是太乐观了。老李今年五十五，再过三年就要退休，这样的同志现在没单位要。殷主任决定让老李提前退休。老李一听到这个消息就气晕了，他瞪着双眼，张着嘴，半天说不出一句话，吓得殷主任拼命喊老李。

殷主任说，老李，你不要这个样子。老李这才反应过来。老李涌上心头的第一个念头是感到自己被抛弃了。这么多年来，老李对殷主任可谓忠心耿耿啊，可殷主任就这样一脚把他蹬了。天理不容啊。老李心里涌出了一种悲壮的正义感与空虚感。老李不想再同殷主任说什么了，他带着一脸的决绝与委屈走出了殷主任的办公室。

这天，老李回到家闷闷不乐。老李是有点惧内的。老李的女人工资不高但嗓门很高很尖锐，常常能穿透墙壁飞向邻居的耳朵里去。老李好面子就只好忍让。老李的工资比较高，单位福利也比老婆好，面对老婆就有种大人不计小人过的优越感。现在是组织把他抛弃了，也就是说，老李以后只能拿点退休金了，福利也没了，他以后就没那么好的自我感觉面对老婆的嘲笑了。一个男人的价值不在于内心的坚定而在于他拥有多少东西讨老婆欢心啊。想起老婆那副嘲弄蔑视的嘴脸，老李的心中涌出一种深刻的无助感。

第二天，我们单位非常热闹，老李的老婆闹到殷主任那里来啦。我们是第一次见到老李的老婆。老李的老婆叉着腰，站在殷主任的办公室里一把眼泪一把鼻涕地开骂。姓殷的，你不是个东西啊，你怎能这样对待我们老李，我们老李一辈子跟着你，做牛做马，没有功劳也有苦劳啊。你不能这样对待我们老李，殷主任，你要给老李想想办法啊。我们家全靠老李呀，没老李在组织里怎么办啊。我们儿子不争气，在大学里不读书，弹什么大琵琶，大吉他，弹得留级啊。殷主任，我们儿子今年要分配了啊，没老李在组织里我儿子怎么办啊，哪里会要他这样的人啊。殷主任啊，求求你啦。

老李的老婆这么哭叫的时候，殷主任一声未吭。等那女人哭得差不多了，殷主任砰地拍了一下桌子，骂道，你哭什么，有什么事叫老李来说。不就是你们儿子的事吗，你儿子分配时来找我不就完了，老李在不在组织里有什么关系。

老李的老婆被殷主任这么一拍就拍愣掉了，干瞪着眼，再也说不出一句话。一会儿，她讪讪地从殷主任办公室退了出来。我们见事情结束了也都回到自己的办公室。

我的心很烦。我已见到二幕戏了，殷主任导演得都很不错很过硬，并且很毒。想起自己有尾巴留在殷主任那儿，我直叹气。

自从和陈琪去了几次咖啡馆，我也染上了去咖啡馆的时髦病。每次我心情不好了就会去那地方。心情是需要形式作注释的，当我手握咖啡时，我孤独而苦闷的心情有了盛放之处。我知道我不是在喝咖啡而是在凭吊我的心情。这天我想凭吊一下我留在殷主任那儿的尾巴。当我走进咖啡馆，我又发现了一个意外，我看到小王和陈琪坐在我们坐过的地方亲热地交谈。我一时不知如何是好，是进还是退。我觉得如果让他们看到我一个人来这地方怪不好意思的。

我对小王和陈琪坐在咖啡馆里也没多想，后来我才知道他们的关系已经不同一般了，他们在谈恋爱了。起初我听到这个消息怎么也不相信，几天以后，在大量事实面前我只好不情愿地认了。

据说小王和陈琪是在这次分配时才擦出火花的。起因是陈琪收到诗人小郁的一封信。小郁的信里诚恳邀请陈琪去他那里负责公关。那一年公关是所有美丽女孩向往的工作，陈琪很想去。这事不知怎么的被小王知道了。小王就找到陈琪，十分冷静地对陈琪说了利害关系。小王说，公关是什么？公关就是陪男人喝酒，陪男人跳舞，陪男人唱歌。对，就是人们所说的三陪。你没去过南方吧，南方早已经在这么干了。公关不是如书上所说的是交往的艺术，也不像电视剧里演得那么浪漫，公关就是欲望。再说了，你去小郁那里有什么保障呢？在我们这里有党工团等组织，有事可找组织去说，至少还有个说理的地方，但小郁那儿什么也没有，小郁就是规矩，他如果不喜欢你了就会把你赶跑。陈琪被小王这种高屋建瓴的分析镇住了，一时没了主意。陈琪突然觉得小王很有思想，很有内涵，见多识广，不由得对他刮目相看了。陈琪说，那怎么办呢？我不能保证殷主任会分配给我好单位，他生病时我都没去看过他呀，他肯定很生气。小王说，这你不用担心，我也没去看过他，我有办法。听说这次殷主任手上有不少好单位呢。陈琪说，什么办法呀？小王说，这样吧，我会帮你的，我保证让你去你想去的地方。陈琪说，小王，我今天才了解你，原来你这么能干，这么会说话，还关心人。

这以后，陈琪和小王老是去喝咖啡，他们开始谈恋爱啦。小王有一天对陈琪说，我们应该去感谢殷主任，殷主任早就看出我们在谈恋爱了，他是最早向我们讨喜糖吃的人。小王就带陈琪去殷主任家。小王说，殷主任，你差不多是我们的媒人啊。

后来有人说他们是在奋斗中培育的爱情，比较牢固。

经过一段日子的酝酿讨论，殷主任终于把我们分配出去了。小王和陈琪如愿去了金融系统。胡沛本来被分到企协当临时工，胡沛不愿去，她说她打算好好经营她的舞厅。我的同事们对这次分配基本满意。我？对了，我忘了告诉你，我被分到环卫处。这没有什么不好，虽然环卫处听起来不怎么雅，但那单位比较实惠，也算是我们这个城市不可或缺的一个部门。

顺便说一件事，我们分配结束的那天，小郁又来我们单位了。小郁是来收他的表格的，他很失望，没有一个人愿到他那里去。于是他站在主席台上又作了一番激情演说。

让我给你们讲一个故事吧。唐僧西天取经回到长安，想，孙悟空功劳很大，应该有所表示。唐僧就对他说，悟空啊，师傅把你的金箍取下吧。悟空听了赶紧摇头，说，师傅使不得，如果没有金箍，我就没有人管了呀，我就成了社会闲散人员，免不了要旧病复发，要点流氓，未来没有保障啊。于是唐僧就没取他的金箍。告诉你们吧，你们就是长安的悟空啊！你们就喜欢那个金套子啊。所以，猴孩们，再见了，我不同你们玩了！

我们见小郁胡说八道，就把他从主席台轰了下来。如果他老兄是唐僧肉，我们肯定把他吃了。

殷主任决定在大家分手前办一个聚会，我们叫它"最后的晚餐"。聚会是在胡沛的舞厅里进行的。那是周末的一个晚上，我们一早就来舞厅。舞厅灯光迷离，使一切若隐若现。大家好不容易认出彼此，都感到新奇，特别是那些从来没进过舞厅的中老年人更是激动，癫癫的仿佛回到了青春时光。那些年轻的父亲或母亲照例带了孩子来参加活动。孩子们被打扮得花枝招展，稚嫩而尖利的童音在音乐里钻来钻去，给晚会平添了许多热闹。我们都感到从来没有过的轻松。

我们没想到老汪会来。老汪打扮得整整齐齐，显得春风满面。老汪一进门就嚷道，这个最后的晚餐谁是犹大？谁又要钉死在十字架上？我们对老汪的话不感兴趣，装作听不懂，没什么反应。老汪只好找个位置坐下。

老李还没来。我们猜想老李是不会来了。老李要是来的话，他准是埋头吃桌上的糖果瓜子，仿佛谁要抢他似的。老李就是太贪小。

殷主任见人基本到齐，清了清嗓子，开始他早已准备好的讲话。殷主任说，同志们，首先我要向大家道歉，你们这几年来工作很辛苦，但你们的辛苦在外人眼里成了笑话。可是，我们不能这么想，我们不能自卑！这时，殷主任习惯性地扫视了一下全场，继续说，我们应该这么理解，我们并没有虚度光阴，我们本不认识，为了共同的目标走到了一起，相互学习，相互切磋，相互了解，共同提高。可以这么说，经过这样的磨炼你们成熟多了。我们这里就像黄埔军校，或者美国的西点军校，现在你们毕业了，你们一个个都是好样的。现在你们又要走上新的工作岗位，这个城市将到处都是我们的人。

殷主任的话七次被我们的掌声打断，演讲结束后我们全体起立，长时间地鼓掌。那一刻我们对未来充满了必胜的信念。

然后，殷主任号召大家自由活动，叙叙旧，展望展望将来。我们在舞厅震天动地的舞曲里交谈着，免不了别有一番滋味在心头。没人下舞池，小伙子和姑娘们在依依惜别。

只有那些孩子们，刚刚学会走路便挣脱了父母的怀抱，跟跟跄跄来到舞池中，手挽手随着节奏摇摆起来，旋转起来，像一群天使。

1997 年 10 月 9 日

致　谢

九十年代有两家刊物是文学青年向往的地方，一家是田瑛先生主编的《花城》，承接了先锋的余韵，他看重的不是一个作者平庸的完美，而是他的尖锐以及未来的可能性；另一家是韩少功先生创办的《天涯》,《天涯》以思想讨论著称，一时在知识界和读书界颇受欢迎。《天涯》发表小说的版面并不多，作为当时的一位文学新人，我在《天涯》发表了不少篇目，其中包括收入本书的《杀人者王肯》和《一个叫李元的诗人》。

《杀人者王肯》刊发于《天涯》1999 年第 1 期。这是一篇带着先锋气质的小说，我喜欢其中的叙述腔调。有时候写作者正是顺着一个词语、一种语感以及独特的腔调才得以完成一篇小说的。

《一个叫李元的诗人》则发表于《天涯》1997 年第 6 期。这篇小说关乎上个世纪八十年代，某种意义上是对八十年代的缅怀和追忆。2023 年我编录这本书稿时，几乎忘记这部小说的故事和细节了，我重读了一遍，我喜欢这篇小说里毫无障碍的放肆态度，我发现我对业已构建的黄金般的八十年代持谨慎立场，对那个充满活力的年代既给予慷慨的赞美也给予轻微的质疑，我似乎借此在祭奠八十年代之死。其中的矛盾性以及年轻时的勇气如今读来，还是相当感慨。

在这本书里，有三篇小说涉及诗人，除了《一个叫李元的诗人》，另两篇分别是《诗人之死》和《白蚁》，分别刊发在《上海文学》2005 年第 12 期和《山花》2007 年第 10 期。我如此频繁地使用诗人这一形象，同我们的文化处境相关，在这个商业时代，诗人是真正的边缘，真正的无用之用，真正的精神性象征。《诗人之死》或许可算是时代状况的一个隐喻。

本书有三篇小说书写了男性之间的情谊，分别是《迷幻》《一起探望》《喜宴》，这几篇小说发表在《收获》2004 年第 6 期、《上海文学》2002 年第 7 期、《山花》2005 年第 3 期。写下这些小说完全出于我对这个世界的好奇。这也是我写本书中所有小说的根本动力。我在这本书里写了一些奇特的人，我怀着好奇写下了他们，我写下了我的理解，同时写下我的无知。

在这本书里最早写的是《到处都是我们的人》，发表于《上海文学》1998 年第 9 期。在整理和修订早年作品时，我发现我在《上海文学》发表了不少小说，其中有的还是我一个时期的代表性作品，这些小说的编辑是卫竹兰老师，谢谢她。

《寻父记》刊于《山花》2004 年第 1 期。那些年我在《山花》上发表了诸多小说，都是主编何锐先生约的稿。何锐先生热情而执着。一个人要干成一件事需要某种程度上的偏执（在此纯粹是赞美）个性。偏执是有能量的。谢谢独具风范的何锐先生。

　　我要特别提一下《小卖店》，我个人特别珍视这篇小说。李敬泽先生把这篇小说称为"微型巴别塔"，是"两种价值观的辩驳"，却"没有至高的裁判者"。这篇小说刊发于《江南》2003 年第 6 期，责编是谢鲁渤先生。谢鲁渤先生是第一位到我家来向我约稿的编辑，当年我仅仅只是一位发表了处女作《少年杨淇佩着刀》的无名作者。谢谢他。

　　《杀妻记》和《游戏房》分别发表在《花城》2005 年第 1 期、《长城》2007 年第 1 期。谢谢发表本书小说的所有刊物和编辑老师。

　　最后感谢曾对这些作品进行过评论和阐释的批评家们。感谢浙江文艺出版社 KEY-可以文化出版本书。

2023 年 2 月 27 日

一本书打开一个世界

欢迎订购、合作

订购电话：0571-85153371

服务热线：0571-85152727

KEY-可以文化　　浙江文艺出版社　　京东自营店

关注 KEY-可以文化、浙江文艺出版社公众号，
及浙江文艺出版社京东自营店，随时获取最新图书资讯，
享受最优购书福利以及意想不到的作家惊喜